Alonan Doyle

셜록 홈즈 전집 7

공포의 계곡

셜록 홈즈 전집 7
공포의 계곡

초판	1쇄 발행 2012년 12월 10일
개정판	1쇄 발행 2020년 6월 1일
	8쇄 발행 2023년 12월 30일

지은이	아서 코난 도일
옮긴이	박상은
펴낸이	한승수
펴낸곳	문예춘추사
편 집	구본영
마케팅	박건원
디자인	박소윤

등록번호	제300-1994-16
등록일자	1994년 1월 24일
주소	서울시 마포구 동교로27길 53 지남빌딩 309호
전화	02-338-0084
팩스	02-338-0087
블로그	moonchusa.blog.me
E-mail	moonchusa@naver.com

| **ISBN** | 978-89-7604-154-8 04840 |
| | 978-89-7604-147-0 (세트) |

셜록 홈즈 전집 7

Sherlock Holmes

공포의 계곡

아서 코난 도일 지음 | 박상은 옮김

문예춘추사

일러두기

1. 외래어 표기법에 따르면 홈즈Holmes는 '홈스'로 써야 하나 이 책에서는 독자들에게 익숙한 '홈즈'로 표기하였습니다.

2. 원서에 쓰인 인치, 마일, 야드, 피트, 파운드 등의 단위는 우리에게 익숙한 센티미터, 미터, 킬로미터, 킬로그램, 그램 등으로 환산하여 표기하였습니다.

3. 최대한 원문에 가깝게 번역했으나 우리 정서에 맞지 않는 부분은 문장을 다듬었습니다. 또한 낯선 단어나 해석이 필요한 구절에 역주를 달아 독자들의 이해를 도왔습니다.

4. 다양한 작가의 그림을 실어 보는 재미를 살렸습니다.

제1부   벌스턴의 비극

Sherlock Holmes

1. 경고

"나는 이렇게 된 거라고 생각하는데…….."

내가 그렇게 말을 꺼내자 셜록 홈즈는 답답하다는 듯이 내 말을 끊었다.

"나도 생각 좀 해야겠네."

나는 내가 인내심이 강한 편이라고 생각한다. 하지만 막 이야기를 시작하려던 참에 무시를 당하면, 솔직히 말해서 불쾌하지 않을 수 없다.

내가 화난 목소리로 말했다.

"홈즈, 자네는 정말 사람 기분을 상하게 할 때가 있네."

하지만 깊은 생각에 잠겨 있던 홈즈는 내 불평에 아무 대답도 하지 않았다. 그는 눈앞에 놓여 있는 아침 식사는 쳐다보지도 않은 채 턱을 괴고 앉아서 조금 전에 봉투에서 꺼낸 종이쪽지를 뚫어져라 들여다보았다. 그러다가 그 봉투를 집어 들더니 밝은 곳으로 가져가 비춰 보기도 하고 표면과 풀로 붙인 부분까지 아주 세심하게 조사하기 시작했다.

그가 생각에 잠긴 채 말했다.

"이건 폴록이 보낸 걸세. 지금까지 그의 글씨는 두 번밖에 본 적이 없지만 틀림없어. 'e'를 그리스 문자로 썼고, 글자가 시작되는 부분을 묘하게 꾸며 쓰는 게 그의 버릇이거든. 폴록이 이걸 보낸 걸 보면 아주 중요한 문제임이 분명해."

홈즈는 내게 말한 것이라고 할 수 없이 혼자 중얼거렸다. 그 내용에 흥미를 느낀 나는 조금 전에 화를 냈다는 사실도 잊고 물어보았다.

"폴록이 누군가?"

"왓슨, 폴록은 필명이라고 할 수 있다네. 그저 신분을 증명하기 위한 기호일 뿐이야. 하지만 그 이름 뒤에 숨어 있는 진짜 정체는 교활하고 종잡을 수 없는 사내지. 지난번에 보낸 편지에서 이 이름은 자신의 진짜 이름이 아니라는 사실을 솔직하게 밝히면서 할 수 있으면 수백만이나 되는 사람들이 꿈틀대며 살아가는 대도시에서 자기를 찾아내 보라고 도전해 왔다네. 하지만 문제는 폴록이라는 녀석이 중요한 게 아니라 그가 어떤 거물과 관계를 맺고 있다는 것이네. 말하자면 상어의 길잡이 노릇을 하는 방어나, 사자의 주위를 맴돌며 먹다 남은 사냥감을 노리는 자칼 같은 놈이라고 할 수 있어. 자신은 보잘것없지만 무시무시한 동료와 함께 있는 녀석들을 상상해 보게나. 왓슨, 그것도 그냥 무시무시한 놈이 아니야. 사악하기 짝이 없는 녀석이지. 그야말로 극악무도한 놈이라고 해도 좋을 걸세. 이게 내가 생각하는 녀석이야. 왓슨, 내가 전에 모리어티 교수에 대해서 이야기한 적이 있었지?"

"과학을 범죄에 이용하는 그 유명한 범죄자 말이지? 범죄자들 사이에서는 그 유명세가······."

"너무 치켜세우는 것 아닌가, 왓슨?"

홈즈가 쓸쓸한 표정을 지으며 말했다.

"아니, 나는 일반 사람들에게는 잘 알려지지 않은 사람이라고 말하려 했다네."

내 말을 듣고 홈즈가 외쳤다.

"대단해, 정말 재치 있어. 왓슨, 자네 요즘 뜻밖의 순간에 천연덕스러운 얼굴로 우스갯소리를 하는군. 나도 앞으로는 조심해야겠는걸. 하지만 모리어티를 나쁜 사람 취급했다가는 명예훼손죄로 고발당하고 말 걸세. 바로 거기에 그 사람의 위대함과 경이로움이 있다고 해도 좋아. 전에 없는 커다란 음모를 꾸미는 자, 모든 악행을 계획하는 자, 악한들의 암흑가를 지배하는 머리. 그 머리의 명석함은 한 나라의 운명을 제멋대로 움직일 수 있을 정도라네. 이게 그의 정체야. 그럼에도 불구하고 세상 사람들에게는 조금도 의심받거나 비난받지 않아. 자네의 말을 꼬투리 잡아서 법정으로 끌고 가서는 명예훼손을 보상하라며 위자료로 자네가 받는 한 해분의 연금을 앗아 가는 일쯤은 식은 죽 먹기로 해치울 녀석이라네. 그가 《소행성 역학》의 저자로 유명하다는 사실은 자네도 알고 있겠지? 그 책은 순수 과학의 극치를 달리고 있기 때문에 지금의 과학 지식으로는 거의 이해할 수 없다는 평까지 듣고 있어. 이런 사내를 비방한다면 큰일을 겪게 될 걸세. 세상은 오히려 자네를 독설가 의사, 있지도 않은 사실을 가지고 교수를 비방한 자라고 할 걸세. 모리어티는 그야말로 천재라고 할 수 있네, 왓슨. 하지만 잔챙이들을 상대하는 일들에서 해방되는 날에는 내가 반드시 녀석을 잡아 보이겠네."

나는 진심을 담아서 외쳤다.

"나도 꼭 보고 싶네! 그런데 우리는 폴록이라는 사내에 대해서 이야기하고 있지 않았나?"

"아, 그랬지. 그 폴록이라는 사람이 중요한 사슬의 중심은 아니고, 조금 떨어진 곳에 있는 고리 같은 사람이라고 할 수 있지. 우리끼리 하는 말이지만, 그는 그다지 튼튼한 고리는 아니야. 내가 조사한 바에 의하면 사슬 중에서도 가장 약한 부분이라네."

"하지만 가장 약한 부분이 얼마나 튼튼한 가에 따라 사슬 전체의 강도를 좌우하는 법이 아닌가?"

"바로 그걸세, 왓슨. 그렇기 때문에 폴록이 아주 중요하다는 거지. 그에게는 아직 양심이라는 게 남아 있는 듯하고, 거기다 내가 남몰래 보낸 10파운드짜리 지폐가 효력을 발휘했는지 지금까지 한두 번 정도 귀중한 정보를 내게 보내 줬다네. 그것도 아직 일어나지 않은 사건에 관한 정보라서 범죄를 처벌하는 데가 아니라 범죄를 방지하는 데 더 큰 도움이 된 아주 값진 것이었어. 이 암호문을 풀 열쇠만 알아낸다면 이 편지도 그런 가치 있는 정보를 지니고 있다는 걸 알 수 있을 텐데."

홈즈는 아직 사용하지 않은 빈 접시 위에 그 편지를 펼쳐 놓았다. 나도 자리에서 일어나 친구의 어깨너머로 들여다보니 거기에는 다음과 같은 기묘한 글자들이 적혀 있었다.

534 C2 13 127 36 31 4 17 21 41
더글러스 109 293 5 37 벌스턴
26 벌스턴 9 127 171

"이게 무슨 뜻인가, 홈즈?"
"남몰래 무엇인가를 알려 주려고 한 것만은 분명하네."
"하지만 암호를 풀 열쇠를 모른다면 쓸모가 없지 않나?"
"이 경우에는 그렇지."

"왜 '이 경우'라고 하는 건가?"

"왜냐고? 세상에는 신문 광고란의 수수께끼 같은 문장의 속뜻을 읽어내는 것처럼 열쇠가 없어도 풀 수 있는 암호문이 얼마든지 있거든. 머리를 식히는 데 그 정도의 유치한 암호문만큼 좋은 것도 없을 걸세. 하지만 이건 다르네. 어떤 책의 특정 페이지에 나오는 단어를 가리키는 숫자라는 건 분명하네. 하지만 어떤 책의 어느 페이지인지를 모르면 아무짝에도 쓸모가 없지."

"그렇다면 '더글러스'와 '벌스턴'은 또 뭔가?"

"그 두 단어는 문제의 책에 없었던 거지."

"그런데 그는 왜 어떤 책인지 밝히지 않았을까?"

"왓슨, 자네처럼 선천적으로 빈틈없는 성격을 타고난 사람이라면 암호문과 함께 열쇠를 보내겠나? 바로 그 점이 감탄할 만한 점이지만. 만에 하나 편지가 다른 사람의 손에 넘어 간다면 곧 암호가 해독되고 보낸 자는 곤경에 빠지게 될 걸세. 하지만 따로 보내면 편지 두 통이 모두 같은 사람에게 잘못 배달되지 않는 한 해를 당할 염려는 없네. 이제 곧 두 번째 편지가 도착할 걸세. 그 편지에 자세한 설명이 담겨 있을 거야. 아니, 틀림없이 어느 책을 보라고 확실하게 지시해 줄 걸세."

그로부터 몇 분 후, 홈즈의 예상은 멋지게 적중했다. 사환 빌리가 기다리던 편지를 가지고 왔다. 홈즈가 봉투를 열면서 말했다.

"같은 필적이야. 서명까지 해 놓았군."

그리고 편지지를 펼치며 기쁜 듯이 덧붙였다.

"일이 잘 풀릴 것 같네, 왓슨."

그런데 편지를 읽어 가던 홈즈의 얼굴이 어두워지기 시작했다.

"이런, 이보다 더 실망스러운 일도 없을 거야, 왓슨! 아무래도 우리가 잘못 생각했나 보군. 폴록이라는 사람에게 아무 일도 없어야 할 텐데. 내용을 들어 보겠나?"

홈즈는 천천히 편지 내용을 읽었다.

홈즈 선생

이제 나는 이 일에서 손을 떼겠습니다. 이제 너무 위험해졌어요. 그 사람이 나를 의심하기 시작했습니다. 내게는 그렇게 느껴집니다. 암호문의 열쇠를 알려 주려고 이 봉투에 당신의 주소를 적고 있는데 갑자기 그 사람이 찾아왔습니다. 간신히 숨기기는 했지만 만약 그 사람이 봤다면 그냥 내버려 두지는 않았겠지요. 그의 눈에는 노골적인 의심의 빛이 감돌고 있었습니다. 앞서 도착한 암호문도 태워서 없애 주십시오. 이제 쓸모없는 물건이 되어 버렸으니까요.

프레드 폴록

홈즈는 한동안 편지를 만지작거리며 눈썹을 찌푸린 채 타오르는 난로의 불빛을 가만히 바라보았다.

"아무런 의미도 없는 편지라는 소리야. 그 사람은 죄책감에 시달리고 있을지도 몰라. 동료를 배신하려고 할 때면 상대방의 눈이 자신을 책망하는 것처럼 느껴지기 마련이니까."

"그 상대방이라는 게 바로 모리어티 교수를 말하는 거겠지?"

"두말할 필요도 없네. 그쪽 무리들이 '그 사람'이라고 말하면 그게 누군지는 뻔해. 그들에게 '그 사람'이란 오직 한 명밖에 없으니까."

"그렇다면 모리어티 교수는 대체 무슨 짓을 하려는 걸까?"

"글쎄, 바로 그게 문제의 핵심일세. 유럽 최고의 두뇌를 가진 자이고 전 세계의 모든 악한들을 자기편으로 삼고 있으니 무슨 짓을 할지 알 수가 없네. 어쨌든 가엾은 폴록 녀석이 완전히 겁에 질려 있는 듯하네. 이 편지의 필적과 봉투에 적힌 글자를 비교해 보게나. 들키기 직전에 봉투에 쓴 주소는 또박또박 썼는데 편지의 글자들은 엉망으로 흐트러져 있어서 읽기가 쉽지 않아."

"그럼 왜 일부러 이런 편지를 써서 보낸 거지? 아예 보내지 않으면 그걸로 끝이 아닌가?"

"그만두면 내가 의심을 해서 폴록의 신변을 캘지도 모르고, 그때는 오히려 일이 더 복잡해질 것 같으니까 그랬겠지."

"그렇군."

이렇게 말하면서 나는 암호문이 적힌 편지를 집어 들고 유심히 살펴보았다.

"이런 종이쪽지 한 장에 중요한 비밀이 숨겨져 있는데 어떻게 할 도리가 없다니 정말 화가 나는군."

결국 셜록 홈즈는 손도 대지 않은 아침 식사 접시를 밀어 놓고, 무엇인가 생각할 때면 버릇처럼 피워 대는 향이 독한 파이프 담배에 불을 붙였다. 의자에 등을 기댄 채 천장을 가만히 바라보며 그가 말했다.

"잠깐 기다려 보게. 자네의 빈틈없는 지성으로도 포착해 내지 못한 점이 분명히 있을 걸세. 좀 더 추리를 진전시켜서 생각해 보자고. 우선 이 사내는 책을 사용했네. 그게 우리의 출발점이지."

"참으로 애매한 출발점이로군."

"그럼 좀 더 확실하게 알아낼 수 있을지 어디 한번 보자고. 잘 생각해 보면 손도 쓰지 못할 정도로 어려운 문제는 아닐 거야. 이 책의 제목을 암시하는 단서가 있을까?"

"아무것도 없네."

"꼭 그렇지만도 않네. 암호문은 '534'라는 커다란 숫자로 시작해. 그 숫자가 암호문에 사용한 책의 페이지를 나타낸다고 가정해 보세. 그렇다면 그 책은 아주 두꺼운 책이라는 결론이 나오지. 이것만 해도 수확이라고 할 수 있겠지? 그 두꺼운 책이 어떤 종류의 책인지 알아낼 만한 단서는 없을까? 그 다음 기호는 'C2'일세. 왓슨, 자네는 이게 뭐라고 생각하는가?"

"그건 제2장Chapter the second일 걸세."

"그렇지는 않아. 페이지를 썼으니 몇 장인지는 필요가 없네. 그리고 만약 534페이지가 제2장이라면 제1장이 어마어마하게 길다는 소리인데 그런 책이 어디 있겠나?"

내가 외쳤다.

"단Column을 말하는 거군!"

"잘했네, 왓슨. 오늘 아침에는 머리가 잘 돌아가는군. 나도 단이라고 생각하는 게 가장 합당할 거라고 생각하네. 그렇다면 이번에는 각 페이지가 2단으로 되어 있는 두툼한 책이 떠오르는군. 그리고 암호문 속에 '293'이라는 숫자가 있으니까, 그 한 단에는 글자가 꽤 많이 들어가 있을 거야. 그런 두꺼운 책 중에서 우리가 찾는 책을 가려내면 될 걸세. 그 외에 추리로 알아낼 수 있는 게 없을까?"

"없을 것 같은데."

"너무 빨리 포기하지 말게. 좀 더 머리를 돌려 보자고, 왓슨. 만약 그 책이 구하기 힘든 책이라면 폴록은 틀림없이 그 책도 내게 보내려고 했을 거야. 하지만 방해자가 나타나기 전에는 수수께끼를 풀 열쇠만 이 봉투에 넣어서 보낼 생각이었네. 편지에서 그렇게 말하지 않았나? 그러니 아마 폴록은 내가 그 책을 손쉽게 구할 거라고 생각했을 거야. 자기한테도 그 책이 있고 물론 내게도 그 책이 있을 거라고 생각한 거네. 그렇다면 왓슨, 그 책은 아주 흔한 책이라는 소리일세."

"아주 그럴 듯한 말이로군."

"그러니까 우리가 찾아야 할 책은 어디에서나 흔히 볼 수 있으며 2단으로 구성되어 있는 두꺼운 책이라고 봐도 무방할 걸세."

"성경이야!"

내가 자랑스럽다는 듯이 외쳤다.

"훌륭해, 왓슨. 정말 훌륭해! 하지만 내 생각을 솔직하게 털어놓자면 아직 부족한 감이 있네. 이런 말을 하면 내가 나 잘났다고 으쓱대는 것 같지만 모리어티 일당에게 가장 안 어울리는 책이 바로 성경이야. 그리고 성경에는 수많은 판본이 있으니 폴모는 나도 자기와 같은 판본을 가지고 있을지 판단할 수 없었을 걸세. 그러니 판본이 하나밖에 없는 책을 이용했을 거야. 그는 자기가 가지고 있는 책의 534페이지와 내가 가지고 있는 책의 534페이지가 완벽하게 일치한다는 사실을 의심하지 않았을 걸세."

"하지만 그런 책은 흔하지 않을 텐데."

"옳은 말일세. 그리고 뜻밖에도 그 사실이 우리에게 커다란 도움이 되지. 덕분에 우리의 수사 범위는 누구나 가지고 있을 법하고 판본도 하나밖에 없는 책이라는 데까지 좁아졌으니까."

"철도 여행 안내서!"

"그렇게 보기는 힘들 걸세, 왓슨. 그 책에 사용된 단어들이 간단하고 쉽기는 하지만 매우 한정적이고 종류도 치우쳐져 있지. 일상적인 편지에 도움이 될 만한 단어는 거의 없을 걸세. 그러니 그 책은 제외하는 편이 좋겠어. 같은 이유로 사전도 제외하세. 그렇다면 뭐가 남을까?"

"연감年鑑[1]이야!"

"굉장해, 왓슨! 난 자네가 그렇게 말할 줄 알았어. 맞아, 연감이야! 우선 〈휘테커 연감〉을 살펴보기로 하세. 이건 누구나 사용하고 있는 책이고, 페이지 수도 조건에 들어맞아. 게다가 2단 구성이지. 내 기억이 정확하다면 뒤로 갈수록 내용이 상당히 많아지거든."

홈즈가 책상 위에 있는 연감을 집었다.

"534페이지의 2단이라. 여기군. 글자가 빽빽하게 들어 있는데 아무래

1) 일 년에 한 번씩 간행하는 정기 간행물. 특정한 분야에서 한 해 동안 일어난 경과, 사건, 통계 등을 수록한다.

도 영국령 인도의 무역과 자원에 대한 이야기가 실려 있는 것 같군. 왓슨, 내가 말하는 단어들을 받아 적어 주게. 13번째 글자는 '마라타'야. 아무래도 시작이 좋지 않은데. 127번째 글자는 '정부'로군. 두 글자를 연결하면 의미가 없는 건 아니지만 나나 모리어티와는 별로 상관이 없겠어. 아무튼 조금 더 해 보세. 마라타 정부가 어쨌다는 거지? 이런, 그 다음 글자가 '돼지 털'일세. 이건 아닌 것 같군. 왓슨, 실패야."

홈즈는 아주 재미있다는 투로 말했지만 꿈틀거리는 짙은 눈썹이 실망과 초조함에 사로잡힌 그의 마음을 잘 표현해 주었다. 나는 어찌해야 좋을지 몰랐다. 모든 것이 귀찮아져서 가만히 난롯불만 들여다보고 있었다. 오랜 침묵이 흘렀다. 갑자기 홈즈가 환호성을 지르더니 책장으로 달려가서 똑같이 노란색 표지로 된 책을 꺼내 들고 제자리로 돌아왔다.

"새로운 것만 뒤쫓다 보면 손해를 보기 마련일세, 왓슨. 우리가 언제나 시대를 앞질러 갔기 때문에 벌을 받은 거야. 오늘은 1월 7일이니 우리는 당연히 새로운 연감을 가지고 있지만 폴록은 지난 연감으로 암호문을 작성했을 걸세. 그가 암호 해독의 열쇠를 알려 주는 편지를 제대로 썼더라면 그 사실도 꼭 알려 주었을 거야. 어디, 작년 연감 534페이지에는 어떤 단어들이 있는지 확인해 보세. 13번째는 'There'이군. 아까보다 훨씬 낫구먼. 127번째는 'is'니까 둘을 이어 보면 'There is'가 돼."

흥분한 홈즈의 눈이 반짝였다. 글자를 세는 가늘고 섬세한 손가락이 희미하게 떨리고 있었다.

"그리고 다음은 'danger'인가? 하, 하. 이거 아주 훌륭하군! 좀 적어 주게나, 왓슨. 'There is danger may come very soon one(가까운 시일 내에 위험이 닥쳐왔다).' 그리고 다음은 'Douglas'라는 이름이고, 이어서 'rich country now at Birlstone House Birlstone confidence is pressing(벌스턴 마

을의 벌스턴 저택에 사는 시골 부자, 확신, 긴박하다).' 어떤가? 왓슨. 엄밀한
추리 덕분에 얻은 이 수확을 어떻게 생각하는가? 만약 채소 가게에서 월
계관 같은 걸 판다면 빌리한테 사 오라고 했을 텐데 말이야."

　나는 홈즈가 해독해서 불러 준 대로 받아 적은 종이를 무릎 위에 올려
놓고 그 기묘한 문장을 가만히 바라봤다.

"하지만 의미를 전달하는 글 치고는 표현이 너무 애매한데?"

내가 묻자 홈즈가 말했다.

"아니야. 아주 잘 표현했어. 단락 하나에서 필요한 단어들을 찾아내고, 또 그것으로 하고 싶은 말을 표현하려 했으니 모든 단어를 다 찾지는 못했을 걸세. 어느 정도는 상대가 생각해 주기를 바라는 수밖에 없지. 하지만 이것만으로도 그 사람이 무슨 말을 하려 했는지 충분히 알 수 있을 것 같네. 더글러스가 누구인지는 모르겠지만, 이 글에 따르면 벌스턴에 사는 그 시골 부자에게 나쁜 짓을 하려는 자가 있는 듯하네. 그리고 그 나쁜 계획은 틀림없이 곧 실행에 옮겨질 테고. 연감에 'confident(확신하는)'이라는 단어가 없어서 그 대신 'confidence(확신)'을 쓴 것 같아. 어떤가? 이 분석, 제법 괜찮다고 생각하지 않나?"

홈즈는 만족할 만한 결과를 얻지 못하면 침울해하지만 반대로 일이 잘 풀리면 걸작을 완성한 예술가처럼 순수한 기쁨에 잠겼다. 그가 여전히 성공의 기쁨에 잠겨 있을 때, 빌리가 문을 힘차게 열고는 런던경찰국의 맥도널드 경위를 데리고 들어왔다.

그때는 1880년대가 거의 끝나 갈 무렵이었다. 당시 알렉 맥도널드는 오늘날과 같은 전국적인 명성은 얻지 못한 상태였다. 하지만 그때부터 벌써 촉망받는 젊은 형사였으며, 몇 가지 사건에서 상당한 성과를 올리고 있었다. 큰 키와 다부진 체격을 보니 체력이 상당히 강하다는 사실을 알 수 있었고, 커다란 머리와 짙은 눈썹 밑으로 움푹 들어간 생생하게 빛나는 눈에서는 날카로운 지성이 엿보였다. 말수가 적고 성실하며 인내심 강한 사내로, 말투에는 스코틀랜드 동북부에 있는 애버딘 지방의 억양이 짙게 묻어 있었다. 이 사람은 지금까지 홈즈에게 두 번 정도 도움을 받아 공을 세운 적이 있었다. 하지만 홈즈는 어떤 보상도 바라지 않고 그저 사건을 해결해 나가는 지적 유희만을 즐길 따름이었다. 이 스코틀랜드 남자는 그 사실을 알고 아마추어 탐정 홈즈에게 상당한 존경심을 품었고, 어려운 문제에 부딪치면 사심 없이 홈즈의 의견을 구하러 왔다. 평범한 인간은 자신보다 뛰어난 사람을 쉽게 알아보지 못하지만 재능이 있는 사람은 한눈에 천재를 알아보는 법이다. 홈즈는 타고난 재질이나 경험 등 모든 점에서 이미 유럽 최고의 탐정으로 인정받고 있었다. 그런 홈즈에게 도움을 구하는 것은 부끄러운 일이 아니라는 듯한 맥도널드의 태도를 보아하니 아마도 탐정의 재능을 충분히 타고난 사람이라고 말해도 좋을 것이다.

홈즈는 우정에 좌우되는 성격은 아니었지만 이 거구의 스코틀랜드 남자에게는 언제나 친절했다. 맥도널드가 들어오는 모습을 보고 그는 빙그레 웃으며 말했다.

"이른 새가 벌레를 잡는다는데 일찍 일어났군요, 맥 경위. 벌레는 잘 잡고 있습니까? 불행하게도 뭔가 복잡한 문제가 일어난 것 같은데요."

경위가 빈틈없어 보이는 웃음을 지으며 말했다.

"홈즈 선생님, '불행하게도'라는 말이 '기쁘게도'라고 들리는군요. 이렇게 쌀쌀한 아침에는 뜨끈한 차라도 한 모금 마시면 추위를 피하는 데 도움이 되겠죠. 아니요, 담배는 됐습니다. 그보다 서둘러 해야 하는 일이 있으니까요. 사건에 대한 수사는 될 수 있는 한 빨리 시작하는 게 중요하지 않습니까? 물론 그런 사실은 선생님이 가장 잘 알고 계시겠지만요. 그런데……."

경위는 갑자기 말을 끊더니 식탁 위에 있던 종이를 뚫어져라 쳐다보았다. 그것은 조금 전에 수수께끼 같은 암호문을 해독한 내용을 내가 받아 적은 종이였다. 경위가 더듬거리며 말했다.

"더, 더글러스? 벌스턴? 이건 뭡니까? 마치 마법 같군요! 대체 어디서 이런 이름을 들었습니까?"

"그건 왓슨과 내가 조금 전에 해독한 암호문에서 나온 이름입니다. 그런데 그 이름이 어쨌다는 거죠?"

경위가 놀랐다는 듯이 우리 두 사람의 얼굴을 번갈아 쳐다보다가 간신히 입을 열었다.

"그게 말입니다. 벌스턴 저택의 더글러스 씨가 어젯밤에 무참하게 살해당했습니다."

2. 홈즈의 추리

  참으로 연극의 한 장면 같은 순간이었다. 하지만 내 친구 홈즈는 그런 순간을 위해서 존재했다. 그가 이 놀라운 말에 충격을, 아니 자극이라도 받았다고 한다면 지나친 과장이 될 것이다. 친구의 눈에 띄는 성격 중에서 냉혹함이라고는 눈곱만큼도 찾아볼 수 없는 것을 보면, 강한 자극을 헤아릴 수도 없이 많이 맛본 탓에 자연스러운 감각이 마비된 것이 분명했다. 비록 감정은 둔했지만 반대로 두뇌 회전은 놀랄 정도로 빨랐다. 경위의 갑작스러운 한마디를 들은 나는 등골이 오싹해졌지만, 홈즈의 얼굴에는 과포화용액에서 결정이 맺히는 것을 지켜보는 과학자가 깊은 흥미를 느낀 것처럼 냉정하고 침착한 표정이 떠올랐다. 홈즈가 말했다.

  "재미있군! 아주 재미있어!"

  "놀랍지 않습니까?"

  "맥 경위, 흥미롭기는 하지만 놀랄 정도는 아니오. 왜 내가 놀라야 하지? 나는 믿을 만한 소식통에게서 그 사람에게 위험이 닥쳤다는 사실을 알리는 경고장을 받았습니다. 그리고 채 한 시간이 지나기도 전에 그 위험이 이미 현실로 나타나서 그 사람이 살해당했다는 사실을 들었습니다. 흥미로운 일이기는 하지만 보다시피 놀라지는 않습니다.”

홈즈는 간단하게 편지와 암호에 관한 이야기를 경위에게 해 주었다. 맥도널드는 두 손으로 턱을 괴고 갈색 눈썹을 찌푸린 채 이야기를 들었다. 잠시 후에 그가 말했다.

“사실 저는 지금 벌스턴으로 갈 생각입니다. 홈즈 선생님도 함께 가 주셨으면 해서 여기에 왔죠. 물론 여기 계신 친구분도요. 그런데 선생님의 말씀을 듣고 보니 아무래도 런던에서 일하는 편이 좋겠습니다.”

홈즈가 말했다.

“나는 그렇게 생각하지 않습니다.”

경위가 외쳤다.

“어째서입니까? 앞으로 하루 아니면 이틀 안에 신문들은 벌스턴의 수수께끼를 대서특필할 겁니다. 하지만 범죄가 일어나기 전에 그것을 예고한 인물이 런던에 숨어 있다면 굳이 벌스턴으로 수수께끼를 풀러 갈 필요가 없지 않습니까? 런던에서 그 사내만 붙잡는다면 그것으로 사건은 해결되는 것 아닙니까?”

“그도 그렇군요, 맥 경위. 그렇다면 그 폴록이라 자칭하는 사람을 어떻게 잡을 겁니까?”

맥도널드는 홈즈에게 건네받은 편지지를 뒤집어 보았다.

“캠버웰 우체국 소인입니다. 이건 별로 도움이 될 것 같지 않은데. 여기 있는 이름은 가명이라고 하셨고. 그렇군요, 단서가 될 만한 것이 없습니다. 그리 간단한 문제 같지도 않고요. 맞아, 선생님이 이자에게 송금했다고 하셨지요?”

"두 번 정도."

"어떤 방법으로요?"

"캠버웰 우체국으로 보냈습니다."

"그걸 찾으러 올 때 그를 지켜보지 않으셨나요?"

"그렇소."

형사는 좀 의외라는 듯 조금 책망하는 투로 말했다.

"어째서죠?"

"나는 약속을 지키는 사람입니다. 처음 상대편이 내게 편지를 보내 왔을 때, 나는 결코 그 사람이 누군지 확인하지 않겠다고 약속했거든요."

"그 사람의 배후에 누군가 있다고 생각하고 계시지요?"

"생각하고 있는 게 아니라 확실하게 있습니다."

"언젠가 말씀하셨던 그 교수입니까?"

"맞아요."

한동안 빙그레 웃던 맥도널드 경위가 눈을 깜빡이며 나를 바라봤다.

"홈즈 선생님, 솔직하게 말씀드리자면 저희 런던경찰국에서는 선생님이 뭔가 착각하셔서 그 교수를 잘못 생각하고 있다고 봅니다. 이 사람에 대해서는 저도 조금 조사를 해 봤는데 학식과 재능을 겸비한 매우 훌륭한 인물로 보이더군요."

"그 사람의 재능을 인정한다니 정말 다행이군요."

"누구라도 인정하지 않을 수 없을 겁니다. 선생님의 말씀을 듣고 저는 그 교수를 찾아갔습니다. 그때 우연히 일식에 대해 이야기를 나누었는데 교수는 반사경이 달린 랜턴과 지구본을 가져와서 아주 알기 쉽고 간단하게 설명해 주었습니다. 그리고 책까지 한 권 빌려 주었고요. 솔직히 말해서 애버딘에서 제대로 교육받은 저로서도 매우 이해하기 어려운 책이었습니다. 백발에 갸름한 얼굴로 엄숙하게 이야기하는 교수의 모습은 성직자 그 자체였습니다. 헤어질 때 교수가 내 어깨에 손을 얹어 주었는데 마치 냉혹하고 험난한 세상으로 여행을 떠나는 아들에게 신의 축복을 빌어 주는 아버지 같았죠."

홈즈가 껄껄 웃고 손을 비비며 말했다.

"멋지군! 정말 멋져! 내 친구 맥도널드 씨, 그런데 그 마음 따뜻한 감동적인 만남은 교수의 서재에서 이루어졌습니까?"

"그렇습니다."

"훌륭한 방이었죠?"

"아주 훌륭하고 멋진 방이었습니다."

"그렇다면 경위는 그 사람의 서재에 있는 책상 앞에 앉았습니까?"

"그렇습니다."

"그럼 경위는 밝은 창을 통해서 들어오는 빛을 받았고, 그 교수는 어두운 쪽에 있었다는 말인가요?"

"그때는 밤이었습니다. 아, 그러고 보니 램프 불빛이 정면에서 내 얼굴을 비추고 있었습니다."

"그랬겠지. 그럼 교수의 머리 위에 걸려 있던 그림을 봤습니까?"

"똑똑히 봤습니다. 이게 다 선생님에게서 교육받은 덕분이죠. 제가 본 것은 두 손을 모아 얼굴을 받친 채 곁눈질로 이쪽을 바라보는 젊은 여자의 그림이었습니다."

"장 밥티스트 그뢰즈의 작품일세."

경위는 흥미를 보이려 애쓰고 있었고, 홈즈는 의자에 몸을 푹 파묻고 양손을 깍지 낀 채 말을 이었다.

"그뢰즈는 1750년부터 1800년까지 활발하게 활동한 프랑스의 화가입니다. 물론 화가로서의 활약을 말하고 있는 겁니다. 오늘날 비평가들은 그뢰즈가 그린 그림의 가치를 당시의 비평가들보다 훨씬 더 높이 인정하고 있지요."

경위가 지루하다는 표정을 짓기 시작했다.

"그것 말고 좀 더 중요한 사실이……."

그가 말을 꺼내자 홈즈가 가로막았다.

"나는 지금 그 중요한 사실을 말하고 있습니다. 내가 하는 말은 전부 경위가 말한 벌스턴 사건과 밀접하고도 중대한 관계가 있소. 어떤 의미에서는 그 사건의 수수께끼를 풀 열쇠라고도 할 수 있겠고."

맥도널드 경위는 믿을 수 없다는 웃음을 짓더니, 좀 도와달라고 말하는 듯한 시선으로 나를 바라보았다.

"저는 선생님의 머리를 도저히 따라갈 수 없습니다. 게다가 말하는 중간에 비약을 하시니 도통 알아들을 수가 없습니다. 대체 옛날에 죽은 화가와 벌스턴 사건 사이에 어떤 관계가 있다는 겁니까?"

"탐정에게는 어떤 지식이라도 반드시 도움이 될 때가 있는 법이지요. 예를 들어서, 1865년 포탈리스 경매에서 〈어린 양과 소녀〉라는 그뢰즈의 그림이 120만 프랑, 그러니까 4만 파운드가 넘는 값에 팔렸습니다. 그런 사소한 사실도 경위에게 여러 가지를 생각하게 해 주는 단서가 될지도 모릅니다."

맥도널드는 진짜로 여러 가지 것들을 생각하기 시작했는지 얼굴이 호기심으로 넘쳐났다. 홈즈가 말을 이었다.

"그리고 한 가지 더 말해 두자면, 몇몇 믿을 만한 자료를 통해서 교수의 연봉을 확인해 보았더니 한 해에 700파운드였습니다."

"그렇다면 어떻게 그걸 살 수 있었을까요?"

"그러게 말입니다. 어떻게 샀을까요?"

경위가 감탄하며 말했다.

"참으로 이상합니다. 좀 더 들려주십시오. 꼭 들어 보고 싶습니다. 정말 흥미롭군요."

홈즈가 빙그레 웃음을 지었다. 참된 예술가처럼 그는 진심 어린 칭찬을 들으면 언제나 감격하곤 했다. 홈즈가 말했다.

"벌스턴에 안 가도 됩니까?"

형사가 자신의 시계를 바라보며 말했다.

"아직 시간이 있습니다. 밖에 마차가 기다리고 있으니 그걸 타면 빅토리아 역까지 20분도 안 걸릴 겁니다. 아무튼 홈즈 선생님, 그 그림에 대해서 말입니다. 선생님은 모리어티 교수를 한 번도 만난 적이 없다고 하지 않으셨습니까?"

"그렇소. 만난 적은 없습니다."

"그렇다면 교수의 방을 어떻게 알고 계십니까?"

"아, 그건 다른 이야기입니다. 그의 방에는 세 번 정도 들어가 봤죠. 그중 두 번은 각각 다른 그럴 듯한 구실을 붙여서 방문했는데, 교수의 방에서 기다리는 척을 하다가 그가 오기 전에 그대로 돌아왔습니다. 다른한 번은……, 사실 그 이야기는 형사에게 말하기가 좀 그렇군요. 어쨌든세 번째에는 몰래 숨어 들어가서 교수의 서류들을 살펴봤는데 아주 의외의 결과를 얻었습니다."

"뭔가 중요한 것이라도 발견했나요?"

"아니, 아무것도 없었소. 그러니 의외라고 하는 거지. 아무튼 이제 그그림이 어떤 물건인지 알았겠지요? 그런 그림을 걸어 둘 만큼 그는 큰부자입니다. 그렇다면 어떻게 그런 돈을 손에 넣을 수 있었을까요? 아내는 없고, 그의 동생은 영국 서부에 자리 잡은 조그마한 시골 역장에 불과합니다. 교수의 1년 연봉이래 봐야 고작 700파운드인데도 그뢰즈의 그림을 가지고 있죠."

"그래서요?"

"그 답이야 뻔한 게 아니겠습니까?"

"교수가 암흑세계에서 막대한 돈을 벌어들인다는 겁니까?"

"바로 그렇습니다. 물론 그렇게 생각하는 데에는 그 밖에도 다른 이유들도 있지요. 몇 가닥이나 되는 가느다란 거미줄이 중앙을 향해 모여 있고, 그 가운데에 혐오스러운 거미 한 마리가 독을 가득 채운 채 가만히 몸을 숨기고 있습니다. 그뢰즈의 그림은, 경위도 그 그림을 봤을 테니 상황을 잘 파악할 수 있을 거라 생각해서 꺼낸 이야기입니다."

"그렇군요. 정말 재미있는 이야기입니다. 아니, 재미있는 정도가 아니라 실로 놀랄 만한 이야기로군요. 가능하다면 좀 더 자세하게 듣고 싶습니다. 대체 교수는 그렇게 큰돈을 어떻게 손에 넣는 걸까요? 위조지폐나 모조 예술품? 그것도 아니면 강도짓이라도 했을까요?"

"경위는 조너선 와일드에 대해서 읽어 본 적이 있습니까?"

"어디선가 들어본 적이 있는 이름 같군요. 소설에 나오는 인물 아닙니까? 저는 소설 속 탐정에는 그다지 흥미가 없어서요. 그들은 여러 가지 일들을 하지만 어떤 식으로 했는지는 가르쳐 주지 않고 느낌만으로 움직이기 때문에 실제 탐정에게는 도움이 되지 않습니다."

"조너선 와일드는 탐정도 아니고 소설에 나오는 사람도 아닙니다. 악당 중의 악당이라고 할 수 있는 자로 1750년대 전후에 실제로 존재했던 인물입니다."

"그렇다면 지금은 아무런 도움도 되지 않는 사람이군요. 저는 무엇이

든 지금 당장 도움이 될 만한 것들만 중시하거든요."

"경위, 가장 도움이 될 만한 공부법을 알려 주겠소. 3개월 동안 집에 틀어박혀서 매일 12시간씩 범죄 기록을 읽어 나가세요. 모든 것은 돌고 돕니다. 모리어티 교수도 마찬가지고요. 조녀선 와일드는 런던의 악한들에게 굉장한 영향력을 행사하고 있던 유력한 인물이었습니다. 악당들에게 지혜와 조직력을 빌려 주고 15퍼센트의 수수료를 받던 녀석이었죠. 한 번 발생한 일은 또 다시 일어납니다. 모리어티에 관한 재미있는 이야기를 두어 가지 말해 볼까요?"

"꼭 들려주십시오. 재미있을 겁니다."

"악에 종사하는 나폴레옹이라 할 수 있는 이 교수를 출발점으로 해서 100명이 넘는 폭력배, 소매치기, 상습 사기꾼, 사기 도박사 등 세상의 모든 질 나쁜 사람들이 마치 사슬처럼 연결되어 있습니다. 난 그 사슬의 가장 첫 번째 고리가 되는 사람을 우연히 알아냈죠. 교수의 오른팔이라고도 할 수 있는 이자는 세바스찬 모런 대령이라는 사람인데 교수와 마찬가지로 법의 그물에서 벗어나 안전한 생활을 하고 있습니다. 교수가 이 사람에게 얼마를 지불하는지 알고 있습니까?"

"글쎄요, 얼마나 될까요?"

"한 해에 6,000파운드입니다. 그게 바로 대령이 머리를 쓴 대가로 받는 보수죠. 미국식 거래법이라고 할 수 있어요. 우연히 이렇게 자세한 내용까지 알게 되었지만, 어쨌든 영국 수상이 받는 연봉을 웃도는 금액입니다. 이 사실만으로도 모리어티의 수입이 어느 정도인지, 일의 규모가 어느 정도인지를 알 수 있지 않습니까? 그리고 한 가지 더 있습니다. 나는 최근 모리어티가 발행한 수표를 조금 조사해 봤습니다. 범죄와 관계없는, 일상생활에서 사용하는 아주 평범한 수표였지만 놀랍게도 여섯 군데나 되는 다른 은행에서 발행했더군요. 경위는 어떤 생각이 듭니까?"

"정말 이상한 일이군요. 홈즈 선생님은 어떻게 생각하십니까?"

"교수는 자신의 재산이 얼마인지 세간에 알려질까 봐 두려워하고 있는 게 분명합니다. 얼마나 가지고 있는지 누구에게도 알리고 싶지 않을 테죠. 녀석은 틀림없이 20개가 넘는 계좌를 가지고 있을 거요. 그리고 재산의 대부분은 독일 은행이나 리옹 은행 같은 외국 은행에 맡겨 두었을 테고. 언젠가 경위에게 1, 2년 정도 시간이 생기면 모리어티 교수에 대해서 면밀하게 조사해 보기를 바랍니다."

이야기가 계속될수록 맥도널드 경위는 점점 더 그 안으로 빨려 들어갔고 결국에는 완전히 넋을 잃고 말았다. 하지만 이야기가 여기까지 오자 실리주의적인 스코틀랜드인 특유의 성격이 되살아난 듯 문득 제정신을 차리고 이야기를 원점으로 되돌렸다.

"홈즈 선생님, 여러 가지로 재미있는 이야기를 들었습니다. 모리어티 교수 이야기는 이쯤에서 그만두고 지금 가장 중요한 문제인 벌스턴 살인 사건과 그 교수와의 관계에 대해서 이야기하고 싶습니다. 폴록이라는 사람이 통보해 줘서 그 사실을 알았다고 하셨죠? 그 외에 지금 필요한 것들을 들려주실 수 있을까요?"

"범죄 동기 말인데, 아주 짐작이 가지 않는 바는 아닙니다. 경위가 처음 했던 말을 생각해 보면 전혀 영문을 알 수 없는, 아니 적어도 지금 단계에서는 설명을 할 수 없는 살인사건인 듯합니다. 하지만 사건의 배후에 지금 우리가 문제 삼고 있는 모리어티 교수가 있다면 동기는 두 가지 정도로 생각해 볼 수 있지요. 우선…… 모리어티는 자기 밑에 있는 악한들을 매우 엄격한 잣대를 들이밀며 지배하고 있습니다. 무시무시할 정도로 엄한 규칙을 어긴 자를 기다리고 있는 것은 오직 하나, 죽음뿐입니다. 따라서 우선은, 살해된 더글러스라는 사람이 어떤 일로 모리어티를 배신했고, 모리어티의 부하 중 한 명이 그 배신자에게 닥칠 운명의 냄새를 미리 맡았다고 생각해 볼 수 있습니다. 마침내 그 형이 집행됐고, 다른 부하들에게 본보기로 삼기 위해서 일부러 다른 사람들에게 이 사실을 알렸을 겁니다."

"그렇군요. 그렇게 생각할 수도 있겠습니다."

"또 다른 동기는, 모리어티가 평소부터 이 사건을 계획하고 있었다고 생각할 수도 있습니다. 현장에서 사라진 것은 없습니까?"

"거기에 대해서는 아직 아무런 보고도 없었습니다."

"만약 없어진 게 있다면 첫 번째 동기는 설득력을 잃고 두 번째 동기가 그럴듯하게 보이겠지요. 그렇다면 모리어티는 이익을 나누겠다는 약속을 했거나 아니면 선금을 받고 일을 계획한 셈이 됩니다. 아니, 어쩌면 전혀 다른 방법으로 양자를 조합한 걸지도 모르겠지만. 어쨌든 벌스턴에 가지 않는 한 문제는 풀리지 않을 거요. 그 사람에 대해서는 내가 잘 알고 있는데, 꼬리를 밟힐 만한 단서를 런던에 남길 만큼 어리석은 자는 아닙니다."

"그럼 서둘러 벌스턴으로 가야겠군요! 이런! 생각했던 것보다 시간이 빨리 지나갔어. 5분밖에 안 남았군. 얼른 채비를 해 주십시오."

맥도널드가 의자에서 벌떡 일어나며 외쳤다.

"우리는 5분이면 충분합니다."

이렇게 말한 홈즈는 자리에서 기세 좋게 일어났다. 그리고 잽싸게 옷을 갈아입으며 말했다.

"맥 경위, 가면서 사건에 대한 자세한 이야기를 모두 들려주시오."

이야기를 '모두' 들어 보았지만 뜻밖에도 무엇 하나 알아내지 못했다. 그래서 홈즈가 직접 조사를 하러 갈 만한 가치가 충분한 사건이라고 말할 수 있었다. 홈즈는 반짝이는 눈으로, 골격이 그대로 드러나 보이는 손을 비벼 가며 빈약하지만 놀랄 만한 내용이 담긴 경위의 이야기에 귀를 기울였다. 홈즈는 몇 주일 동안 따분하기 짝이 없는 생활을 계속했다. 이제 드디어 그의 비범한 재주를 발휘하기에 아주 적합한 사건을 발견하게 된 것이다. 천재에게 그 재능을 사용하지 않는 것만큼 괴로운 일도 없을 것이다. 면도칼과 마찬가지로 날카로운 두뇌도 사용하지 않고 그

냥 두면 녹슬어서 칼날이 무뎌지기 마련이다.

홈즈는 눈을 반짝이고 창백한 뺨을 붉게 물들이며 드디어 자신이 활약할 기회를 얻은 기쁨을 얼굴 가득 드러내고 있었다. 마차로 이동하는 동안, 서식스 주에서 우리를 기다리고 있는 사건에 대해 맥도널드 경위가 간략하게 이야기했다. 홈즈는 몸을 앞으로 내민 채 세심하게 귀를 기울였다.

하지만 경위도 오늘 아침에 우유를 나르는 열차 편으로 배달된 보고서를 바탕으로 이야기하는 것에 불과했다. 마침 현지 경찰관인 화이트 메이슨과 개인적으로 아는 사이였기 때문에, 지방 경찰이 런던경찰국에 도움을 요청하는 다른 사건에 비해서는 상당히 빨리 정보를 얻을 수 있었다고 했다. 일반적으로 단서가 될 만한 것이 아주 빈약한 사건일 때 런던경찰국의 전문가에게 수사 요청이 들어왔다.

경위는 메이슨이 보낸 편지를 읽어 주었는데 내용은 다음과 같았다.

맥도널드 경위님

공식적인 의뢰서는 따로 보냈습니다. 이 편지는 개인적으로 당신에게 요청하고 싶어서 보내는 겁니다. 아침 몇 시 열차로 벌스턴에 올 수 있는지 전보로 알려 주면 마중 나가겠습니다. 만약 내가 갈 수 없으면 다른 사람을 대신 보내겠습니다. 중대한 사건이니 한시라도 빨리 와 주십시오. 그리고 가능하다면 홈즈 선생님을 모셔 오세요. 그분이라면 독특한 수사법으로 무엇인가를 발견하시리라 기대합니다.

만약 진짜 시체가 무대의 한가운데에 나뒹굴고 있지만 않았다면 꾸며 놓은 연극이라고 생각했을 법한 상황입니다. 거듭 말하지만, 이건 정말 큰 사건입니다.

"경위의 친구는 바보가 아니로군요."

홈즈가 입을 열었다.

"당연한 말씀이십니다. 제가 보기에 화이트 메이슨은 아주 유능한 사람입니다."

"그런데 이야기는 여기까지가 전부입니까?"

"나머지는 그곳으로 가서 메이슨에게 직접 듣기로 했습니다."

"그럼 경위는 어떻게 더글러스 씨가 참혹하게 살해되었다는 사실을 알고 있습니까?"

"동봉한 공식 보고서에 적혀 있었습니다. 그가 '참혹하게'라는 말을 쓰지는 않았지만요. 그 말은 공식 용어로 인정받지 못했거든요. 아무튼 그 공식 보고에 따르면 피해자는 존 더글러스라는 남자로, 머리에 엽총을 맞았다고 합니다. 어젯밤 12시 가까운 시각에 발견되었는데 타살이 분명하며, 용의자를 아직 붙잡지 못했고, 사건에 아주 이상한 특징들이 있다고 쓰여 있습니다. 지금 알고 있는 내용은 대충 이 정도뿐입니다."

"맥 경위, 그렇다면 이 이야기는 여기서 그만두는 편이 낫겠습니다. 불충분한 재료로 만든 섣부른 추리는 우리 직업상 금물이니까. 지금 우리가 확실하게 알고 있는 사실은 오직 두 가지뿐입니다. 하나는 런던에 무서울 정도로 영리한 녀석이 숨어 있다는 사실이고, 또 하나는 서식스에 시체 하나가 나뒹굴고 있다는 거죠. 우리가 해야 할 일은 이 두 사실을 이어 줄 사슬을 밝혀내는 겁니다."

3. 벌스턴의 비극

여기서 잠깐, 변변치 못한 내 의견은 뒤로 빼고 나중에 알게 된 사실을 바탕으로 해서 우리가 도착하기 전에 현지에서 어떤 일이 벌어졌는지 설명하고자 한다. 이 기록을 읽는 사람들이 사건에 휘말린 사람들과 그들의 운명을 좌우한 정황들을 이해하도록 하려면 그 방법밖에 없기 때문이다.

벌스턴 마을은 서식스 주 북쪽 끝에 있는, 반목조 양식의 고풍스러운 집들이 모여 있는 조그만 마을이었다. 몇 세기 동안 예전의 모습을 그대로 간직한 곳이었는데 최근 몇 년 사이에 아름다운 풍경과 좋은 입지를 알아본 부자들이 몰려들면서 주위 숲 여기저기에서는 그들의 별장을 볼 수 있었다. 그 지역 사람들은 그 숲이 고대 잉글랜드에서 유명했던 윌드 삼림지대의 끝자락에 있다고 생각했다. 이 삼림지대는 북쪽으로 갈수록 나무들이 점점 줄어들다가 결국에는 아무것도 없는 석회 구릉지대로 바뀌었다. 인구가 늘자 작은 상점 몇 개도 들어섰고, 머지않아 이 벌스턴도 낡은 마을에서 현대적인 마을로 변해 갈 것으로 보였다. 벌스턴에서 가장 가깝고 눈에 띄는 마을은 턴브리지 웰스였는데, 그곳은 켄트 주와의 경계에 있었으므로 벌스턴에서는 동쪽으로 15킬로미터나 20킬로미터 가까이 떨어져 있었다. 그 때문에 벌스턴은 지금도 이 부근의 중심지 역할을 하고 있다.

마을 중심에서 1킬로미터 정도 떨어진 곳에 큼지막한 너도밤나무가 유명한 오래된 영지가 있었고 그 안에 고풍스러운 벌스턴 저택이 있었다. 이 저택은 유서 깊은 건물인데 그 일부는 1095년 무렵 제1차 십자군 시대에 휴고 드 카프스가 윌리엄 2세[2]에게 하사받은 영지의 한가운데에 쌓은 요새라고 알려져 있다. 이 요새는 1543년에 일어난 화재로 소실되었다가 1600년대 초반, 즉 제임스 1세 때 불에 타 검게 그을린 초석을 재사용하여 다시 벽돌 건물을 지었다.

수많은 박공과 조그만 마름모꼴 유리로 만든 창문이 달려 있는 이 저택은 17세기 초에 세워진 그 모습을 그대로 간직하고 있었다. 지금과 달리 전쟁에 대비하는 마음이 투철했던 당시 조상들은 저택 주위에 이중 해자를 파 놓았다. 하지만 외부를 둘러싸고 있던 해자는 물이 전부 말라 버렸으며 그 자리는 이제 소박한 채소를 심는 밭으로 변해 버렸다. 안쪽 해자에는 아직도 물이 남아 있었지만 지금은 깊이가 몇 미터밖에 되지 않았다. 그러나 폭은 12미터나 되어 저택 전체를 둘러싸고 있었다. 물이 탁하기는 해도 한쪽 끝에서 물이 흘러들어 와서 다른 쪽으로 나갔기 때문에 웅덩이처럼 불결하지는 않았다. 저택 1층의 창문은 해자의 수면보다 겨우 30센티미터 정도 높은 곳에 있었다.

2) 영국 노르만 왕조의 제2대 왕으로, 정복 전쟁을 벌여 스코틀랜드와 웨일스를 봉신으로 삼아 자기 지배 아래에 두었다.

저택으로 들어가려면 도개교를 건너야만 했다. 하지만 그 다리를 감아올리는 기계며 사슬도 오랫동안 녹슬고 고장 난 채 방치되어 있었다. 그러다가 최근 이 영주 저택에 머물렀던 세입자들이 이것을 완전히 고쳐 놓았다. 그 덕분에 예전처럼 다리를 들어 올릴 수 있게 되었고, 실제로 매일 밤 다리를 들어 올렸다가 아침이면 내리게 했다. 이렇게 봉건시대의 낡은 풍습을 재현하게 된 저택은 밤이면 외로운 섬처럼 되어 버렸는데, 이 사실은 영국 전역을 떠들썩하게 만든 의문의 사건과 아주 깊은 관계를 맺고 있었다.

이 저택에는 오랫동안 아무도 살지 않았다. 그래서 황폐해질 대로 황폐해져서 이대로 가다가는 그림 속에 나오는 폐허로 변해 버리겠다 싶었을 때, 더글러스 가에서 이를 사들였다. 더글러스 가라고는 해도 그 구성원은 존 더글러스와 그의 아내 둘뿐이었다.

더글러스는 인품과 체격이 아주 뛰어난 사람이었다. 나이는 쉰 정도였는데 턱이 각진 얼굴에는 주름이 많았으며, 희끗희끗한 수염을 기르고 있었고, 회색 눈은 이상할 정도로 날카로웠다. 그리고 다부지고 늠름한 몸에서는 청년 시절의 젊음과 활기찬 기운이 넘쳐나고 있었다. 더글러스는 누구에게나 상냥하고 친절했지만 종종 거친 행동을 해서 서식스 주의 시골 사교계보다도 좀 더 낮은 사회에서 생활한 사람이라는 인상을 풍겼다.

그 바람에 교양 있는 주위 사람들은 더글러스를 조금 얕보기도 하고 호기심 어린 눈빛으로 바라보기도 하면서 거리를 두고 대했다. 하지만 그는 곧 마을에서 커다란 인기를 얻게 되었는데, 마을 행사가 있을 때면 언제나 많은 돈을 기꺼이 기부했고, 음악회나 그 밖의 모임이 있을 때면 적극적으로 참석했다. 풍부한 성량을 자랑하는 목소리를 가지고 있었던 그는 사람들이 청하면 언제나 멋진 노래를 불러 주곤 했다. 더글러스가 미국 캘리포니아의 금광에서 큰돈을 벌었다는 소문이 돌았는데 그 때문 인지 경제적으로 아무 문제가 없는 것처럼 보였다. 돈에 관한 문제는 확실하지 않았지만, 그들 부부의 말을 들어 보면 그가 오랫동안 미국에서 살았다는 사실은 확실했다.

그는 성격이 좋았고 태도도 서민적이어서 인기가 많았다. 게다가 위험에 굴하지 않는 자세를 보여서 인기가 더욱 높아졌다. 말을 썩 능숙하게 타지는 못해도 경기가 있으면 반드시 참석해서 일류 기수들과 한 치의 양보도 없는 승부를 벌이다가 극적인 순간에 말 위에서 보기 좋게 나가 떨어지고는 했다. 한번은 목사 사택에 큰불이 나서 마을 소방단마저 포기한 적이 있었는데 더글러스는 두 번이나 불 속으로 뛰어들어 자기 목숨도 돌보지 않고 귀중한 물건들을 꺼내서 그 이름을 널리 떨치기도 했다. 이런 이유로, 저택 주인 더글러스는 채 5년도 되지 않아 벌스턴에서 가장 인기 있는 사람이 되었다.

아내도 그녀를 아는 사람들 사이에서 좋은 평판을 얻고 있었다. 하지만 영국의 풍습대로, 아무 연고도 없이 시골로 와서 사는 외지인의 집을 정식으로 찾아가 일부러 사귀려는 사람은 극히 드물었다. 그래도 그녀는 워낙 내성적인 데다가 늘 남편의 뒷바라지와 집안일에만 매달려 있었기 때문에 그런 것은 마음에 두지 않는 듯했다. 부인은 영국 태생으로, 더글러스가 전처를 잃고 런던에서 홀로 생활하고 있을 때 만나서 결혼했다고 한다. 키가 크고 날씬한 흑발의 미인으로 남편보다 스무 살 정도 어려 보였는데 그것이 부부 사이에 문제가 되지는 않는 듯이 보였다.

그러나 이 부부와 매우 친한 사람들이 때때로 하는 말을 들어 보면, 이

들은 서로에게 과거를 전부 밝히는 사이는 아닌 모양이었다. 왜냐하면 더글러스 부인은 남편의 과거를 언급하는 것을 꺼렸기 때문인데, 어쩌면 부인도 남편의 과거에 대해서 그다지 아는 게 없을지도 모른다는 소리도 들렸다. 그리고 더글러스 부인은 가끔 걱정에 잠긴 표정을 지어 보였으며, 남편의 귀가가 늦어지는 날이면 아무 일도 하지 못할 만큼 침착함을 잃는다고 했다. 이러한 사실은 눈치 빠른 두어 명이 입방아를 찧는 내용이었다. 이렇다 할 만한 사건이 없는 한가로운 시골에서는 그 어떤 화젯거리라도 사람들의 환대를 받는 법이다. 벌스턴 저택에 사는 부인의 약점도 사람들의 눈을 피해 갈 수 없었다. 그런 데다 이런 사건이 터졌으니, 사소한 것들이 아주 의미 있는 일들처럼 마을 사람들의 마음에 더욱 확실하게 새겨진 것이었다.

저택에는 또 다른 사람이 한 명 더 있었다. 때때로 찾아와 한동안 머물다 가는 사람이었는데, 그는 지금부터 설명할 그 기괴한 사건이 일어났을 때도 우연히 저택에 머물고 있던 까닭에 단번에 유명인이 되었다. 그는 런던 햄스테드에 있는 헤일스 저택에 사는 세실 제임스 바커였다.

바커는 자주 벌스턴 저택에 드나들었기 때문에 그의 커다란 모습은 마을 사람들에게도 낯선 것이 아니었다. 그리고 이 사람은 더글러스 씨가 이곳에 오기 전의 비밀스러운 과거를 아는 유일한 친구라는 이유로도 주목을 받았다. 바커는 틀림없는 영국인이었는데, 그의 말에 따르면 미국에서 처음 더글러스를 알게 되었고 거기에 있었을 때는 아주 친하게 지냈다고 한다. 바커는 상당한 재산을 가지고 있는 듯했으며 독신이라는 소문이 있었다.

그는 기껏해야 45세 정도로 더글러스보다 젊었다. 키가 크고 골격이 당당한 사람으로 깨끗하게 면도한 얼굴은 마치 프로 권투 선수를 연상

케 했다. 진하고 검은 눈썹 밑에는 고집스러워 보이는 검은 눈이 반짝이고 있었으며, 굳이 힘을 쓰지 않더라도 적을 움찔하게 만들만큼 위압적인 분위기가 느껴졌다. 바커는 승마나 사냥을 하진 않았지만, 매일 파이프를 입에 물고 유서 깊은 마을을 산책했다. 그리고 때로는 더글러스와 둘이서, 더글러스가 없을 때면 부인과 함께 아름다운 시골 풍경 속으로 마차를 달리며 시간을 보내기도 했다.

"여유롭고 대범한 분이시지만 그분의 뜻은 절대로 거역할 수 없지요."

집사 에임스는 바커에 대해 이렇게 말했다.

바커는 더글러스와 마음을 터놓고 지내는 사이였으며 부인과도 아주 친하게 지냈다. 그 탓에 남편 더글러스가 때때로 불편한 심정을 하인들에게 보이기도 했다고 한다. 이 제3의 인물이 한 집에서 묵고 있을 때 그 비극적인 참사가 발생했다.

그 밖에도 이 낡은 저택에는 많은 하인들이 있었다. 하지만 빈틈없고 성실하며 모든 일이든 척척 해치우는 집사 에임스와, 부인을 도와서 집 안일을 하는 뚱뚱하고 활달한 앨런 부인에 대해서만 소개하면 충분할 것이다. 그 외의 여섯 명의 하인들은 1월 6일 밤에 일어난 사건과는 아무런 관계도 없기 때문이다.

밤 11시 45분, 서식스 주의 조그만 경찰서에 처음으로 급보가 날아들었다. 그곳의 책임자는 윌슨 경사였는데 매우 흥분한 세실 바커 씨가 경찰서 입구로 달려 들어와 벨을 요란스럽게 울려 댔다. 벌스턴 저택에서 끔찍한 일이 벌어졌으며 존 더글러스 씨가 살해되었다는 이야기였다. 신고를 마친 그는 바로 저택으로 되돌아갔다. 한편, 경사는 서둘러 주의 경찰 본부에 중대한 사건이 발생했음을 알리고 바로 바커 씨의 뒤를 따랐다. 윌슨 경사가 현장에 도착한 것은 12시가 지나서였다. 저택에 가 보니 도개교는 내려와 있었고 창 여기저기서 불빛이 새어 나왔으며 저택 전체가 아수라장이 되어 있었다. 하인들은 새파랗게 질린 얼굴로 홀 한쪽에 모여 있었고, 완전히 겁을 먹은 집사는 손을 비벼 대며 현관에서 경사를 맞아들였다. 많은 사람들 중에서 유일하게 세실 바커만 제정신인 것 같았다. 그는 현관 옆에 있는 방문을 열어 두고 기다리고 있다가 경사를 불러들였다. 바로 그때 호방한 성격에 솜씨도 꽤 좋은 마을 의사인 우드 박사가 달려왔고 세 사람은 사건이 일어난 방으로 들어갔다. 그 뒤를 따라 겁에 질린 집사가 들어섰고, 하녀들이 그 끔찍한 광경을 볼 수 없도록 문을 닫았다.

시체는 방 한가운데에 팔다리를 축 늘어뜨린 채 누워 있었다. 잠옷 위

에 분홍색 실내복만 걸쳤으며 맨발에 슬리퍼를 신고 있었다. 의사는 시체 옆에 무릎을 꿇고 앉아 탁자 위에 있던 램프로 비춰 보았다. 첫눈에도 더 이상 어떻게 손쓸 수 없다는 사실을 알 수 있었다. 끔찍한 부상이었다. 시체의 가슴 부근에는 방아쇠에서 30센티미터 정도 앞에서 총신을 잘라 낸 이상한 엽총이 걸쳐 있었다. 분명히 바로 옆에서 이 총을 쏘았을 것이다. 산탄이 얼굴에 정면으로 맞아 머리가 산산조각 나 있었다. 이 엽총은 두 개의 방아쇠를 철사로 묶어 동시에 총알이 발사되도록 하였는데 그것의 위력을 한층 더 강화하기 위한 것이었다.

갑자기 무거운 책임이 찾아오자 월슨 경사는 당황하지 않을 수 없었다.

"상관이 올 때까지 아무것도 건드리면 안 됩니다……."

경관이 무참하게 깨진 머리를 기분 나쁜 듯이 바라보며 말꼬리를 흐렸다.

"아직 손을 대지 않았습니다. 그건 확실하게 보장할 수 있습니다. 모든 게 내가 발견했을 때와 똑같습니다."

세실 바커가 말했고 월슨 경사는 수첩을 꺼냈다.

"언제 발견하신 겁니까?"

"정확히 11시 30분이었습니다. 침실로 들어가기는 했지만 그때까지 잠옷으로 갈아입지 않고 난로 옆에 앉아 있었는데 총성이 들려왔습니다. 그렇게 커다란 소리는 아니었습니다. 둔탁하고 무엇에 막힌 소리였죠. 서둘러 밑으로 뛰어 내려왔으니까 방에 들어오기까지 30초도 걸리지 않았을 겁니다."

"문은 열려 있었습니까?"

"네. 열려 있었습니다. 안을 들여다보니 지금 보시는 대로 가엾은 더글러스가 쓰러져 있었습니다. 불 켜진 침실용 촛대는 탁자 위에 세워져 있었고요. 이 램프는 잠시 후에 내가 켰습니다."

"아무도 못 보셨습니까?"

"그렇습니다. 내 뒤를 따라서 더글러스 부인이 계단으로 내려오는 발소리가 들리기에 이런 처참한 광경을 보여 줄 수는 없다고 생각에서 부인을 말리려고 얼른 방 밖으로 나갔습니다. 그때 가정부 앨런 부인이 왔고, 그녀에게 더글러스 부인을 데려가도록 했습니다. 그리고 집사인 에임스가 달려오자 우리 둘이서 다시 이 방으로 들어왔습니다."

"그런데 밤에는 도개교를 올려 둔다고 들었는데요."

"맞습니다. 내가 내리기 전까지는 올려 둔 상태였습니다."

"그렇다면 범인은 어떻게 도망쳤을까요? 뭐, 그 문제는 생각하지 않아도 되겠군요. 틀림없이 더글러스 씨는 자살한 것이니까요."

"우리도 처음에는 그렇게 생각했지만, 잠깐 여기 좀 보십시오."

이렇게 말하면서 바커는 커튼을 걷어 올려 마름모꼴 유리를 단 길고 가느다란 창이 한껏 열려 있는 곳을 손가락으로 가리켰다.

"이걸 보십시오."

그는 램프를 가까이 가져가 나무 창틀 위에 찍힌 피 묻은 발자국을 비췄다.

"누군가 이리로 도망쳤습니다."

"해자를 건너서 도망갔다는 말입니까?"

"그렇습니다."

"총성이 들린 지 30초도 지나지 않아서 당신이 이 방에 뛰어들었다면, 범인은 해자에 고인 물을 걸어서 건너고 있었겠군요."

"분명히 그랬을 겁니다. 그때 내가 창가로 가기만 했어도……. 하지만 보시는 것처럼 이렇게 커튼이 내려져 있었기 때문에 생각지도 못했습니다. 게다가 그때 더글러스 부인의 발소리가 들려와서 머릿속에는 부인을 방에 들여서는 안 되겠다는 생각이 가득했죠. 부인이 보기에는 너무 처참한 광경이니까요."

완전히 짓이겨진 얼굴과 그 주위의 처참한 상처를 보며 의사가 말했다.

"정말 처참합니다! 벌스턴 철도 충돌 사고 이후 이렇게 처참한 상처는 처음입니다."

느긋한 시골 사람인 윌슨 경사는 열려 있는 창이 여전히 마음에 걸리는 모양이었다.

"하지만 말입니다. 범인이 해자를 건너 도망간 건 그렇다 치고, 한 가지 묻고 싶은 게 있는데요. 다리가 올라가 있었다면 범인은 이 저택으로 어떻게 들어왔을까요?"

경사의 질문에 바커가 말했다.

"그렇군요. 그런 문제가 있었군요."

"몇 시에 다리를 올리셨습니까?"

이번에는 집사 에임스가 대답했다.

"6시 전에 올렸습니다."

"일몰과 함께 다리를 올린다고 들었습니다. 그렇다면 요즘에는 6시보다 훨씬 더 이른 4시 30분쯤이 아닙니까?"

에임스가 말했다.

"부인을 찾아온 손님이 있어서 그분들이 가시기 전에는 다리를 올릴 수 없었습니다. 손님들이 가신 다음에 제가 감아올렸습니다."

"그렇다면 이야기가 이렇게 되는군요. 만약 누가 외부에서 침입한 것이라면 말이죠. 뭐, 한 사람이 아니라 여러 사람이 침입했을 수도 있지만. 아무튼 그 녀석들은 6시 전에 다리를 건너 들어왔고, 더글러스 씨가

11시를 지나서 이 방에 들어올 때까지 계속 저택 안에 숨어 있었다는 건가요?"

"아마 그랬을 겁니다. 더글러스는 매일 밤, 잠자리에 들기 전에 불을 켜 둔 곳이 없나 살피려고 저택 안을 한 바퀴 돌아보거든요. 점검하느라 이 방에도 들어왔을 테고요. 누가 그를 기다리고 있다가 총을 쐈겠죠. 그리고 녀석은 총을 버려 둔 채로 도망친 겁니다. 나는 대충 그렇게 됐다고 생각합니다. 그것 말고는 달리 생각할 도리가 없으니까요."

바로 그때 경사가 시체 옆 바닥에 떨어져 있던 종이쪽지 한 장을 집어 들었다. 거기에는 'V. V.'라는 머리글자가 있었고 그 밑에 '341'이라는 숫자가 잉크로 적혀 있었다. 경사가 종이를 내밀며 물었다.

"이건 뭡니까?"

바커는 그것을 신기하게 바라보며 대꾸했다.

"그런 게 있는 줄 전혀 몰랐는데. 범인이 떨어뜨린 거겠지요."

"흠, 'V. V. 341'이라. 뭐가 뭔지 전혀 모르겠습니다."

경사의 말에 바커도 말했다.

"'V. V.'는 뭘 말하는 걸까요? 어떤 사람의 이름을 가리키는 머리글자일지도 모르겠군요. 우드 박사님, 그건 뭡니까?"

우드 박사는 난로 앞 카펫 위에 떨어져 있던 아주 커다란 망치를 집어 올렸다. 묵직하고 튼튼해 보이는 물건이었다. 세실 바커가 벽난로 위 선반에 있는 놋쇠 못 상자를 손가락으로 가리키며 말했다.

"더글러스는 어제 액자 위치를 바꿨습니다. 저 의자 위에 올라가서 위쪽 벽에 액자를 거는 모습을 내가 직접 봤습니다. 그때 저 망치를 썼을 겁니다."

"그건 원래 떨어져 있었던 곳에 두는 게 좋겠습니다."

이렇게 말한 경사는 정말 난처하다는 듯 머리를 긁적이더니 다시 말을 이었다.

"이번 사건을 해결하려면 가장 뛰어난 경찰에게 부탁해야 할 것 같습니다. 런던경찰국에서 수사해야겠어요."

이렇게 말한 경사는 램프를 들고 천천히 방안을 둘러보기 시작했다. 그러다가 창가의 커튼을 한쪽으로 밀어 보더니 갑자기 깜짝 놀라 소리 질렀다.

"이게 뭐야? 이 커튼은 몇 시에 닫았습니까?"

"램프를 켰을 때니까 아마 4시 조금 지나서였을 겁니다."

집사가 대답했다.

"누가 여기에 숨어 있었습니다."

경사가 램프를 가까이 가져가 구석에 뚜렷하게 찍힌 진흙 묻은 발자국을 비췄다.

"아무래도 당신의 추측이 맞나 봅니다, 바커 씨. 이걸 보면 범인은 커튼을 닫은 뒤인 4시에서 다리를 올리기 전인 6시 사이에 이 저택으로 숨어든 것 같습니다. 숨을 만한 곳이 눈에 띄지 않았기 때문에 가장 먼저 눈에 들어온 이 방으로 숨어들었겠죠. 그리고 일단은 이 커튼 뒤에 몸을 숨긴 듯합니다. 이제 모든 것이 확실해졌습니다. 범인은 처음에 도둑질을 하러 왔다가 재수 없게도 더글러스 씨에게 들켜 버렸습니다. 그래서 더글러스 씨를 죽이고 도망간 거죠."

그 말에 바커가 대답했다.

"나도 그렇게 생각합니다. 그렇다면 이러고 있을 게 아니라 녀석이 도망치기 전에 이 일대를 수사해야 하지 않습니까?"

경사가 잠시 생각하고는 말했다.

"아침 6시까지 여기를 나가는 기차는 없으니 그쪽은 걱정하지 않아도 됩니다. 만약 걸어서 도망간다면 몸이 완전히 젖어 있을 테니 틀림없이 사람들 눈에 띄겠죠. 어쨌든 누가 올 때까지 나는 책임상 여기를 떠날 수가 없습니다. 그리고 여러분들도 좀 더 확실한 사정을 알게 될 때까지 여기서 떠나면 안 됩니다."

바로 이때 램프를 손에 들고 시체를 자세히 살펴보던 우드 박사가 말했다.

"이건 무슨 표시일까요? 사건과 관계가 있는 걸까요?"

실내복 소매 밖으로 시체의 오른쪽 팔이 팔꿈치 부분까지 드러나 있었다. 팔뚝의 한가운데쯤에는 하얀 피부 위로 삼각형 같은 기묘한 갈색 표시가 선명하게 새겨져 있었다. 의사가 안경 너머로 그 표시를 천천히 살피며 말했다.

"문신은 아닙니다. 이런 건 처음 봅니다. 마치 소에게 낙인을 찍는 것처럼 이런 모양의 물건에 눌린 자국입니다. 그런데 이 표시는 대체 무슨 뜻일까요?"

의사의 물음에 세실 바커가 말했다.

"글쎄, 나도 잘 모르겠소. 하지만 지난 10년 동안 더글러스의 팔에서 그 표시를 종종 보기는 했습니다."

집사도 거들었다.

"실은 저도 주인님이 소매를 올리실 때 이 표시를 자주 봤습니다. 저게 뭘까 하고 늘 궁금하게 생각하고는 했었죠."

집사의 말이 끝나고 경사가 입을 열었다.

"그렇다면 사건과는 관계가 없겠군요. 어쨌든 정말 이상한 사건입니다. 처음부터 끝까지 정말 알 수가 없어요. 아니, 이번엔 또 뭡니까?"

집사가 축 늘어진 시체의 손끝 부분을 가리키며 놀라움에 비명을 지른 것이었다.

"결혼반지를 도둑맞았습니다!"

집사 에임스가 헐떡이며 말했다.

"뭐라고요?"

"틀림없습니다! 주인님은 언제나 왼손 새끼손가락에 금으로 만든 장식 없는 결혼반지를 끼고 계셨습니다. 그리고 그 위에 가공하지 않은 금덩어리가 붙은 반지를 끼셨고, 약지에는 뒤틀린 뱀 모양의 반지를 끼고 계셨습니다. 금덩어리가 붙어 있는 반지와 뱀 모양 반지는 그대로 있는데 결혼반지만 없어졌습니다."

바커가 말했다.

"에임스가 말한 대로입니다."

경사가 다시 한 번 확인하듯 물었다.

"결혼반지를 다른 반지 안쪽에 끼고 있었다고요?"

"네, 틀림없습니다!"

"그렇다면 범인은, 아니 누가 가져갔는지는 아직 모르겠지만, 아무튼 누군가가 시신의 손가락에서 금덩어리가 붙어 있는 반지를 빼고 결혼반지를 빼 간 다음에 다시 금덩어리가 붙은 반지를 끼워 넣었다는 말이 되겠군요?"

"그렇습니다."

우직한 시골 경사가 고개를 흔들며 말했다.

"아무래도 한시바삐 런던에 지원을 요청하는 편이 낫겠습니다. 우리 주의 경찰인 화이트 메이슨도 아주 뛰어난 형사입니다. 이 지방에서 일어난 사건 중에서 그가 풀지 못한 건 단 하나도 없었죠. 곧 그가 달려올 겁니다. 하지만 결국엔 런던경찰국의 손을 빌려야겠군요. 어쨌든 솔직하게 말씀드리자면 이번 사건은 나 같은 사람이 감당하기에는 너무 벅찹니다."

4. 암흑

　새벽 3시, 서식스 주의 형사반장인 화이트 메이슨은 벌스턴의 윌슨 경사가 보낸 급한 전갈을 받자마자 말에 채찍질을 해가며 본부에서부터 이곳까지 이륜마차를 타고 달려왔다. 메이슨 형사는 그 사건을 5시 40분 열차 편으로 런던경찰국에 보고했으며, 정오에 우리를 맞으러 벌스턴 역에 모습을 드러냈다. 화이트 메이슨은 차분하고 편안한 느낌이 드는 사람이었다. 혈색 좋은 얼굴에 수염을 깨끗하게 깎았고, 조금 뚱뚱해 보이는 몸에는 트위드로 만든 헐렁한 옷을 걸치고 있었다. 튼튼해 보이는 안짱다리에는 각반을 차고 있었는데 전체적으로 그의 모습은 농부나 정체를 드러낼 수 없는 삼림감시원 같았으며 도저히 지방의 뛰어난 경찰이라고는 생각되지 않았다.

　"이건 정말 어려운 사건입니다, 맥도널드 씨."

　메이슨은 몇 번이고 똑같은 말을 되풀이 한 뒤 이렇게 말했다.

　"기자들이 이 사실을 알면 파리 떼처럼 몰려들 게 뻔합니다. 녀석들이 현장을 들쑤시기 전에 빨리 일을 해치우고 싶습니다. 이런 사건은 지금까지 경험해 본 적이 없습니다. 홈즈 선생님에게도 분명히 보람 있는 일이 될 겁니다. 물론 왓슨 박사님에게도요. 의사의 의견이 없으면 사건은 결코 해결되지 않을 겁니다. 두 분의 숙소는 웨스트빌 암스에 잡아 두었습니다. 거기 빼고는 딱히 머물 만한 곳이 없어서요. 그래도 꽤 깨끗하고 좋은 곳이라고 합니다. 그럼 여러분, 짐은 저 사람에게 맡기시고 이쪽으로 와 주십시오."

이 서식스 주의 형사는 활달하고 친절한 사람이었다. 10분 후에 우리는 숙소의 별실에 모여 앞에서 설명한 그 사건에 대한 대략적인 이야기를 들었다. 맥도널드 형사는 때때로 메모를 해 가면서 이야기를 들었지만, 홈즈는 아주 신기한 꽃을 감상하는 식물학자처럼 놀람과 감탄이 섞인 표정으로 말없이 이야기를 듣고 있을 뿐이었다.

한바탕 이야기가 끝나자 홈즈가 말했다.

"보기 드문 사건이군요! 정말 보기 드문 사건이에요. 이처럼 이상한 사건은 처음 맡아 봅니다."

화이트 메이슨 형사가 기쁘다는 듯이 말했다.

"그렇게 말씀하실 줄 알았습니다. 서식스 주의 경찰도 그렇게 시대에 뒤떨어지지는 않았습니다. 어쨌든 오늘 새벽 3시에서 4시 사이에 윌슨 경사에게 수사를 인수인계 받은 데까지는 대충 말씀을 드렸습니다. 늙은 말에 채찍을 휘두르며 달려갔지만, 막상 가 보니 그렇게 서둘러서 갈 필요도 없었다는 걸 알았죠. 제가 급해 해치워야 할 일은 아무것도 없었으니까요. 윌슨 경사가 모든 것을 조사해 두었습니다. 저는 그 사실들을 확인하고 두세 가지 정도를 더 확인했을 뿐입니다."

홈즈가 놓치지 않고 물었다.

"어떤 사실을 확인했습니까?"

"우선 망치를 조사했습니다. 마침 자리에 있었던 우드 박사님도 함께 조사해 주셨는데 그것으로 사람을 때린 흔적은 없었습니다. 만약 더글러스 씨가 망치로 몸을 지키려고 했다면, 양탄자 위에 떨어뜨리기 전에 그것으로 범인에게 상처 정도는 입혔을지도 모르죠. 하지만 망치에는 혈흔이 없었습니다."

맥도널드 경위가 말했다.

"하지만 그것만으로는 사실을 증명할 수 없습니다. 망치로 사람을 죽여도 망치에 아무 흔적이 남지 않은 사건은 얼마든지 있었으니까요."

"맞는 말입니다. 혈흔이 없다고 해서 그걸 사용하지 않았다고 장담할 수는 없지요. 하지만 만약 망치에 혈흔이 남아 있었다면 사용했다는 증거는 됐을 겁니다. 이번 경우에는 아무것도 묻어 있지 않았지만. 그러고 나서 총을 조사해 봤습니다. 사슴을 사냥할 때 쓰는 대형 연발 엽총입니다. 윌슨 경사가 확인한 대로 방아쇠 두 개가 철사로 묶여 있어서 뒤쪽에 있는 것을 당기면 두 발이 동시에 나가도록 되어 있었습니다. 누가 그랬는지는 몰라도 빗나가지 않게 하려는 심산이었겠죠. 총신을 60센티미터도 되지 않을 만큼 짧게 잘랐기 때문에 상의 속에 감춰서 들고 다닐 수도 있습니다. 제조사의 이름을 확실하게 읽을 수는 없었지만 두 개의 총신 사이에 있는 골 부분에 새겨진 'P-E-N'이라는 글자가 보였습니다. 거기에서 총신이 잘려 나갔기 때문에 뒷부분의 글자는 알 수 없습니다."

그때 홈즈가 물었다.

"거기에서 'P'는 시작 부분에 멋을 부린 커다란 글자고 'E'와 'N'은 좀 더 작았지요?"

"맞습니다."

대답을 듣고 홈즈가 말했다.

"펜실베이니아에 있는 소총회사입니다. 미국에서는 유명한 회사지요."

화이트 메이슨이 홈즈를 멍하니 바라보았다. 마치 작은 시골 마을의 개업의가 런던 할리 가에서 진료하며 어려운 질병을 한 마디로 풀어내는 전문의를 바라보는 눈빛과 같았다.

"정말 큰 도움이 됐습니다, 선생님. 그 말씀대로겠지요. 정말 대단합니다. 훌륭해요! 선생님의 머릿속에는 전 세계 총기 회사의 이름이 전부 들어 있습니까?"

홈즈는 손을 내저으며 그 물음에 답하려 들지 않았다. 계속해서 화이트 메이슨이 말했다.

"미국제 엽총이 분명합니다. 미국 일부 지방에서는 총신을 자른 엽총을 무기로 사용한다는 이야기를 어딘가에서 읽은 기억이 납니다. 그래서 저도 제조회사의 이름은 몰랐지만 그럴 거라고 생각은 하고 있었습니다. 그렇다면 이 저택에 잠입해서 더글러스 씨를 살해한 범인은 미국인이라는 증거를 잡은 셈이군요."

맥도널드가 머리를 흔들며 말했다.

"그건 너무 섣부른 판단입니다. 나는 아직 외부인이 바깥에서 저택으로 잠입했다는 증거도 듣지 못했습니다."

"하지만 열려 있던 창문, 창틀에 찍힌 피 묻은 발자국, 괴상한 종이쪽지, 방 한구석에 있던 진흙 묻은 발자국, 그리고 엽총이 있지 않습니까?"

"그런 건 전부 나중에라도 꾸며 낼 수 있습니다. 그리고 더글러스 씨는 미국인입니다. 미국인이 아니라 하더라도 미국에서 오랫동안 생활했죠. 바커 씨도 그렇고. 그렇다면 미국인다운 행동을 설명하기 위해서 일부러 외부에서 미국인을 끌어들일 필요는 없잖습니까?"

"하지만 집사인 에임스가……."

"그는 어떤 사람입니까? 믿을 만한 사람입니까?"

"찰스 챈도스 경을 10년 동안이나 섬겼고……. 바위처럼 심지가 굳은 사람입니다. 더글러스 씨가 5년 전에 벌스턴 저택을 손에 넣었을 때부터 계속 일했죠. 집사의 말에 따르면 자기는 저택 안에서 그런 엽총을 한 번도 본 적이 없다고 합니다."

"그 총은 숨길 수 있습니다. 그러기 위해서 총신을 잘라 낸 것 아니겠습니까? 작은 상자만 있어도 숨길 수 있죠. 그런데 어떻게 집에 없었다고 장담할 수 있겠습니까?"

"어쨌든 본 적이 없었던 거겠죠."

맥도널드가 스코틀랜드인다운 완고함으로 반론을 펼쳤다. 토론에 열중하는 동안 애버딘의 억양이 점점 강해졌다.

"그래도 나는 저택 안으로 누군가가 침입했다는 사실을 아직 인정할 수 없습니다. 생각해 보십시오. 만약 그 엽총을 바깥에서 가지고 들어왔고, 이 기묘한 사건이 전부 외부인의 짓이라고 한다면 일이 어떻게 됩니까? 그런 건 생각할 수도 없습니다. 상식에 맞지가 않아요. 홈즈 선생님, 지금까지의 이야기를 듣고 어떻게 생각하십니까?"

홈즈는 되도록 공정한 목소리로 말했다.

"나는 우선 맥 경위의 의견을 듣고 싶소."

"외부인의 소행이라 해도 그 녀석은 도둑놈이 아닙니다. 떨어져 있었다던 종이쪽지며 반지가 이 사건이 개인적인 이유로 벌어진 계획적인 살인임을 말해 주고 있습니다. 좋습니다. 어떤 외부인이 사람을 죽이기 위해서 신중하게 계획을 세워 저택으로 숨어들었다고 치죠. 그가 조금이라도 생각이 있다면 저택이 해자로 둘러싸여 있어 쉽게 도망갈 수 없다는 사실쯤은 금세 눈치챘을 겁니다. 그렇다면 살해 도구로 무엇을 선택하겠습니까? 최대한 소리가 안 나는 것이 좋겠죠. 그러면 일을 마친 뒤 재빨리 창을 통해서 빠져나와 해자를 건너 계획한 대로 도망가면 되니까요. 이렇게 됐다면 저도 이해할 수 있을 겁니다. 그런데 하필이면 가장 큰 소리를 내는 무기를 가지고 들어오다니, 이게 말이나 됩니까? 커다란 소리가 나면 저택 안에 있던 사람들이 바로 달려 나와 해자를 건너기도 전에 발견될 게 뻔하지 않습니까? 홈즈 선생님, 어떻습니까?"

내 친구 홈즈가 생각에 잠긴 채 대답했다.

"그렇군. 아주 설득력 있고 일리 있는 의견입니다. 하지만 그렇게 주장하기에는 아직 입증해야 할 것들이 많이 남아 있어요. 화이트 메이슨 씨, 해자를 건너 기어오른 사람이 있었는지 저택 건너편 둑 위를 조사해 봤습니까?"

"그런 흔적은 어디에도 없었습니다. 건너편 둑은 돌로 쌓아 두었기 때문에 쉽게 흔적이 남지 않습니다."

"발자국 같은 것도 없었나요?"

"없었습니다."

"이런! 그럼 화이트 메이슨 씨, 지금 당장 저택으로 가도 괜찮겠지요? 뭔가 단서가 될 만한 작은 흔적이 남아 있을지도 모르니까요."

"그렇지 않아도 지금 안내하겠다고 말씀드리려던 참이었습니다. 하지만 그 전에 사정을 대략 들어 두시는 편이 좋을 것 같아서요. 만약 뭔가 떠오르는 것이 있다면⋯⋯."

화이트 메이슨이 의심하는 눈초리로 아마추어 탐정을 바라보았다. 맥도널드 경위가 말했다.

"홈즈 선생님과는 전에도 함께 일한 적이 있죠. 이분은 공명정대하게 행동하시는 분입니다."

홈즈가 빙긋이 웃으며 말했다.

"그게 내가 일하는 방식입니다. 내가 사건에 손을 대는 것은 정의를 지키고 경찰을 돕기 위해서예요. 만약 내가 지금 경찰과 인연이 멀어졌다면 그건 경찰이 먼저 내게서 멀어졌기 때문일 겁니다. 경찰을 이용해서 공을 세우겠다는 마음은 추호도 없습니다. 동시에 메이슨 씨, 나는 내 방식대로 수사를 진행합니다. 그리고 내가 좋다고 판단했을 때, 어설픈 결론이 아니라 완벽하게 납득할 수 있는 결론을 경찰에게 넘겨줍니다."

화이트 메이슨이 정중하게 말했다.

"홈즈 선생님이 와 주셔서 정말 영광입니다. 제가 알고 있는 사실을 하나도 빠짐없이 전부 알려 드리죠. 왓슨 박사님에게도요. 그러니 때가 오면 우리들 이야기도 꼭 책에 써 주십시오."

우리는 양쪽 끝을 다듬은 느릅나무 가로수가 늘어서 있는 고풍스러운 마을길을 따라 걸어갔다. 한동안 걸어가니 비바람에 시달려 여기저기 이끼로 뒤덮인 오래된 돌기둥 두 개가 나란히 서 있는 모습이 눈에 들어왔다. 그 위에 모양을 알아볼 수 없을 정도로 형태가 부서진 무엇인가가 있었다. 그것은 먼 옛날 벌스턴의 영주였던 카푸스 가를 상징하는 뒷다리로 선 사자상으로, 지금은 낡아서 모양이 이지러져 있었다. 그 문을 지나자 영국의 시골에서만 볼 수 있는, 잔디 속에 갈참나무가 서 있는 광경이 눈에 들어왔다. 구불구불한 마차 길을 따라서 조금 더 안으로 들어가자 그 길이 갑자기 꺾어지더니 제임스 1세풍의 길고 낮은, 조금 더러워 보이는 암갈색 벽돌 건물이 눈앞에 나타났다. 양옆으로 낮게 손질한 주목이 있는 고풍스러운 정원이 딸려 있었다. 가까이 다가가 보니 나무로 만든 도개교와 폭이 넓고 아름다운 해자가 눈에 들어왔다. 해자는 차가운 겨울 햇살을 받아서 수은처럼 조용히 빛나는 물을 품고 있었다.

이 저택이 지어진 지 300년이라는 시간이 흘렀다. 그 속에서 수많은 사람들이 태어났고, 여러 사람들이 귀향하기도 했으며, 무도회나 여우 사냥은 헤아릴 수도 없이 많이 열렸을 것이다. 그런 유서 깊은 저택에서 이번처럼 처참한 일이 일어났다니 참으로 묘한 만남이었다. 하지만 이상할 정도로 뾰족한 지붕과 묘하게 튀어나온 박공을 보면 몸의 털이 곤두설 만큼 음침하고 무참한 사건이 일어나도 전혀 이상하지 않겠다는 생각이 들기도 했다. 실제로 움푹 들어간 창과 탁한 물에 둘러싸여 양옆으로 길게 뻗은 건물 정면을 보고 있자니 이번 비극과 이처럼 잘 어울리는 장소도 없겠다 싶었다.

화이트 메이슨이 말했다.

"저 창문입니다. 도개교 바로 오른쪽으로 보이는 창이요. 어제 발견했을 때 그대로 열어 두었습니다."

"사람이 빠져나오기에는 조금 좁은 느낌인데요."

"그렇죠. 어쨌든 범인이 그다지 뚱뚱하지는 않았나 봅니다. 그 점은 홈즈 선생님이 지적하시기 전부터 저도 잘 알고 있었습니다. 하지만 선생님이나 저 정도의 몸집이라면 충분히 빠져나올 수 있습니다."

홈즈는 해자가 있는 곳까지 다가가서 주위를 둘러보았다. 그런 다음 돌담과 그 주위에 있는 풀밭을 확인했다. 그 모습을 보며 화이트 메이슨이 말했다.

"거기는 제가 꼼꼼하게 살펴봤습니다. 아무것도 없습니다. 누군가 기어오른 흔적은 어디에도 없습니다. 그리고 그런 흔적을 남길 만한 행동도 안 했을 테고요."

"옳은 말입니다. 안 했겠지요. 여기 해자의 물은 늘 이렇게 탁합니까?"

"대부분은 언제나 이렇습니다. 해자로 흘러드는 냇물에 진흙이 섞여 있는 것 같습니다."

"깊이는 어느 정도나 됩니까?"

"해자의 양쪽 끝은 60센티미터 정도고 한가운데는 90센티미터 정도 될 겁니다."

"그렇다면 건너다가 빠져 죽을 염려는 없겠군요?"

"네, 어린애도 빠질 리 없습니다."

우리가 도개교를 건너가자 깡마르고 거칠거칠한 데다가 이상하게 생긴 사내가 우리를 맞았다. 집사인 에임스였다. 사건으로 큰 충격을 받은 듯 가엾게도 얼굴이 하얗게 질려 있었고 몸은 부들부들 떨고 있었다. 비극이 일어났던 방으로 들어서니 키가 크고 내성적이며 고지식해 보이는 윌슨 경사가 아직도 현장을 지키고 있었고 우드 박사는 보이지 않았다. 화이트 메이슨이 물었다.

"뭔가 새로운 것이라도 발견했나, 윌슨 경사?"

"아무것도 없습니다."

"그럼 자네는 그만 가도 되겠네. 수고했어. 필요하면 부를 테니 그때까지 편히 쉬게나. 집사한테는 방 밖에서 기다려 달라고 말해 주게. 그리고 세실 바커 씨와 더글러스 부인, 가정부에게는 물어보고 싶은 것이 있으니 집사를 통해서 나중에 좀 와 달라고 전달해 주게나. 자, 여러분, 그럼 먼저 제 견해를 말씀드리고 그 다음에 여러분의 견해를 듣도록 하겠습니다."

나는 이 시골 경찰을 보고 조금 놀랐다. 사실을 명확하게 포착해서 냉정하고 확실하게 결단 짓는 힘이 있으니 경찰로서도 상당한 성공을 거둘 수 있을 것이다. 경찰들은 설명하면서 자주 초조한 기색을 보였지만, 홈즈는 전혀 그런 것 없이 화이트 메이슨의 말에 열심히 귀를 기울였다.

"이 사건은 자살일까요, 타살일까요? 그것이 가장 큰 문제라고 생각합니다. 자살이라고 가정한다면 이 사람은 우선 결혼반지를 빼서 그것을 어딘가에 숨겼습니다. 그런 다음 실내복을 걸친 채 이 방으로 들어와서 커튼 뒤쪽에 진흙이 묻은 발자국을 남겨 누군가가 숨어서 기다리고 있었던 것처럼 위장을 했습니다. 그리고 창을 열어 혈흔을 남겨서……."

그때 맥도널드가 말했다.

"그런 일은 절대로 불가능합니다."

"저도 그렇게 생각합니다. 자살이라고 가정할 필요가 없어요. 그렇다면 역시 타살입니다. 이제 범인이 외부인이냐 내부인이냐 하는 문제를 밝혀내야 합니다."

"그렇군요. 그럼, 계속하세요."

"어느 쪽이든 문제는 상당히 복잡하고 어렵습니다. 하지만 둘 중 하나겠지요. 우선은 어떤 내부인이, 어쩌면 범인이 둘 이상일지도 모르지만, 아무튼 내부인이 한 짓이라고 생각해 보죠. 범인은 집안이 조용해지기는 했지만 아직 아무도 잠들지 않은 시간을 선택해서 피해자가 이 방에 오게 했습니다. 그리고 집 안에 있는 사람들에게 사건을 알리려고 일부러 아주 커다란 소리가 나는 무기로 살인을 저질렀습니다. 그것도 지금까지 집에서 발견된 적이 없는 무기를 써서요. 이런 일이 일어날 수 있을까요?"

"없겠지요."

"그렇습니다. 그리고 총성이 들린 지 채 1분도 지나지 않아서 집안의 모든 사람들이 현장으로 달려왔습니다. 세실 바커 씨는 자기가 현장에 가장 먼저 도착했다고 주장하고 있고, 에임스와 다른 사람들도 모두 현장으로 모여들었습니다. 그렇게 짧은 시간 동안에 범인은 구석에 발자국을 남기고 창을 열어서 창틀에 혈흔을 남겼습니다. 그리고 시체의 손가락에서 결혼반지를 빼냈고 그 밖에도 여러 가지 일을 해치웠죠. 그런 일이 가능하다고 생각하십니까?"

메이슨의 말에 홈즈가 답했다.

"아주 명확한 의견이군요. 나도 동감입니다."

"그렇다면 외부인의 소행이라는 가정을 살펴봐야 합니다. 여기에도 상당히 설명하기 어려운 부분들이 있습니다. 하지만 어쨌든 불가능한 이야기는 아닙니다. 범인은 오후 4시 30분에서 6시 사이에, 즉 주위가 어두워지기 시작한 다음부터 도개교가 닫히기 전까지의 시간에 저택 안으로 숨어들었습니다. 그때 저택에는 손님이 있었기 때문에 현관이 열려 있었고 아무 제지도 없이 안으로 들어올 수 있었습니다. 범인은 단순한 강도일 수도 있고 더글러스 씨에게 개인적인 원한이 있는 사람일지도 모릅니다. 더글러스 씨는 인생 대부분을 미국에서 보낸 사람이고, 무기로 쓰인 엽총이 미국산이라는 점으로 봐서 원한에 의한 범행이라고 생각하는 편이 더 정확할 듯합니다. 범인은 현관으로 들어서자마자 바로 보이는 이 방으로 숨어들어 커튼 뒤에 몸을 숨겼습니다. 거기서 밤 11시가 지날 때까지 가만히 기다리고 있었습니다. 그러던 차에 더글러스 씨가 들어온 것입니다. 만약 두 사람이 얼굴을 마주하고 이야기를 나누었다 할지라도 그것은 극히 짧은 시간에 불과했을 겁니다. 더글러스 부인의 말에 따르면 남편이 떠난 지 겨우 2, 3분 정도 후에 총소리를 들었다고 하니 말입니다.”

홈즈가 말했다.

“촛불이 그 사실을 말해 주고 있지요.”

“그렇습니다. 새 양초인데 아직 1센티미터도 타지 않았으니까요. 더글러스 씨는 그것을 탁자 위에 올려놓은 뒤에 총에 맞은 것이 분명합니다. 그렇지 않았다면, 말할 것도 없이 초는 바닥에 떨어져 있었겠죠. 이 사실을 통해서 알 수 있듯이 더글러스 씨는 방에 들어서자마자 느닷없이 총에 맞은 것이 아닙니다. 바커 씨가 달려왔을 때 램프는 꺼져 있었고 초는 켜져 있었습니다.”

“그렇군요.”

“그럼 이 사실들을 바탕으로 해서 사건을 재현해 보죠. 더글러스 씨가 이 방으로 들어와서 초를 탁자 위에 올려놓습니다. 그때 손에 총을 든 범인이 커튼 뒤에서 나타납니다. 범인은 결혼반지를 요구했습니다. 이유는 알 수 없지만 틀림없이 그랬을 겁니다. 더글러스 씨는 하는 수 없이 반지를 건네줬습니다. 그러자 범인은 잔혹하게도 갑자기…… 아, 어쩌면 서로 몸싸움을 하던 중이었을지도 모릅니다. 만약 그랬다면 더글러스 씨는 카펫 위에 떨어져 있던 망치를 손에 들고 있었을 수도 있죠. 어쨌든 범인은 더글러스 씨를 쏴 죽였습니다. 그는 총을 집어던지고, 무슨 뜻인지는 모르겠지만 ‘V. V. 341’라고 적힌 이상한 종이쪽지를 떨어뜨린 채 도망갔습니다. 그리고 세실 바커 씨가 이 방으로 달려와 사건을 발견했을 때는 이미 창을 통해서 빠져나가 해자를 건너 도망치고 있었습니다. 어떻습니까?"

"아주 흥미로운 의견이지만 이해할 수 없는 부분도 있군요."

홈즈의 말이 끝나자 맥도널드가 소리쳤다.

"다른 방법이 아주 없다면 몰라도 그런 일은 절대로 있을 수 없습니다! 누군가가 더글러스 씨를 죽였습니다. 하지만 그게 누구든 범인이 다른 방법으로 살인했을 거라는 사실을 내가 확실히 증명해 보이겠습니다. 범인이 자기가 도망갈 길을 왜 스스로 막아 버렸다는 겁니까? 조금이라도 소리를 줄여야만 도망갈 수 있을 텐데 하필이면 엽총을 쓰다니 이건 어떻게 된 일일까요? 안 그렇습니까? 선생님이 화이트 메이슨 씨의 설명에 이해가 가지 않는 부분이 있다고 말씀하셨으니, 이제 선생님의 견해를 들려주실 차례입니다."

홈즈는 긴 토론이 진행되는 동안 가만히 귀를 기울이고 있었다. 그는 상대의 말 한 마디도 놓치지 않겠다는 듯, 날카로운 시선을 좌우로 던지며 이마를 찡그린 채 생각에 잠겨 있었다.

"맥 경위, 의견을 말하기에 앞서 확인해 보고 싶은 게 한두 가지 있습니다."

이렇게 말한 홈즈는 시체 옆에 무릎을 꿇고 앉았다.

"이런, 상처가 아주 끔찍하군. 잠깐 집사를 잠깐 불러 주세요. 아, 에임스. 더글러스 씨의 팔에 있는, 이 원 안에 삼각형 표시가 있는 기묘한 낙인을 늘 봤다고 했나?"

"네, 자주 봤습니다."

"이 낙인에 무슨 의미가 있는지 들은 적은 없는가?"

"네, 없습니다."

"불로 지진 자국이니 낙인을 찍을 때 무척 아팠을 거야. 그런데 에임

스, 보니까 더글러스 씨의 턱 옆에 조그만 반창고가 붙어 있더군. 더글러스 씨가 살아 있을 때도 반창고를 붙이고 있었나?"

"네, 어제 아침에 면도를 하시다가 베인 상처입니다."

"더글러스 씨는 그전에도 면도를 하다 베인 적이 있나?"

"아니요, 오랫동안 그런 모습은 본 적이 없습니다."

"틀림없이 뭔가 있어! 단순한 우연의 일치일 수도 있지만 어쩌면 신변에 위험이 닥쳤다는 사실을 알고 마음의 안정을 잃었을지도 몰라. 에임스, 어제 더글러스 씨가 평소와는 다른 모습을 보이지는 않던가?"

"침착하지 못하고 어딘지 흥분한 것처럼 보였습니다."

"흠! 그렇다면 전혀 예상하지도 못한 채 당한 것은 아닌 듯하군. 조금은 수사가 진전된 것 같지 않습니까? 맥 경위, 뭔가 물어보고 싶은 건 없습니까?"

"없습니다. 여기는 더 뛰어난 분에게 맡기겠습니다."

"그럼 다음으로 이 종이쪽지를 살펴보죠. 'V. V. 341'이라고 적혀 있고, 썩 좋은 종이는 아니야. 저택 안에 똑같은 종이가 또 있습니까?"

"없는 것 같습니다."

홈즈는 탁자 곁으로 다가가서 각각의 잉크병에 담겨 있는 잉크를 몇 방울씩 종이 위에 떨어뜨리고 나서 중얼거렸다.

"이 방에서 쓴 게 아니로군. 쪽지에 쓴 잉크는 검은색인데 다른 잉크에는 보랏빛이 감돌고 있어. 그리고 이 쪽지는 끝이 두꺼운 펜으로 썼지만 여기 있는 건 전부 끝이 얇은 것들뿐이야. 즉, 종이쪽지는 다른 곳에서 썼다는 소리지. 에임스, 여기 쓰여 있는 것들을 보고 뭔가 짚이는 건 없는가?"

"없습니다. 전혀 없습니다."

"맥 경위는 어떻게 생각합니까?"

"비밀결사나 어떤 조직과 관련이 있다는 생각이 듭니다. 이 팔에 찍힌 낙인을 봐도 그렇고요."

화이트 메이슨도 말했다.

"저도 같은 생각입니다."

"좋았어. 그건 그렇다 치고, 갈 수 있는 데까지 생각을 밀고 나가 봅시다. 비밀결사에서 보낸 사람이 이 저택 안으로 숨어들었고, 몰래 더글러스 씨를 기다리고 있다가 이 총으로 얼굴을 겨냥해서 머리를 완전히 날려 버렸습니다. 그런 다음 시체 옆에 종이쪽지를 남긴 채 해자를 건너서 도망쳤죠. 이 종이에 적힌 내용이 신문에 실리면 비밀결사의 다른 동료들도 복수가 성공했다는 사실을 알게 될 겁니다. 이렇게 설명하면 일단 앞뒤는 들어맞아요. 하지만 어째서 이런 총을 사용한 걸까요?"

"제 말이 그 말입니다."

"또 반지는 왜 없어졌을까요?"

"그것도 이상합니다."

"그리고 왜 아직도 범인이 잡히지 않은 걸까요? 벌써 오후 2시가 지났습니다. 동틀 녘부터 경찰들이 물에 흠뻑 젖은 채 돌아다니는 외부인이 없는지, 반경 60킬로미터 이내를 샅샅이 뒤지고 있는데도 말입니다."

"그러게 말입니다."

"범인이 가까운 피신처에 숨어 있거나 미리 옷을 준비해서 갈아입지 않은 한 경찰들에게 발견됐을 겁니다. 그런데도 경찰들에게서는 아직 소식이 없어요."

홈즈가 창 쪽으로 걸어갔다. 그리고 돋보기를 꺼내서 혈흔을 조사하기 시작했다.

"이건 구두 자국이군. 폭이 상당히 넓은 구두야. 그렇다면 이걸 신고 있던 자는 틀림없이 평발이었을 텐데 그것 참 이상하군. 커튼 뒤에 찍힌 진흙 발자국을 봐서 좀 더 잘생긴 발일 줄 알았는데. 하긴,

진흙 발자국은 모양이 완벽하게 남아 있지 않으니까. 그런데 이 작은 탁자 밑에 있는 건 뭐지?"

에임스가 말했다.

"주인님의 아령입니다."

"아령이라고? 한데 하나밖에 없군. 나머지 하나는 어디 있나?"

"저는 잘 모르겠습니다. 처음부터 하나였을지도 모릅니다. 그게 거기 있었는지도 몰랐습니다."

"하나뿐인 아령이라……."

홈즈가 진지한 얼굴로 막 말을 꺼내려 할 때 다급히 문을 두드리는 소리가 들려왔다. 키가 크고 햇볕에 보기 좋게 그을렸으며 수염이 없는 사내가 문 앞에 나타나더니 우리들을 둘러보았다. 척 봐도 유능해 보이는 이 사람이 바로 말로만 듣던 세실 바커라는 사실을 한눈에 알아볼 수 있었다. 그는 거만한 듯한 눈을 재빨리 움직여 무엇인가를 살피듯 우리의 얼굴을 번갈아 바라보았다. 바커가 말했다.

"죄송하지만 빨리 알려드려야 할 것 같아서요."

"범인이 잡혔습니까?"

"아니요, 그랬으면 좋겠지만. 그래도 자전거가 발견되었습니다. 범인이 자전거를 두고 달아난 듯합니다. 잠깐 와 보십시오. 현관에서 100미터도 떨어지지 않은 곳입니다."

우리가 가 보니, 마부 서너 명과 구경꾼들이 마찻길에 서서 상록수 숲속에서 끌어낸 자전거를 바라보고 있었다. 그것은 꽤 낡은 '러지 휘트워스'라는 회사의 자전거였는데 꽤 먼 거리를 달려왔는지 진흙투성이가 되어 있었다. 자전거에 달린 가방 속에 스패너와 기름 치는 도구가 들어 있었지만 자전거의 주인을 밝혀낼 만한 단서는 발견되지 않았다. 맥도널드 경위가 말했다.

"자전거에 번호를 달고 그걸 등록해 두었더라면 우리 경찰에게는 커다란 도움이 될 텐데. 하지만 이걸 찾아낸 것만으로도 감사해야겠죠. 비록 어디로 도망갔는지는 몰라도 어디서 왔는지는 알아낼 수 있겠습니다. 그런데 범인은 왜 이걸 버리고 도망갔을까요? 그리고 이걸 타지 않고 대체 어떻게 도망을 갔을까요? 이 사건은 정말 해결의 기미가 보이지 않습니다."

내 친구가 생각에 잠긴 채 말했다.

"과연 그럴까요? 글쎄, 두고 보면 알겠지요!"

5. 등장인물

"서재 조사는 이제 끝났습니까?"

우리가 저택으로 돌아오자 화이트 메이슨이 물었다.

"지금으로서는 그런 것 같습니다."

맥도널드 경위가 대답했고 홈즈도 고개를 끄덕였다.

"그럼, 다음에는 저택 사람들의 증언을 들어 봐야겠지요? 에임스, 식당을 좀 사용해도 되겠나? 우선 집사부터 알고 있는 것들을 전부 이야기해 주시게."

집사의 증언은 간단하고 명확했으며, 거짓은 전혀 섞이지 않았음을 확실히 알 수 있었다. 에임스는 더글러스 씨가 5년 전, 이 벌스턴으로 이사와 살기 시작할 때부터 고용한 사람이었다. 그가 말하길 더글러스 씨는 미국에서 큰돈을 번 부자였고, 고용인에게 친절하고 배려심 많은 주인이었다고 했다. 물론 예전 주인보다는 조금 못했지만 세상에 자기 뜻대로만 되는 일이 어디 있겠는가? 그리고 에임스는 더글러스 씨가 불안에 떠는 모습을 전혀 본 적이 없다고 했다. 그러기는커녕 더글러스 씨는 오히려 지금까지 봐 왔던 사람 중에서 가장 두려움을 모르는 사람일 것이라고 했다. 매일 밤마다 도개교를 올린 것도 더글러스 씨가 관습을 중히 여겼기 때문에 저택의 오랜 습관에 따라서 그렇게 했을 뿐이라고 했다.

더글러스 씨는 런던으로 가는 일은 물론이고 마을에서 벗어나는 일조차 거의 없었지만 사건 전날에는 턴브리지 웰스까지 물건을 사러 갔다고 했다. 사건이 일어난 날, 더글러스가 평소와는 달리 초조해하며 침착하지 못한 모습을 보였기에 에임스는 그에게 마음 편치 않은 일이 있었던 게 아닐까 하고 생각했다.

그날 밤, 에임스는 침실로 가지 않고 저택의 뒤편에 있는 식기실에서 은제 식기들을 정리하고 있었는데 갑자기 요란한 벨 소리가 들려왔다고 했다. 총소리는 듣지 못했다고 했는데, 그럴 만도 했다. 식기실과 부엌은 저택의 구석에 있었으며 그 사이에는 문이 몇 개나 있었고 통로도 길었기 때문이다. 요란한 벨 소리를 듣고 가정부가 방에서 뛰쳐나왔다. 그 두 사람은 함께 현관 쪽으로 가 보았다.

계단 밑까지 오자 더글러스 부인이 오고 있는 모습이 보였다. 하지만 더글러스 부인은 당황해하지 않았고 이성을 잃지도 않았다. 부인이 계단에서 완전히 내려섰을 때 바커 씨가 서재에서 뛰어나왔다. 바커 씨는 부인을 막아서며 방으로 돌아가라고 부탁했다.

"제발 부탁입니다. 방으로 돌아가십시오! 가엾게도 잭이 죽었습니다. 더 이상 손 쓸 수가 없습니다. 제발 부탁이니 방으로 돌아가 주십시오!"

잠시 후, 계단 밑에서 바커 씨의 권유를 듣던 부인이 방으로 돌아갔다. 부인은 울거나 비명을 지르지 않았다. 가정부 앨런 부인이 2층으로 따라가 침실까지 데려다 주었다. 그런 다음 에임스와 바커 씨는 서재 안으로

들어갔다. 거기서 본 것은 나중에 경찰이 달려와서 본 것과 똑같은 상황
이었다. 촛불을 꺼져 있었지만 램프에 불이 켜져 있었다. 두 사람이 창밖
을 내다보았지만 바깥은 밤의 어둠 속에 잠겨 있었을 뿐, 보이는 것이나
들려오는 소리가 전혀 없었다. 두 사람은 거실로 뛰쳐나왔고 에임스가
기계를 돌려 다리를 내렸다. 그리고 바커 씨는 서둘러 경찰을 부르러 갔
다는 것이다.

집사의 증언은 대충 위와 같았다.

가정부 앨런 부인의 증언도 집사의 증언과 크게 다르지 않았다. 가정
부의 방은 에임스가 있던 식기실보다는 서재와 조금 더 가까웠다. 잠자

리에 들 준비를 하고 있는데 큰 벨 소리가 울렸다. 사실 앨런 부인은 귀가 좀 어두웠는데, 아마 그래서 총성을 듣지 못한 것 같았다. 어쨌든 그녀의 방도 서재와 멀리 떨어져 있기는 했다. 그 밖에도 문이 세게 닫히는 듯한 소리를 들었다고 진술했다. 하지만 그 소리는 벨 소리를 듣기 훨씬 전에, 적어도 30분 정도 전에 들려온 것이었다. 에임스가 저택 쪽으로 달려가기에 앨런 부인도 그 뒤를 따랐다. 가 보니 얼굴이 하얗게 질린 바커 씨가 흥분한 표정으로 서재에서 뛰쳐나오는 모습이 보였다. 바커 씨는 계단을 내려오는 부인을 가로막고 있었다. 그리고는 바커 씨가 방으로 돌아갈 것을 권하자 부인은 그 말에 따랐다. 당시 부인이 뭔가 말을 했는데 들리지는 않았다고 한다.

"부인을 2층으로 모시고 함께 있어 주시오."

바커 씨는 앨런 부인에게 이렇게 말했고, 가정부는 부인을 데리고 2층으로 가서 그녀를 진정시키기 위해 노력했다. 더글러스 부인은 매우 흥분한 듯 온몸을 부들부들 떨었지만 아래층으로는 내려가려 하지는 않았다. 부인은 실내복을 걸친 채 얼굴을 양손에 묻고 난로 옆에 가만히 앉아 있었다. 결국 가정부는 밤새도록 부인의 곁에 있었고 다른 하인들은 모두 잠들어 있었으므로 경찰이 오기 전까지는 사건에 대해 아무것도 몰랐다. 하인들의 방은 저택에서도 가장 구석진 곳에 있었기 때문에 아무 소리도 못 들었다 해도 이상하지 않았다.

가정부에게서 들을 수 있었던 내용은 이게 전부였다. 반대 심문을 해도 그저 눈물을 흘리며 한탄하고 슬퍼하기만 해서 모든 것이 헛수고였다.

앨런 부인에 이어서 세실 바커가 증언했다. 지난밤의 일에 대해서는 그가 이미 경찰에게 이야기한 것을 빼면 거의 새로울 것이 없었다. 개인적인 의견으로 범인은 틀림없이 창을 통해서 도망갔을 것이라고 말했다. 그 사실은 창턱에 찍힌 핏자국을 보면 확실하게 알 수 있다고 주장했다. 그리고 다리가 올라가 있었으니 달리 도망갈 길이 없다고도 했다. 범인이 어떻게 종적을 감췄는지, 그 자전거가 만약 범인의 것이라면 왜 그냥 내버려 두고 갔는지 도무지 알 수가 없지만, 해자의 깊이는 기껏해야 90센티미터 정도이니 물에 빠져 죽었을 리는 없다고 했다.

그는 이번 살인 사건에 대해 짚이는 것이 있다고 말했다. 더글러스는 원래 입이 무겁기도 했지만, 특히나 인생의 어떤 시기에 대해서는 입을 굳게 다물었다. 그는 아주 젊은 나이에 아일랜드에서 미국으로 이주해서 상당한 성공을 거두었다. 바커는 캘리포니아에서 더글러스를 처음으로 알게 되었고, 두 사람은 공동으로 돈을 내서 베니토 협곡이라는 아주 전망 좋은 광구를 사들였다. 사업은 상당히 번창했는데 무슨 이유에서인지 더글러스는 어느 날 갑자기 권리를 팔고 영국으로 건너갔다. 그때 더글러스는 이미 부인과 사별했고 독신으로 지내고 있었다. 바커도 후에 재산을 처분하고 런던에서 생활을 시작했고, 이렇게 해서 둘은 다시 친분을 쌓을 수 있었다.

바커는 더글러스가 자기 신변에 위협을 느끼는 사람이라는 인상을 받았다. 갑자기 캘리포니아를 떠나 영국의 이런 쓸쓸한 시골로 들어온 것도 그것과 어떤 관계가 있지 않을까 하고 늘 생각했다. 어떤 비밀결사나 집념이 강한 단체가 끈질기게 더글러스의 생명을 노리고 있는 것이 아닐까? 그 비밀결사가 어떤 조직인지, 어쩌다가 그들의 표적이 되었는지 더글러스는 단 한 마디도 하지 않았지만 그의 어투에서 그런 것을 느낄 수가 있었다. 바커는 시체 옆에 떨어져 있던 종이쪽지도 그 비밀결사와 어떤 관계가 있을 거라는 생각을 떨칠 수가 없다고 했다. 맥도널드 경위가 물었다.

"더글러스 씨와 캘리포니아에서 얼마나 같이 일을 했습니까?"

"꼭 5년 일했습니다."

"더글러스 씨는 독신이었다고 하셨죠?"

"홀아비였습니다."

"전처가 어떤 사람이었는지 아십니까?"

"아니요. 그저 독일 계통의 피가 흘렀다는 말을 들었을 뿐입니다. 사진을 봤는데 굉장한 미인이었습니다. 나를 만나기 1년 전에 장티푸스에 걸려 죽었다고 하더군요."

"그 전에 더글러스 씨가 미국 어디서 살았는지 알고 있습니까?"

"시카고 이야기를 한 적이 있습니다. 거기서 일을 했는지 시카고에 대해서 아주 잘 알고 있었습니다. 그리고 탄광과 광산지대에 대해서 이야기하는 것을 듣기도 했지요. 젊었을 때는 꽤 여러 지방을 떠돌아다닌 모양입니다."

"어떤 식으로든 정치에 관여하지는 않았습니까? 그 비밀결사가 정치단체일 수도 있겠다고 생각하지는 않습니까?"

"아닐 겁니다. 그는 정치에는 관심이 없었으니까요."

"그렇다면 어떤 범죄와 관계가 있었다고는 생각하지 않습니까?"

"물론입니다. 지금까지 그렇게 올곧은 사람은 본 적이 없으니까."

"캘리포니아에서 생활할 때 뭔가 이상한 점은 없었습니까?"

"그는 산속 깊은 곳에 있는 광산에 처박혀 일하는 것을 좋아했습니다. 되도록 다른 사람이 있는 곳에는 가지 않으려고 했지요. 그런 것을 보고, 더글러스가 누군가에게 쫓기고 있을지도 모른다고 생각했습니다. 그러다가 갑자기 유럽으로 떠나기에 틀림없이 그럴 거라고 생각했습니다. 그때 위험을 알리는 어떤 일이 일어났겠지요. 그가 출발한 지 일주일도 지나지 않아서 대여섯 명이나 되는 사내들이 찾아와서 더글러스에 대해서 물었습니다."

"어떤 사람들이었습니까?"

"글쎄요, 인상이 험악한 사람들이었습니다. 광산으로 찾아와서 더글러스가 있는 곳을 귀찮을 정도로 물어봤습니다. 그래서 나는 그가 유럽으로 떠났으며 지금은 어디에 있는지 모른다고 대답했죠. 더글러스에게 해가 되는 사람들이라는 사실을 바로 알 수 있었습니다."

"그들은 미국인이었습니까? 캘리포니아 사람들이었나요?"

"나야 캘리포니아 사람들인지 아닌지 구분할 수는 없지만 그들은 틀림없이 미국인들이었습니다. 하지만 광부는 아니었고 무슨 일을 하는 사람들인지 알 수가 없었습니다. 그때는 별 탈 없이 물러났기 때문에 한숨 돌렸지만요."

"그건 6년 전 일이었습니까?"

"7년 가까이 됐습니다."

"당신과 더글러스 씨는 캘리포니아에서 5년 동안 함께 일을 했으니, 사건의 발단은 적어도 지금부터 11년 전으로 거슬러 올라간다는 소리로군요."

"그렇습니다."

"그렇게 오랫동안 집착해 온 것을 보면 보통 원한이 아닌 것 같습니다. 그만큼 깊은 원한이 있다면 보통 일이 아니었겠어요."

"그래서 더글러스도 계속 불안에 사로잡혀 있었던 듯합니다. 하루도 마음 편할 날이 없었겠죠."

"하지만 일반적으로 신변에 위험을 느끼고, 그것이 어떤 위험인지 알고 있을 때는 경찰에게 보호를 요청할 법한데요?"

"경찰이라도 그 위험을 막을 수 있는 뾰족한 방법이 없었을 겁니다. 한 가지 알아 두셔야 할 점이 있습니다. 사실 더글러스는 언제나 무기를 가지고 다녔습니다. 주머니에 권총을 넣어두지 않은 적이 없었죠. 하지만 어제는 불행하게도 실내복을 입고 있었기 때문에 권총은 침실에 있었습니다. 다리를 올려놓으면 안전하다고 생각했겠죠."

맥도널드가 말했다.

"연도를 좀 더 명확하게 알고 싶은데요. 더글러스 씨가 캘리포니아에서 떠난 게 정확히 6년 전이었죠? 그리고 그 이듬해에 당신도 영국으로 돌아왔고요. 맞습니까?"

"맞습니다."

"그리고 5년 전에 더글러스 씨는 재혼을 했습니다. 그렇다면 당신은 그가 재혼할 때 돌아온 셈이군요."

"재혼하기 한 달 전에 돌아왔습니다. 그가 결혼할 때 내가 신랑 들러리를 섰죠."

"결혼 전에는 더글러스 부인을 몰랐습니까?"

"알고 있었을 리가 없지 않습니까. 나는 10년도 넘게 영국을 떠나 있었으니까요."

"하지만 결혼 후에는 부인과 자주 만났겠죠?"

바커가 험악한 표정으로 경위를 노려봤다.

"결혼한 다음에 더글러스를 더욱 자주 만났습니다. 부인과 만나기도 했지만, 누구나 친구를 방문하면 부인과 얼굴을 마주하게 되지 않습니까? 만약 이상한 관계라고 의심하고 있다면……."

"의심하는 게 아닙니다, 바커 씨. 나는 그저 직업상 관계가 있을 만한 것이면 죄다 물어볼 뿐입니다. 악의는 전혀 없습니다."

바커가 화난 듯이 말했다.

"불쾌한 질문을 던지는군요."

"우리는 그저 사실만을 원합니다. 사실을 명확하게 하는 것은 당신을 위한 일이기도 하고, 모두를 위한 일이기도 합니다. 더글러스 씨는 당신과 부인이 친하게 지내는 것을 진심으로 용납하셨습니까?"

바커의 얼굴이 창백해졌다. 그러더니 크고 우락부락한 두 손으로 굳게 주먹을 쥐며 외쳤다.

"무슨 권리로 나에게 그런 질문을 하는 거요? 그게 당신이 조사하고 있는 일과 무슨 관계가 있다고?"

"똑같은 질문을 다시 한 번 던지겠습니다."

"대답하지 않겠소."

"대답을 하든 안 하든 그건 당신의 자유지만, 대답을 하지 않는 것도 하나의 대답이 된다는 사실은 알아 두십시오. 숨기는 것이 없다면 굳이 대답을 회피할 이유도 없으니까요."

바커는 난처한 표정으로 한동안 자리에 서 있었다. 검고 굵은 눈썹을 찌푸린 채 그는 한참이나 생각에 잠겼다가 이윽고 빙그레 웃으며 얼굴을 들었다.

"그렇군요. 당신들은 자기 일에 충실할 뿐이겠지요. 그렇다면 내게 그것을 방해할 권리는 없습니다. 하지만 이 일로 더글러스 부인을 귀찮게 하지는 마십시오. 안 그래도 부인은 이번 사건으로 충분히 상처를 받았으니까요. 사실 더글러스에게는 한 가지 결점이 있었습니다. 질투심이 강했죠. 그는 나를 좋아했습니다. 그처럼 친구를 사랑한 사람은 세상 어디에도 없을 겁니다. 그리고 부인도 끔찍이 사랑했고요. 그는 내가 여기에 오면 아주 기뻐하며 맞아주곤 했습니다. 늘 나를 불렀죠. 하지만 부인과 내가 친밀하게 이야기를 나누거나 친하게 지내는 모습을 보면 질투심이 피어올라 자신을 억제하지 못하고 아주 심한 말까지 내뱉었습니다. 그래서 다시는 여기에 오지 않겠다고 몇 번이나 결심했는지 모릅니다. 하지만 그럴 때마다 그는 아주 후회하고 있다는 편지를 보냈고 꼭 다시 놀러 오라고도 말했기 때문에 나도 다시 오지 않을 수 없었습니다. 그리고 여러분, 이 사실만은 믿어 주십시오. 더글러스만큼 남편을 사랑하고 남편에게 충실한 아내를 얻은 남자는 없었을 겁니다. 그리고 나만큼 충실한 친구도 없을 테고요."

그가 열띤 어조로 말했지만 맥도널드 경위는 이 문제에 관한 질문을 멈추지 않았다.

"시체의 손가락에서 결혼반지가 없어진 사실은 아시겠지요?"

바커가 말했다.

"그런 것 같더군요."

"그런 것 같다니, 그건 또 무슨 말입니까? 그게 사실이라는 것도 잘 알고 계실 텐데요?"

바커가 당황한 듯 우물쭈물하다가 잠시 후에 대답했다.

"더글러스가 직접 뺐을 수도 있으니 그런 것 같다고 한 겁니다."

"누가 그걸 뺐든 간에 결혼반지가 없어졌으니, 사람들은 이번 비극은 결혼 문제가 얽혀 있는 사건이라고 생각할 겁니다."

바커가 다부진 어깨를 한 번 들썩이고는 말했다.

"어떻게 보이는지는 내 알 바 아닙니다. 하지만 만약 어떤 의미에서든 부인의 명예를 훼손하는 일을 상상한다면……."

그 순간 바커의 눈이 번뜩였지만 간신히 감정을 억누른 뒤 말을 이었다.

"그건 커다란 오해라고 할 수 있을 겁니다."

"지금으로서는 더 이상 물을 것이 없군요."

맥도널드가 차갑게 말했다. 이어서 셜록 홈즈가 입을 열었다.

"사소한 문제지만 잠깐 묻고 싶은 게 있습니다. 당신이 서재에 들어갔을 때는 탁자 위에 촛불 하나만 켜져 있었다고 했는데요."

"네, 그랬습니다."

"당신은 그 빛을 통해서 처참한 광경을 봤겠군요."

"맞습니다."

"당신이 바로 벨을 울려서 도움을 청했고요?"

"네."

"모든 사람들이 바로 달려왔습니까?"

"채 1분도 지나지 않아서 왔습니다."

"그런데 그 사람들이 와서 보니, 이미 촛불은 꺼져 있었고 램프에 불이 켜져 있었다고 합니다. 이건 아주 중요한 사실 같은데요?"

바커는 다시 한 번 주저하는 모습을 보였다. 그리고 잠시 후에 입을 열었다.

"특별히 중요한 사실은 아닙니다. 촛불만으로는 너무 어두워서 좀 더 밝은 불이 필요하다고 생각했습니다. 그런데 마침 탁자 위에 램프가 있어서 거기에 불을 붙인 겁니다."

"그리고 촛불은 *끄셨나요*?"

"그렇습니다."

홈즈는 더 이상 질문하지 않았다. 바커는 우리의 얼굴을 하나하나 가만히 살펴봤는데 나는 그 모습에서 왠지 모를 도전적인 분위기를 느꼈다. 그는 휙 돌아서더니 방 밖으로 나가 버렸다.

맥도널드 경위는 더글러스 부인에게 방으로 찾아가 뵙고 싶다는 편

지를 보냈다. 그러자 부인은 식당에서 만나고 싶다고 대답했다. 식당에 모습을 드러낸 부인은 서른 살 정도 돼 보이는 키 큰 미인이었다. 보기에도 안쓰러울 정도로 넋을 잃은 모습일 줄 알았는데, 의외다 싶을 만큼 조용하고 차분한 태도를 보였다. 하얗게 질린 얼굴과 굳은 표정을 보면 그녀의 충격이 얼마나 컸는지를 알 수 있었지만, 태도는 냉정했고 식탁 위에 올려둔 아름다운 손도 내 손과 마찬가지로 침착함을 잃지 않고 있었다. 부인은 슬픔을 호소하는 듯한 눈빛으로 우리들을 둘러보았는데 그 눈빛에는 무엇인가를 묻고 싶어 하는 기색도 서려 있었다. 그러다가 갑자기 그 기색을 말에 담아 질문을 던졌다.

"알아내신 게 있나요?"

그녀의 어투에서 기대감보다는 뭔가를 두려워하는 느낌을 받았다면 나만의 지나친 상상일까? 부인의 물음에 경위가 대답했다.

"모든 수단을 동원해 조사하고 있습니다, 부인. 조금의 소홀함도 없이 수사하고 있으니 안심하십시오."

"비용은 얼마가 들든 상관없어요. 할 수 있는 한 전력을 다해 주시길 바랄 뿐이에요."

그녀는 생기 없는 어조로 차분히 말했다.

"부인의 말씀을 들으면 단서가 될 만한 것을 찾아낼 수 있지 않을까 해서 모셨습니다."

"도움이 될지는 모르겠지만 제가 알고 있는 사실을 전부 말씀드리겠습니다."

"세실 바커 씨의 말에 따르면 부인은 실제로 못 보신 것 같던데요. 그러니까, 사건이 일어난 방에 한 번도 들어가지 않으셨다고 들었습니다."

"네, 계단이 있는 곳에서 바커 씨가 저를 막으셨어요. 저더러 방으로 돌아가라고 했죠."

"그렇군요. 부인도 총성을 듣고 바로 계단 밑으로 내려오신 건가요?"

"실내복을 걸친 뒤 계단 밑으로 내려왔어요."

"바커 씨가 부인을 막아선 건 총성이 들리고 나서 얼마나 지난 다음이었습니까?"

"한 2분쯤 지난 다음이었을 거예요. 저도 경황이 없었기 때문에 시간은 전혀 신경 쓰지 못했어요. 바커 씨는 제발 오지 말라고 필사적으로 저를 말렸죠. 가 봐야 더 이상 어떻게 해 볼 도리가 없을 거라고 말했어요. 그래서 앨런 부인이 저를 2층으로 데려다 주었죠. 마치 악몽을 꾸는 기분이었어요."

"부군이 아래층으로 내려간 뒤에 어느 정도 시간이 지나서 총성이 들렸는지 기억하실 수 있습니까?"

"아니요, 모르겠어요. 남편은 옷방에 있다가 나갔기 때문에 저는 그이가 아래로 내려가는 소리를 못 들었거든요. 남편은 늘 화재가 일어날 것을 걱정해서 매일 밤이면 저택 안을 둘러봤죠. 제가 알기로 남편이 두려워했던 것은 화재밖에 없었습니다."

"저도 바로 그 점을 묻고 싶었습니다. 부인은 부군이 영국에 계셨을 때부터 그를 아셨지요?"

"네. 5년 전에 결혼했으니까요."

"부군이 미국에서 살 때의 일이나, 그것이 원인이 돼서 신변에 위험이 닥칠지도 모른다는 이야기를 한 적이 있습니까?"

대답하기 전에 더글러스 부인은 한동안 생각에 잠겨 있다가 드디어 대답했다.

"네. 언제나 남편 주위에 위험이 도사리고 있다는 느낌을 받았어요. 하지만 남편은 제게 그런 이야기는 하지 않았죠. 저를 믿지 못해서가 아니었어요. 우리는 서로를 진심으로 사랑하고 믿고 있었으니까요. 남편은 만약 제가 모든 것을 알게 되면 걱정할 거라고 생각했기에 말하지 않았던 거예요."

"그럼 부인은 어떻게 그 사실을 알게 됐습니까?"

더글러스 부인이 가볍게 웃으며 말했다.

"평생 아내 몰래 비밀을 간직할 수 있는 남편이 있을 거라고 생각하세요? 그리고 남편을 사랑하면서도 남편의 비밀을 눈치채지 못할 아내가 어디 있을까요? 남편은 미국 생활을 이야기하다가도 어느 시점에 오면 갑자기 입을 닫아 버리곤 했어요. 그걸 보면서 알 수 있었죠. 그리고 남편에게 경계심이 있는 걸 보고도 알았어요. 문득문득 내뱉는 어떤 말들을 통해서도 알 수 있었고요. 갑자기 찾아오는 낯선 사람들을 바라보는 눈빛을 보고 남편에게 틀림없이 어떤 무시무시한 적이 있을 거라고 생각하게 됐죠. 그리고 저는, 남편은 늘 그들이 자신을 노린다고 믿으면서 언제나 경계하고 있다는 것을 확신했습니다. 요 몇 년 동안 그런 사실들이 더욱 확실하게 눈에 들어왔기 때문에 남편의 귀가가 늦어지면 불안해서 견딜 수가 없었습니다."

그때 홈즈가 물었다.

"한 가지 묻고 싶은 게 있습니다. 부군의 말 중에 부인의 주의를 끈 것은 무엇이었습니까?"

부인이 대답했다.

"'공포의 계곡'이라는 말이었어요. 제가 물으면 남편은 그 말을 곧잘 입에 담았죠. '나는 공포의 계곡에 있었소. 아직도 그 계곡에서 벗어나지 못했고.'라고 말했어요. 한번은 남편이 너무 심각한 표정을 짓고 있어서 제가 '우리는 평생 그 공포의 계곡에서 벗어날 수 없나요?' 하고 물어봤더니, 남편은 '나는 때때로 그곳에서 영원히 벗어날 수 없겠다는 생각이 든다오.'라고 대답했습니다."

"'공포의 계곡'이 무슨 뜻인지 부군에게 물어보셨겠죠?"

"네. 그랬습니다. 하지만 아주 어두운 표정으로 머리를 흔들며 '우리 중에 한 사람이 그 계곡의 그림자에 빠져 버렸다는 건 정말 불행한 일이오. 오, 주여! 그 그림자가 아내에게만은 드리우지 않기를.'이라고만 말했어요. 제 생각에 그 계곡은 남편이 살았던 진짜 계곡인 듯했고, 거기에 있을 때 어떤 끔찍한 일을 당한 것 같습니다. 이건 틀림없는 사실입니다. 그 이상은 저도 잘 모르겠어요."

"그렇다면 부군이 어떤 이름을 말한 적은 없었습니까?"

"있었습니다. 3년 전, 사냥을 나갔다가 부상을 당해 열에 들떠 있을 때

였어요. 그때 남편이 끊임없이 중얼거리던 이름을 아직도 기억하고 있습니다. 분노와 두려움이 섞인 목소리로 그 이름을 불렀어요. '맥긴티'라는 이름이었는데 '몸주인bodymaster 맥긴티'라고 불렀습니다. 부상에서 회복한 뒤에 맥긴티가 누구고, 누구 몸의 주인이냐고 물어봤죠. 남편은 웃으면서 '고맙게도 내 몸주인은 아니라오.'라고 대답할 뿐 더 이상은 말하려고 하지 않았어요. 하지만 '몸주인 맥긴티'와 '공포의 계곡' 사이에는 어떤 관계가 있을 거예요."

부인이 대답을 마치자 맥도널드 경위가 말했다.

"한 가지 더 묻고 싶습니다. 부인은 더글러스 씨가 런던에서 하숙 생활을 하고 있을 때 만났다고 들었습니다. 그리고 거기서 약혼을 하셨죠? 결혼에 관련된 어떤 로맨스나 비밀스러운 일은 없었습니까?"

"로맨스는 있었죠. 언제나 그랬어요. 하지만 비밀스러운 일은 아무것도 없었습니다."

"부군에게 연적은 없었습니까?"

"네, 없었어요. 전 남편 말고 다른 사람과는 사귄 적이 없었으니까요."

"이미 들으셨겠지만 부군의 결혼반지가 사라졌습니다. 그와 관련해서 뭔가 짚이는 부분은 없습니까? 만약 그 예전의 적들이 부군을 찾아내서 이런 일을 저지른 거라면 대체 결혼반지는 왜 가져갔을까요?"

아주 짧은 순간이었지만 부인의 입가에 희미한 미소가 번진 느낌이 들었다. 부인이 대답했다.

"그 이유는 저도 모르겠어요. 정말 이상하군요."

경위가 말했다.

"그렇습니까? 이제 그만 돌아가셔도 좋습니다. 많이 놀라셨을 텐데 번거롭게 해서 정말 죄송합니다. 더 묻고 싶은 것이 생기면 그때 다시 뵙도록 하겠습니다."

부인이 자리에서 일어났다. 그 순간, 나는 부인이 처음 이곳에 들어와서 우리를 잽싸게 살피던 시선을 다시 느낄 수 있었다. 마치 '내 증언이 당신들에게 어떤 인상을 주었나요?'라고 묻는 듯한 눈빛이었다. 부인은 인사를 하고 조용한 발걸음으로 식당에서 나갔다.

부인이 나가고 문이 닫히자 맥도널드가 생각에 잠긴 표정으로 말했다.

"미인입니다. 정말 대단한 미인이에요. 바커라는 남자가 이 집에 자주 드나든 것은 의심의 여지가 없습니다. 그리고 바커는 여자들에게 매력적인 남자로 보이겠죠. 죽은 더글러스가 자기를 질투했다고 했는데 그 원인이 무엇이었는지는 바커라는 사람이 가장 잘 알고 있을 것입니다. 게다가 결혼반지도 사라졌고요. 그 사실을 간과해서는 안 됩니다. 시체에서 결혼반지를 빼간 남자라니……. 홈즈 선생님, 그자는 과연 어떤 사람이라고 생각하십니까?"

의자에 몸을 묻은 채 두 손으로 머리를 감싸 쥐고 있던 내 친구가 그 순간 자리에서 벌떡 일어나 벨을 울렸다. 집사가 들어오자 홈즈가 말했다.

"에임스, 세실 바커 씨는 지금 어디 있나?"

"알아보겠습니다."

집사는 얼마 지나지 않아 돌아왔고, 바커 씨가 정원에 있다고 말했다.

"에임스, 혹시 어젯밤에 바커 씨와 함께 서재에 들어왔을 때 바커 씨가 무엇을 신고 있었는지 기억하는가?"

"물론 기억하고 있습니다. 침실에서 신는 슬리퍼를 신고 계셨습니다. 경찰서로 가실 때 제가 구두를 가져다 드렸기 때문에 확실히 기억하고 있습니다."

"그 슬리퍼는 지금 어디 있나?"

"아직 거실 의자 밑에 있을 겁니다."

"그거 다행이군. 어떤 게 바커 씨의 발자국이고 어떤 게 외부인의 발자국인지 알아 두는 건 아주 중요한 일일세."

"네, 지당하신 말씀입니다. 그때 바커 씨의 슬리퍼는 피투성이였습니다. 제 것도 마찬가지였지만요."

"그 방의 상태를 생각하면 그건 당연한 일이지. 고맙네, 에임스. 부를 일이 생기면 다시 벨을 누르겠네."

몇 분 후에 우리는 다시 서재로 갔다. 홈즈가 거실에서 손으로 짜 만든 슬리퍼를 가지고 왔다. 에임스의 말대로 양쪽 슬리퍼 바닥에는 검붉게 변한 피가 묻어 있었다.

홈즈가 창 앞의 밝은 곳에 서서 슬리퍼를 자세히 살펴보면서 중얼거렸다.

"이상한 일이군! 정말 이상한 일이야."

홈즈는 고양이가 사냥감을 노리듯이 부드러운 몸짓으로 몸을 웅크리고 앉더니, 그 슬리퍼를 창턱에 묻어 있는 혈흔에 갖다 댔다. 두 개가 완벽하게 일치했다. 그는 말없이 웃으며 우리를 둘러봤다.

맥도널드 경위는 얼굴빛까지 변할 정도로 흥분했다. 고향 사투리가 막대기로 난간을 두드리듯 튀어나왔다.

"이거야! 틀림없습니다! 바커가 일부러 창턱에 피를 묻힌 겁니다! 보통 구두 자국에 비해서 폭이 아주 넓습니다. 선생님은 평발일 거라고 하셨지만 이제 모든 사실을 설명할 수 있지 않겠습니까? 하지만 대체 어떻게 된 일일까요? 어떻게 생각하십니까, 홈즈 선생님?"

"글쎄, 어떻게 된 일일까요?"

내 친구가 생각에 잠긴 채 맥도널드의 말을 되풀이했다. 화이트 메이슨은 그것 보라는 듯이 킥킥 웃은 뒤 둥그런 손을 비벼 대며 외쳤다.

"그러니까 제가 어려운 사건이라고 하지 않았습니까? 이건 정말로 어려운 대형 사건입니다!"

6. 새벽을 밝히는 빛

두 경찰과 아마추어 탐정에게는 아직도 조사해야 할 것들이 남아 있었다. 그래서 나는 수사본부로 쓰고 있는 마을의 소박한 여관으로 먼저 돌아가기로 했는데, 그전에 저택 옆에 있는 흔히 볼 수 없는 고풍스러운 정원을 한 바퀴 둘러보았다. 이상한 형태로 가지를 친 오래된 주목들이 정원 주위를 둘러싸고 있었다. 가운데에는 아름다운 잔디밭이 펼쳐져 있었으며 그 중앙에 낡은 해시계가 서 있었다. 주변에는 말로 표현할 수 없는 온화함과 평화로운 분위기가 넘쳐흘렀기 때문에 조금 날카로워졌던 신경도 차츰 안정을 되찾았다.

이렇게 평화로운 공기 속에 잠겨 있으면, 피투성이가 된 시체가 나뒹굴던 어둑어둑한 서재를 완전히 잊을 수 있을 것 같았다. 설령 떠오르더라도 그저 기분 나쁜 꿈 정도로만 느껴질 것이다. 온화한 기운이 감도는 정원을 돌아다니며 향기로운 공기를 마시고 마음을 안정시키고 있을 때, 내 눈에 이상한 광경이 들어왔다. 그 탓에 어젯밤의 비극이 떠올랐으며 나는 다시 한 번 무겁고 답답한 기분에 사로잡혔다.

앞서 말했듯이 잘 다듬어 놓은 주목이 정원을 둘러싸고 있었다. 그런데 건물에서 가장 멀리 떨어진 정원의 끝부분에 울창하게 자란 나무들이 늘어서 있어서 마치 울타리를 두른 것처럼 보이는 곳이 있었다. 그울타리 너머에는 저택에서 보이지 않는 위치에 돌 의자가 놓여 있었다. 그쪽으로 다가가자 사람들의 이야기 소리가 들려왔다. 남자의 굵직한 목소리가 무슨 말을 하자 여자의 짧은 웃음이 들려왔다. 다음 순간, 내가 울타리의 끝부분을 돌아서자 거기에 있던 더글러스 부인과 바커의 모습이 눈에 들어왔다. 그 둘은 아직 나를 보지 못한 상황이었다. 그런데 부인의 표정을 보고 나는 깜짝 놀라지 않을 수 없었다. 조금 전 식당에서 봤던 더할 나위 없이 조신하고 조용한 모습은 온데간데없었으며, 어디에서도 슬퍼하는 빛을 찾아볼 수 없었다. 눈은 기쁨으로 빛나고 있었고, 상대방의 이야기가 아주 재미있는지 얼굴에는 미소가 번져 있었다. 바커는 자신의 무릎 위에 팔꿈치를 대고 가볍게 깍지를 낀 채 몸을 앞으로 내민 자세로 앉아 있었다. 뻔뻔스럽게도 그 잘생긴 얼굴에는 웃음이 넘쳐나고 있었다. 그러다가 둘은 내 모습을 보고 곧바로 심각한 표정을 지었지만 이미 한발 늦어 버렸다. 그리고 둘이서 무언가 두어 마디 주고받더니 바커가 자리에서 일어나 나에게 다가왔다.

"실례지만 왓슨 박사님이시죠?"

나는 쌀쌀맞게 머리를 숙였다. 아마도 내 얼굴에는 지금 느낀 불쾌한 인상이 그대로 드러나 있었을 것이다.

"더글러스 부인과 나는 왓슨 박사님일 거라고 생각하고 있었습니다. 박사님과 셜록 홈즈 선생님 사이의 우정은 아주 잘 알려져 있으니까요. 이쪽으로 오셔서 잠깐 부인과 이야기를 나누시죠."

나는 무뚝뚝한 표정으로 바커의 뒤를 따라갔다. 내 눈에는 머리가 완전히 짓이겨진 채 아직도 바닥에 쓰러져 있는 참혹한 시체의 모습이 생생하게 떠올랐다. 그런데 비극이 일어난 지 겨우 몇 시간밖에 지나지 않았는데도, 그의 아내와 가장 친한 친구는 살해된 사람의 소유인 정원 울타리 뒤에서 서로 웃음을 나눈 것이다. 나는 딱딱한 표정으로 부인에게 인사했다. 식당에서는 부인이 슬퍼하는 모습을 보고 마음이 아팠지만, 이제는 동정을 구하는 듯한 부인의 시선을 차갑게 바라볼 수밖에 없었다. 부인이 말했다.

　"저를 매정하고 냉혹한 여자라고 생각하시겠죠?"

　내가 어깨를 들썩이며 말했다.

　"그것은 제가 상관할 일이 아닙니다."

　"언젠가는 반드시 알게 되실 거예요. 아, 지금이라도 박사님께서 아신다면……."

　순간 바커가 재빨리 부인의 말을 끊었다.

　"왓슨 박사님이 아실 필요는 없습니다. 말씀하신 대로 이건 박사님과 상관없는 일이니까요."

　"그렇습니다. 그럼 저는 여기서 실례하고 좀 더 산책을 즐기겠습니다."

　내가 그렇게 말하고 자리를 뜨려 하자 부인이 애원하는 듯한 어조로 외쳤다.

　"잠깐만 기다려 주세요, 왓슨 박사님. 한 가지 여쭤 보고 싶은 것이 있어요. 세상에서 박사님만 답하실 수 있는 문제입니다. 그리고 대답을 해 주시느냐 안 해 주시느냐에 따라서 제 상황이 크게 달라질 거예요. 박사님은 홈즈 선생님에 대해서, 그리고 홈즈 선생님과 경찰의 관계에 대해서 그 누구보다 잘 알고 계십니다. 그래서 질문을 드리는 겁니다. 만약

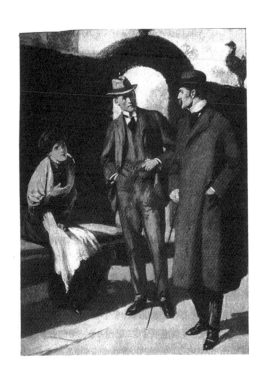

홈즈 선생님이 남들이 모르는 어떤 일을 밝혀낸다면 그 사실을 경찰에
게 꼭 알려야만 하나요?"

바커도 진지하게 물었다.

"네, 바로 그게 문제입니다. 홈즈 선생님은 독자적으로 수사하시는 겁
니까, 아니면 전적으로 경찰에 협력하시는 겁니까?"

"솔직히 말해서 제가 그 문제를 여기서 말씀드릴 자격이 되는지 판단
할 수가 없군요."

"제발 부탁입니다. 부탁이니 꼭 좀 가르쳐 주세요, 왓슨 박사님. 저희
를 도와주세요. 대답해 주시면 제게 큰 도움이 될 거예요."

진심이 담긴 부인의 목소리를 듣는 순간, 조금 전에 본 부인의 경박한

행동은 까맣게 잊고 나도 모르게 순순히 그녀의 소원을 들어줘야겠다는 생각이 들었다.

"홈즈는 독자적으로 수사하고 있습니다. 그 자신이 주체가 되고, 자기 판단에 따라서 행동합니다. 하지만 같은 사건을 수사하고 있는 경찰들을 배신하지도 않습니다. 다시 말해서 범인이 법의 심판을 받도록 하는 데 필요한 것이라면 숨김없이 경찰에게 전부 이야기합니다. 제가 말할 수 있는 것은 이 정도입니다. 만약 좀 더 자세하게 알고 싶으시다면 홈즈에게 직접 물어보십시오."

나는 그렇게 말하고 모자를 집어, 두 사람을 울타리 뒤에 남겨 둔 채 자리를 떴다. 울타리 끝부분을 돌아서려고 하는데 그 둘의 모습이 내 눈에 들어왔다. 그들은 다시 이야기에 열중하고 있었다. 계속 내가 있는 쪽을 바라보고 있었으며, 조금 전의 내 대답을 두고 토론하는 듯했다.

홈즈는 오후 내내 저택에서 두 경찰과 이야기를 나누었다. 그는 오후 5시쯤이 되어서야 숙소로 돌아와서는 내가 주문해 둔 차와 가벼운 고기 요리를 먹성 좋게 먹어 댔다. 후에 홈즈에게 울타리 뒤에서 있었던 일을 얘기해 주자 그는 이렇게 말했다.

"나는 그 둘의 비밀 따위는 듣고 싶지 않네. 세상에 비밀이란 없어, 왓슨. 그 둘이 공모 및 살인죄로 체포된다면 얼마나 어색하겠나?"

"그렇게 될 거라고 생각하는가?"

홈즈의 기분은 아주 쾌활하고 명랑했다.

"잠깐 기다리게, 왓슨. 이 네 번째 달걀을 해치운 뒤에 이번 사건에 대해서 자세하게 들려주겠네. 그렇다고 해서 사건의 전모를 밝혀냈다는 말은 아니지만. 사건을 다 풀려면 아직 멀었네. 그래도 그 사라진 아령만 찾아낸다면……."

"아령이라고?"

"이보게, 왓슨. 자네는 아직도 사라진 아령이 이 사건을 풀어 줄 열쇠라는 사실을 모르고 있었단 말인가? 뭐, 그렇다고 해서 기죽을 필요는 없네. 우리끼리 하는 이야기지만, 맥 경위나 이 지역에서 제법 솜씨 좋은 수사관이라고 명성이 자자한 사람도 아령에 아주 중요한 의미가 숨어 있다는 사실을 알아차리지 못한 것 같아. 왓슨, 아령은 하나밖에 없었다네! 아령을 하나만 사용하는 사람을 생각해 보게나! 몸의 어느 한쪽만 기형적으로 발달하고 등뼈도 금방 휘어져 버릴 거야. 상상만 해도 끔찍하지 않은가? 끔찍해, 끔찍하다고 왓슨!"

홈즈가 입 안 가득 토스트를 물고 장난기 가득한 눈을 반짝이며 내가 고개를 갸우뚱거리는 모습을 바라보았다. 그가 왕성한 식욕을 보인다는 사실로 미루어보아 일이 생각한 대로 잘 풀려 가는 모양이었다. 어떤 문제에 부딪쳐서 머리를 써야 할 때면, 홈즈는 고통을 참아 가며 수행에만 몰두하는 승려처럼 생각에 잠긴 채 며칠이고 아무것도 먹으려 들지 않았다. 그렇지 않아도 마르고 뾰족한 얼굴이 더욱 여위는 것은 당연했다. 식사를 마친 홈즈는 파이프에 불을 붙이더니 시골 여관의 난롯가에 앉아 천천히 생각나는 대로 사건 이야기를 시작했다. 생각을 정리해서 말해 주기보다는 이야기를 하면서 생각을 정리하고 있다는 인상을 받았다.

"그래, 왓슨. 거짓말일세. 엄청나고, 아주 뻔뻔스러운, 새빨간 거짓말이라고 해도 좋겠지. 그게 우리가 가장 먼저 맞닥뜨린 문제였고, 우리의 출발점이었다네. 바커의 말은 하나부터 열까지 전부 거짓말일세. 하지만 바커의 말이 사실이라고 뒷받침해 주는 것이 있었다네. 그건 바로 더글러스 부인의 증언이지. 그렇다면 부인도 거짓말을 하고 있는 걸세. 두 사람은 서로 짜고 거짓 증언을 한 거야. 그렇다면 뭐가 문제인지 확실하게 드러난 셈일세. 두 사람은 왜 거짓말을 하고 있는 걸까? 그들이 그토록 감추고 싶어 하는 진상은 과연 무엇일까? 어떤가, 왓슨? 자네와 나 우리 둘이 그 거짓말에 감춰진 진상을 캐 보지 않겠나?

두 사람이 거짓말을 했다는 사실을 내가 어떻게 알았느냐고? 그건 절대로 있을 수 없는 엉터리 거짓말을 했기 때문일세. 생각해 보게! 우리가 들은 진술에 따르면, 범인은 더글러스를 살해한 지 겨우 1분도 지나지 않아서 시체의 손가락에 있던 반지를, 그것도 다른 반지 밑에 끼고 있던 반지를 빼냈고, 그 위에 있던 반지를 다시 제자리에 돌려놓았네. 범인이 과연 그런 짓을 하겠나? 그리고 시체 옆에 이상한 종이쪽지를 놓고 갔다고 하네. 그건 누가 봐도 불가능한 일이야.

하지만 자네는 살해하기 전에 반지를 빼냈다고 주장할지도 모르지. 아니, 왓슨, 나는 자네의 판단력을 높이 사고 있으니 그렇게 생각하지는 않을 거라고 믿고 있네. 어쨌든, 촛불이 아주 약간 타들어 간 상태였으니 범인과 피해자가 맞닥뜨린 시간이 무척 짧았다는 사실을 알 수 있네. 우리가 들은 대로 더글러스가 두려움을 모르는 사람이었다면 잠깐 협박당했다고 해서 과연 결혼반지를 내줬을까? 그런 사람이 결혼반지를 건네줬을 리가 없네, 왓슨. 범인은 램프를 밝히고 시체 옆에 한동안 홀로 서 있었다네. 그 점에 대해서는 의심의 여지가 없어.

하지만 피해자는 총에 맞아 사망한 것이 분명하네. 그렇다면 총탄은 우리가 알고 있는 시각보다 훨씬 이전에 발사되었을 걸세. 그렇다고 해서 증인들이 총성을 들은 시간을 착각했을 리도 없다네. 그러니 총성을 들은 바커와 더글러스 부인이 서로 짜고 계획적으로 거짓말을 했다는 결론을 낼 수 있지. 그리고 창턱에 찍힌 피 묻은 발자국은 경찰의 눈을 속이기 위해서 바커가 일부러 찍어 두었네. 이런 사실을 참고하면 그 사람이 더욱 수상해진다는 것에 반론의 여지는 없네.

이제 우리는 실제로 살인이 일어난 시점을 생각해 봐야 하네. 10시 30분까지는 하인들이 저택 안을 돌아다니고 있었으니 그 이전은 아니야. 10시 45분이 되기 전에 하인들은 각자 자신의 방으로 돌아갔고 에임스만 식기실에 있었지. 사실, 자네가 오늘 오후에 이 여관으로 돌아온 다음에 나는 작은 실험을 하나 했네. 맥도널드 경위가 서재에서 아무리 커다란 소리를 내도 문을 전부 닫아 버리면 식기실에서는 아무 소리도 들리지 않더군.

하지만 가정부의 방은 달랐다네. 그 방은 서재에서 그다지 멀리 떨어져 있지 않았기 때문에 서재에서 큰 소리를 내면 희미하게나마 들린다네. 이번 사건에서도 틀림없이 그랬을 테지만, 엽총은 아주 가까운 거리에서 발사하면 어느 정도 소리가 줄어든다네. 따라서 그렇게 큰 소리는 아니었을지 몰라도, 정적에 잠긴 고요한 밤이라면 앨런 부인의 방에서는 충분히 들을 수 있었을 거야. 우리에게 말한 대로라면, 앨런 부인은 귀가 좀 어둡긴 하지만 소동이 벌어지기 30분 전에 문이 닫히는 소리를 들었다고 했네. 소동이 벌어지기 30분 전이라면 10시 45분을 말하는 거지. 그녀가 들은 것은 문소리가 아니라 총성이었고, 바로 그때 살인이 일어난 것이라네.

만약 그렇다면, 바커 씨와 더글러스 부인이 직접 살인을 한 것은 아니라고 가정하고, 그들이 엽총 소리를 듣고 아래층으로 내려온 10시 45분부터 벨을 울려 하인들을 불러 모은 11시 15분 조금 넘어서까지 대체 무엇을 했는지 밝혀내야 하네. 과연 무엇을 한 것일까? 왜 곧바로 사람들을 부르지 않았을까? 바로 이게 지금 우리가 맞닥뜨린 문제일세. 이 답을 찾는다면 틀림없이 사건을 해결할 수 있는 길이 열릴 걸세."

그 설명을 듣고 내가 말했다.

"두 사람이 한 패거리인 것만은 분명하군. 남편이 살해된 지 불과 몇 시간밖에 지나지 않았는데 웃으며 장난을 치다니. 그 부인도 보통 매정한 게 아닐세."

"자네 말이 맞네. 이번 사건에 대한 그녀의 증언을 들어봐도 아내로서 귀감이 될 만한 사람은 아니었네. 왓슨, 자네도 알다시피 나는 원래 여성을 높이 평가하지 않네. 하지만 지금까지의 내 경험에 비춰 보면, 조금이라도 남편을 소중히 여기는 아내라면 다른 남자의 말만 듣고 남편의 시체를 그냥 내버려 두지는 않을 걸세. 왓슨, 만약 내가 결혼이라는 걸 한다면 말이지, 눈앞에 남편의 시체가 나뒹굴고 있는데 가정부가 말린다고 해서 조용히 그 자리에서 떠나지는 않을 정도의 감정은 내 아내에게 불어넣어 주고 싶다네. 그건 어설픈 연극이었어. 아무리 초보 탐정이라 하더라도 다른 여자들과 달리 눈물 한 방울 흘리지 않는 더글러스 부인의 모습은 이상해 보였을 걸세. 다른 의문점이 전혀 없었다 해도, 이 한 가지 사실만으로도 나는 미리 계획된 음모가 있다는 사실을 알아차렸을 거야."

"그럼 자네는 바커와 더글러스 부인이 이번 사건의 범인이라고 확신하는가?"

"그렇게 직접적으로 물으면 놀랄 수밖에 없잖나, 왓슨."

홈즈가 파이프를 내 쪽으로 흔들며 말했다.

"자네의 질문은 마치 총알처럼 나를 꿰뚫는군. 만약 자네가 더글러스 부인과 바커가 이번 사건의 진상을 알고 있지만 서로 짜고 그것을 감추고 있느냐고 물었다면 나는 자신 있게 대답했을 거야. 그 둘은 확실히 알고 있네. 하지만 지금 자네의 과감한 물음에 대해서는 아직 확실하게 밝혀내지 못했다네. 거기에 걸린 문제들을 잠깐 생각해 보기로 하세.

　우선, 그 두 사람이 서로를 사랑하게 되어 이제는 방해꾼에 불과한 더 글러스를 배신하고 죽일 결심을 했다고 치자고. 이건 좀 억지스러운 생각일세. 하인들이나 다른 주변 사람들에게 살며시 물어봐도 그런 가정을 뒷받침해 줄 만한 말은 전혀 듣지 못했으니까. 아니, 오히려 더글러스 부부가 서로 사랑하고 있었다는 증언이 훨씬 더 많았다네."

　"나는 그 사실을 믿을 수 없네."

　나는 정원에서 본, 아름답게 웃는 더글러스 부인의 얼굴을 떠올리며 말했다.

　"그렇게 생각하는가? 하지만 말일세, 적어도 다른 사람들이 그런 인상을 받은 건 사실이라네. 그리고 가령 바커와 부인이 상상을 초월할 만큼 교활해서 모든 사람들을 속이고 남편을 살해할 계획을 세웠다고 해 보세. 우연히도 남편은 어떤 위험을 느끼고 두려워하는 사람으로……."

"그것도 그 둘만 그렇게 주장한 게 아닌가?"

홈즈가 생각에 잠긴 채 말했다.

"그런가? 왓슨. 자네는 그 두 사람의 증언을 전부 거짓말이라고 생각하고 있군. 만약 자네의 의견대로라면 정체불명의 협박도, 비밀결사도, '공포의 계곡'도, 맥 뭐라는 두목도 전부 꾸며 낸 말이 되어 버린다네. 그렇군. 재미있어. 아주 간단명료한 의견일세. 그렇게 가정한다면 상황이 어떻게 되는지 보자고. 두 사람이 거짓 범인을 만들어 내려고 그런 이야기를 꾸며 냈다고 하세. 그리고 이야기를 뒷받침하기 위해 수풀 속에 자전거를 숨겨서 외부인이 침입했다는 증거로 삼으려 했네. 같은 맥락에서 창턱에는 피 묻은 발자국을 남겼지. 시체 옆에 떨어져 있던 종이쪽지도 미리 그 저택에서 준비해 둔 것일지도 모르네. 여기까지는 자네의 의견으로 전부 설명이 가능하네, 왓슨. 하지만 딱 한 가지, 자네의 의견으로 도저히 풀 수 없는 복잡한 사실이 있다네. 왜 하필이면 총신을 잘라낸 엽총을 사용했을까? 그것도 미국제를 말이야. 그 총성을 듣고도 아무도 달려오지 않을 거라고 어떻게 그렇게 확신할 수 있었을까? 앨런 부인이 문이 닫히는 듯한 소리를 듣고도 방 밖으로 뛰쳐나오지 않은 것은 순전히 우연일 텐데 말일세. 자네가 의심하고 있는 그 두 사람은 어째서 이렇게 위험한 짓을 했을까?"

"솔직히 말하자면 나도 그 점은 설명할 수 없군."

"그리고 한 가지 더. 그 여자가 사랑하는 남자와 함께 남편을 살해했다 치더라도, 범행을 저지른 뒤에 보란 듯이 결혼반지를 빼내서 온 천하에 자기들의 범죄를 광고했겠는가? 그런 일이 일어날 법하다고 생각하는가, 왓슨?"

"아니, 그럴 것 같지는 않군."

"마지막으로 한 가지 더 있네. 자전거를 일부러 숨겨 둔 수법 말인데, 자전거는 범인이 도망치는 데 가장 필요한 도구일 거야. 그런 게 남아 있으면 아무리 둔한 탐정이라도 뻔한 속임수라고 생각할 것이 틀림없는 데 굳이 그렇게 할 이유가 있었겠나?"

"글쎄, 나로서는 도저히 설명할 수가 없네."

"인간의 지혜로 설명할 수 없는 일들이 한꺼번에 몇 가지나 겹쳐 일어날 수는 없는 법이라네. 그러니 어떤 것이 사실일지는 아직 결정하지 말고, 우선은 간단한 두뇌 운동 삼아서 상상할 수 있는 경우를 떠올려 보세. 단순한 상상에 그칠지도 모르지만 상상에서 출발해서 진상에 도달한 사건도 얼마든지 있으니까 말일세.

먼저 이 더글러스라는 사람에게는 떳떳하지 못하고, 사람들에게는 말할 수 없는 부끄러운 비밀이 있었다고 치세. 그리고 그 비밀 때문에 복수를 당해 살해된 거지. 물론 범행은 외부인이 저질렀고. 그런데 범인은 복수한 다음에 시체에서 결혼반지를 빼갔다네. 솔직히 말하자면 현재로서는 나도 그 이유를 알 수가 없네. 어쩌면 이번 복수의 원인은 더글러스의 첫 번째 결혼에 있고 그래서 결혼반지를 빼간 것일지도 모르지.

어쨌든 복수한 사람이 채 방에서 빠져나가기도 전에 바커와 부인이 달려왔다네. 그래서 범인은 만약 자신을 잡는다면 끔찍할 정도로 수치스러운 비밀이 세상에 드러날 것이라고 말했네. 두 사람은 이 협박에 못 이겨서 범인을 놓아 주었지. 그가 도망칠 수 있도록 두 사람은 다리를 내렸을 걸세. 다리를 올리고 내릴 때는 거의 소리가 안 나니까. 그리고 범인이 나가고 나서 다시 다리를 올렸겠지. 범인은 이렇게 도망친 것일세. 그리고 무슨 까닭에서인지 자전거를 타기보다는 걸어서 가는 편이 안전하다고 생각했지. 그래서 자전거는 완전히 도망칠 때까지 발견되지 않도록 숨겨 둔 걸세. 여기까지는 충분히 가능성 있는 설명이라고 생각하는데, 자네는 어떤가?"

"글쎄. 틀림없이 가능성은 있군."

나는 조금 석연치 않다는 투로 말했다.

"그런데 왓슨, 무슨 일이 일어났건 간에 이건 아주 이상한 사건이라는 점을 절대 잊어선 안 돼. 자, 그럼 상상의 나래를 좀 더 펼쳐 보세. 그 두 사람은…… 그들이 서로 사랑해서 더글러스를 배신했다고는 볼 수 없지만, 아무튼 범인이 도망 간 뒤에 자신들의 입장이 아주 묘하게 됐다는 사실을 깨달았다네. 자신들은 범인이 아니며, 범행을 못 본 척한 것도 아니라는 사실을 증명하기가 매우 어렵게 된 거야. 그래서 서둘러 방책을 마련했는데 그게 아주 서툴렀다네. 범인이 창으로 도망친 것처럼 보이게 하기 위해서 바커가 신고 있던 슬리퍼로 창턱에 피 묻은 발자국을 남겼지. 그리고 총성을 들은 건 자신들밖에 없다고 생각하고 벨을 울려서 한바탕 소동을 벌인 거야. 단, 사건이 일어난 지 30분이나 지난 후의 일이었지만."

"하지만 그 사실을 어떻게 증명할 수 있나?"

"바로 그게 문제일세. 만약 외부인의 소행이라면 그 녀석을 잡으면 모든 게 풀리겠지. 그게 가장 좋은 증거가 될 걸세. 하지만 그렇게 할 수 없다면……. 아니, 과학을 이용하면 여러 가지 방법으로 증명할 수 있네. 사실, 나 혼자 그 서재에서 하룻밤을 지내면 참고할 만한 것들을 찾아낼 수 있을 것 같네."

"혼자서 하룻밤을?"

"슬슬 가 볼 생각이라네. 그 일이라면 존경할 만한 우리 에임스 집사에게도 미리 이야기해 두었다네. 그 사람은 바커를 별로 좋아하지 않아. 그 방에 앉아서 그곳의 분위기에 가만히 잠겨 있으면 어떤 영감이 떠오를 지도 모르네. 나는 각 장소에 있는 수호신을 믿고 있거든. 자네, 웃고 있 군그래. 한번 지켜보게나, 곧 알게 될 테니까. 아참, 왓슨. 커다란 우산을 가지고 왔나?"

"그렇다네."

"그럼, 그걸 좀 빌려 주게나."

"언제든지 가져가게. 하지만 별로 믿을 만한 무기는 아닌 것 같은데. 만약 위험하다 싶으면⋯⋯."

"별일 없을 걸세, 왓슨. 만약 정말로 위험할 것 같으면 나는 당연히 자 네 손을 빌렸을 거야. 하지만 오늘은 우산만 있으면 충분해. 그리고 지금 은 턴브리지 웰스에 간 우리 경찰 친구들이 돌아오기를 기다리기만 하 면 되네. 그 사람들은 거기서 자전거 주인을 찾고 있거든."

맥도널드 경위와 화이트 메이슨은 해가 떨어진 뒤에 이곳으로 돌아왔 다. 두 사람은 수사에 커다란 진척이 있었다면서 아주 환한 얼굴로 말했 다. 먼저 맥도널드가 말했다.

"이제 와서 하는 말이지만, 저는 지금까지 외부인의 소행이라는 사실 에 의문을 품고 있었습니다. 하지만 이제 모든 것이 완전히 풀렸습니다. 자전거의 주인을 찾았고 그의 인상착의도 알아냈습니다. 수사도 상당히 진척된 셈입니다."

홈즈가 말했다.

"드디어 끝이 보인다는 말이군요. 진심으로 축하합니다."

"우선 우리는 더글러스 씨가 사건이 일어나기 전, 턴브리지 웰스에 다 녀온 다음부터 불안을 느꼈다는 사실에서 출발했습니다. 왜냐하면 더글 러스 씨는 턴브리지 웰스에서 어떤 위험을 느낀 것이 분명했으니까요.

따라서 만약 범인이 자전거를 타고 왔다면, 그도 턴브리지 웰스에서 왔으리라 생각했습니다. 그래서 우리는 턴브리지 웰스의 각 호텔을 돌아다니면서 가져간 자전거를 보여 줬고, 곧바로 목격자를 만났습니다. 이글 커머셜 호텔의 지배인이 그 자전거를 알아보더군요. 이틀 전부터 머무르고 있는 하그레이브라는 사람의 자전거라고 했습니다. 그 사람이 가지고 있는 것이라고는 그 자전거와 작은 가방 하나가 전부였다고 합니다. 숙박부에는 이름과 런던에서 온 사실만 적혀 있을 뿐, 확실한 주소는 없었습니다. 가방도 틀림없이 영국에서 만들어진 것이었고 그 안에 있던 물건들도 전부 영국제였지만 그 사람은 확실히 미국 사람입니다."

홈즈가 기쁘다는 듯이 말했다.

"좋아, 좋아요. 내가 여기서 왓슨과 함께 머리 굴리며 이론을 세우는 동안 여러분은 아주 실속 있는 일을 해 주셨군요. 행동이 중요하다는 말이 실감납니다, 맥 경위."

"그 말 그대로입니다."

맥도널드가 자랑스럽게 말했다. 나는 홈즈에게 물었다.

"지금 이 사실도 자네의 추리와 완벽하게 일치하지 않는가?"

"완벽하게 일치하는지 아닌지 우선은 맥 경위의 이야기를 끝까지 들어 보세. 그 사람의 신원을 밝혀낼 만한 단서는 아무것도 없었습니까?"

"자기 신원이 밝혀지는 것을 아주 두려워한 모양입니다. 단서가 될 만한 건 아무것도 없었습니다. 서류나 편지 같은 것도 없었고 옷에도 이름이 새겨져 있지 않았습니다. 다만 침실 탁자 위에 이 지방의 자전거 여행용 지도가 있었습니다. 그 사람은 어제 아침 식사를 마치고 나서 자전거를 타고 호텔에서 나온 뒤, 우리가 조사하러 찾아간 그때까지도 돌아오지 않았다고 합니다."

이때 화이트 메이슨이 한마디 거들었다.

"홈즈 선생님, 바로 그 문제 때문에 고민하고 있습니다. 만약 경찰의 추격을 피하고 싶다면, 호텔로 돌아가서 평범한 여행객처럼 행동하며 조용히 있는 게 보통이겠죠. 지금처럼 행동하면 지배인은 경찰에 투숙객이 실종되었다며 신고할 테고, 행방불명된 사람과 살인 사건을 연계시킬 것이라는 사실은 뻔하니까요."

"누구라도 그렇게 생각하겠지요. 하지만 아직 범인이 잡히지 않았으니 지금까지는 그 사람의 뜻대로 되고 있다는 증거입니다. 그래, 그 사람의 인상착의는 어땠습니까?"

맥도널드가 수첩을 꺼내 보면서 말했다.

"들은 이야기를 전부 적어 왔습니다. 모두들 그렇게 신경 써서 살펴보지는 않은 듯했습니다. 하지만 호텔 종업원들 대부분이 공통적으로 말한 내용은 다음과 같습니다. 신장은 180센티미터 정도, 나이는 쉰 살 전후, 머리는 약간 희끗희끗하고, 회색빛이 감도는 턱수염을 기르고 있었으며, 매부리코라고 합니다. 그리고 인상이 썩 좋지 않았고, 험악한 얼굴이었다고 모두 입을 모아 말하더군요."

"흠, 얼굴만 빼면 나머지는 더글러스 씨와 인상이 비슷하군요. 더글러스 씨도 쉰 살이 조금 넘었고, 머리와 턱수염이 희끗희끗한 데다 신장도 거의 비슷하니까요. 다른 점은 또 없었습니까?"

"두꺼운 회색 양복 위에 리퍼 재킷을 입었고, 짧은 노란색 외투를 걸쳤으며, 부드럽고 챙이 없는 모자를 쓰고 있었다고 합니다."

"엽총은?"

"그건 60센티미터도 되지 않는 물건이니 가방 속에 완전히 들어갑니다. 외투 속에 넣어 돌아다니는 일도 그리 어렵지 않을 겁니다."

"그렇다면 이런 사실들이 사건과 어떤 관계가 있다고 생각합니까?"

이번에는 맥도널드가 대답했다.

"그건 말이죠, 선생님. 이 사람을 잡으면 가장 확실하게 알 수 있을 겁니다. 인상착의를 파악하고 5분도 채 지나지 않아서 전국에 전보로 알려 두었죠. 하지만 현 상황만 보더라도 수사가 상당히 진전된 셈입니다. 하그레이브라는 미국인이 이틀 전에 자전거를 타고, 가방 하나를 든 채 턴브리지 웰스에 나타났습니다. 가방 속에는 총신을 자른 엽총이 들어 있으니 틀림없이 사람을 죽일 목적으로 온 것이겠죠. 어제 아침, 그는 외투 속에 엽총을 숨겨 자전거를 타고 이곳 벌스턴을 향해 출발했습니다. 우리가 아는 바에 따르면 아무도 그가 오는 모습을 보지 못했습니다. 마을을 지나지 않아도 영지의 문 앞에 도착할 수 있고 길에는 자전거를 타고 다니는 사람이 많기 때문에 그렇게 사람들 눈에 띄지도 않았을 겁니다. 하그레이브는 이곳에 도착하자마자 월계수 수풀에 자전거를 감추고, 자기도 그 부근에 숨어서 저택을 살피며 더글러스 씨가 나오기를 기다렸을 겁니다. 엽총은 집 안에서 사용하기에는 적당하지 않겠지만 만약 야외에서 사용할 생각이었다면 이야기는 또 달라집니다. 빗나갈 염려도 없으니 오히려 편리한 무기라고 할 수 있겠죠. 그리고 영국의 사냥터 부근에 사는 사람들은 총성에 익숙해져서 거기에 신경을 쓰지도 않을 테니까요."

"모든 점이 아주 명확하군요."

"그런데 더글러스 씨가 밖으로 나오지 않았습니다. 그렇다면 하그레이브는 어떻게 했을까요? 그는 자전거를 내버려 둔 채 황혼의 어둠을 이용해서 저택 가까이까지 접근했습니다. 주위를 둘러보니 다리가 내려와 있었고 사람의 모습은 보이지 않았죠. 그래서 그는 과감하게 다리를 건넜습니다. 누군가를 만나면 적당히 둘러 댈 생각으로요. 다행히 아무하고도 마주치지 않았고, 가장 먼저 눈에 들어온 방으로 들어가서 커튼 뒤에 몸을 숨겼습니다. 그런데 거기에 있을 때 다리를 올리는 모습을 보고, 이제 해자를 건너서 도망가는 수밖에 없다는 사실을 알게 되었습니다. 그는 거기에서 11시 15분 조금 넘은 시각까지 기다리고 있었습니다. 더글러스 씨가 평소와 다름없이 집을 둘러보기 위해 그 방으로 들어왔습니다. 그 사람은 미리 생각해 둔 대로 단 한 방으로 더글러스 씨를 쏴 죽이고 도망간 겁니다. 호텔 사람들이 자전거 이야기를 하면 꼬리를 밟힐 거라 생각하고 자전거는 그대로 내팽개쳤습니다. 대신에 다른 수단을 이용해서 런던이나 미리 봐 둔 안전한 은신처로 도망친 겁니다. 어떻습니까, 홈즈 선생님?"

"좋아요, 맥 경위. 아주 훌륭하고 명쾌한 이야기입니다. 그게 경위의 결론입니까? 하지만 내 결론에 따르면 범행은 우리가 알고 있는 때보다 30분 정도 이른 시각에 벌어졌습니다. 즉, 더글러스 부인과 바커 씨 그 둘이 무엇인가를 숨기고 있다는 말이죠. 두 사람은 범인이 도망치는 것을 도왔을지도 모르고, 적어도 범인이 도망치기 전에 그 방에 뛰어들었을 겁니다. 둘이 다리를 내려서 범인을 도망치게 했고, 그가 창으로 도망간 것처럼 보이게 하기 위해서 속임수를 쓴 것이 분명해요. 사건에 대한 내 견해는 이렇습니다."

두 수사관은 고개를 내저었다. 런던에서 온 맥도널드 경위가 말했다.

"그렇군요. 그게 사실이라면 우리는 하나의 수수께끼를 푼 순간에 또 다른 수수께끼와 부딪힌 셈입니다."

화이트 메이슨이 덧붙였다.

"그것도 어떤 의미에서는 더 복잡하다고 할 수 있는 수수께끼로군요. 부인은 한 번도 미국에 가 본 적이 없습니다. 그런데 미국인인 범인과 어떤 관계가 있어서 그를 도와주었던 걸까요?"

"그 점이 어려운 문제입니다. 그래서 나는 오늘밤에 혼자서 살짝 조사해 볼 생각입니다. 사건의 수수께끼를 푸는 데 도움이 될 만한 것을 발견할 수 있을지도 모릅니다."

"홈즈 선생님, 도와드릴까요?"

"아니, 괜찮습니다. 어둠과 왓슨의 우산만 있으면 충분하니까요. 그리고 집사, 그 충실한 에임스라면 나를 위해서 열심히 도와줄 겁니다. 어떤 방향에서 생각해도 한 가지 근본적인 의문에 부딪히고 맙니다. 운동하는 사람이 어째서 하나밖에 없는 아령이라는 부자연스러운 기구로 몸을 단련했을까 하는 의문이죠."

그날 밤, 홈즈는 상당히 깊은 밤에 단독 수사를 마치고 돌아왔다. 우리가 묵고 있는 방에는 침대 두 개가 있었는데, 그 시골 여관에서는 그래도 최고급에 속하는 방이었다. 나는 이미 잠들어 있었지만, 홈즈가 들어

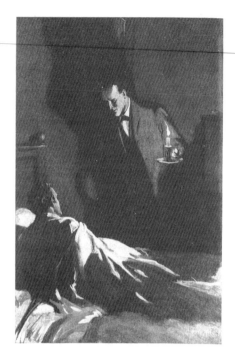

오는 기척에 잠에서 깨어나 조그만 목소리로 물었다.

"아, 홈즈. 뭣 좀 알아낸 게 있나?"

홈즈는 촛불을 들고 아무 말도 없이 내 머리맡에 서 있었다. 잠시 후, 그는 나를 향해 기다란 몸을 구부리더니 내 귀에 대고 속삭이듯 말했다.

"이보게, 왓슨. 자네는 머리가 이상해진 미치광이, 혹은 제정신이 아닌 바보 같은 사람과 한 방에서 잔다면 두렵지 않겠나?"

"아니, 전혀."

나는 깜짝 놀라서 대답했다.

"아, 그거 잘됐군."

그렇게 말한 홈즈는 그날 밤 더 이상 한 마디도 하지 않았다.

7. 해결

다음 날 아침, 식사를 마치고 나서 윌슨 경사의 조그만 응접실로 찾아 갔더니 맥도널드 경위와 화이트 메이슨이 가까이 앉아 상의하고 있었다. 두 사람이 끼고 앉은 탁자 위에는 편지와 전보가 산더미처럼 쌓여 있었고 그들은 그것을 분류하며 정리하고 있었다. 그중 세 통은 따로 놓여 있었다. 홈즈가 밝은 목소리로 물었다.

"아직도 그 자전거 주인을 뒤쫓고 있습니까? 뭔가 새로운 정보라도 있나요?"

맥도널드가 암담한 표정을 지으며 산더미처럼 쌓인 우편물을 가리켰다.

"선생님, 지금까지 레스터, 노팅엄, 사우샘프턴, 더비, 이스팀, 리치먼드 등 14군데에서 비슷한 인물을 봤다는 정보가 들어왔습니다. 그중 이스팀, 레스터, 리버풀에서 확인된 자는 혐의가 짙어서 체포했다고 합니다. 이걸 보면 노란색 외투를 입고 돌아다니는 도망자가 전국에 우글거리는 모양입니다."

홈즈가 안됐다는 듯 말했다.

"이거야, 원! 맥 경위, 그리고 화이트 메이슨 씨. 사실은 여러분에게 꼭 충고하고 싶은 말이 있습니다. 기억하고 있겠지만, 함께 이 사건에 뛰어들었을 때 내가 이런 말을 했지요. 나는 어설픈 상태에서는 의견을 제시하지 않을 것이고, 스스로가 인정할 수 있을 때까지 내 생각대로 수사를 진행하겠다고요. 그러니 지금 내 생각을 전부 밝힐 수는 없습니다. 하지만 한편으로는 여러분을 속이지 않고 여러분에게 숨기는 것도 없이 정정당당하게 일할 생각이라고도 말했습니다. 그러니까 여러분이 쓸데없는 정력을 낭비하는 모습을 보고도 못 본 척한다면 그건 공정하지 못한 처사라고 생각합니다. 그래서 오늘 아침에 이렇게 여러분에게 충고해 주러 온 겁니다. 충고는 딱 한 마디로 정리됩니다. 이제 그만 사건에서 손을 떼십시오."

맥도널드와 화이트 메이슨은 깜짝 놀라서 유명한 탐정의 얼굴을 바라봤다. 맥도널드 경위가 외쳤다.

"가망이 없다고 생각하시는 겁니까?"

"여러분의 수사에는 가망이 없다고 생각합니다. 하지만 사건의 진상을 밝혀낼 가망이 없다는 말은 아니에요."

"하지만 자전거를 타고 다녔던 사내의 정보가 있습니다. 그는 만들어 낸 인물이 아닙니다. 인상착의를 파악했고 가방과 자전거도 확보했습니다. 그 사내는 분명히 어딘가에 있을 겁니다. 왜 그를 잡을 수 없다는 겁니까?"

"옳은 말입니다. 물론 어딘가에 있을 테고 틀림없이 잡히겠지요. 그렇다고 해서 여러분이 이스팀이나 리버풀에서 쓸데없이 정력을 낭비하도록 내버려 둘 수는 없습니다. 사건을 해결하기 위한 좀 더 가까운 지름

길이 있을 거예요."

맥도널드가 얼굴을 찡그렸다.

"뭔가 숨기고 계시는군요? 그건 정정당당하지 못합니다."

"내가 어떤 식으로 일하는지는 맥 경위도 잘 알고 있지요? 나는 가능한 빠른 시간 안에 발표할 생각입니다. 지금은 세밀한 부분을 좀 더 확인할 필요가 있어요. 그리 복잡한 일은 아니지만. 확인이 끝나면 내 결론을 여러분에게 전부 밝히고 작별을 고한 뒤 런던으로 돌아갈 생각입니다. 아무튼 지금까지 일어난 다른 사건들을 되돌아봐도 이렇게 기묘하고 재미있는 사건은 처음입니다. 다 여러분 덕분입니다. 고맙소."

"선생님, 저는 감도 못 잡겠습니다. 어제 저녁에 우리가 턴브리지 웰스에서 돌아왔을 때는 우리가 내린 결론에 거의 동의하지 않으셨습니까? 그런데 이제 와서 생각을 완전히 바꾸시다니 대체 무슨 일이 있었던 겁니까?"

"그렇게 물어보니 대답하지만, 나는 사건이 일어난 저택에서 몇 시간 동안 밤을 보냈습니다."

"거기서 무슨 일이 있었습니까?"

"아! 지금은 아주 대략적인 답밖에는 드릴 수가 없군요. 어쨌든 나는 지금 그 오래된 건물에 대한 안내서를 읽고 있습니다. 마을 담배 가게에서 1페니만 주면 살 수 있는데, 짧지만 아주 알기 쉽고 재미있게 쓰인 책이에요."

홈즈가 조끼 주머니에서 저택의 옛날 모습이 담긴 작은 책자를 꺼냈다.

"맥 경위, 주변 역사나 그것이 빚어내는 분위기를 이해하면 수사가 몰라볼 만큼 재미있어집니다. 아, 그렇게 조급해하지 말고 한번 들어 보시죠. 이렇게 간단한 설명서도 읽으면 옛날의 모습을 어느 정도는 떠올리게 되니까요. 잠깐 한 가지 예를 들어 보죠."

그렇게 말하며 홈즈는 책을 읽어 나갔다.

제임스 1세가 국왕으로 즉위한 지 5년째 되던 해에 낡은 건물이 있던 자리에 벌스턴 저택이 세워졌다. 해자를 두른 제임스 왕조풍의 저택의 특징을 잘 보여 주는 건물로, 현재 남아 있는 건물 중 가장 뛰어나다고 알려져 있으며……

"홈즈 선생님, 우리를 놀리는 겁니까?"

"이런, 맥 경위가 화내는 건 처음 봅니다. 알겠습니다. 그렇게 마음에 들지 않았다면 그만 읽어야겠군요. 하지만 그 책에는 1644년에 의회파의 어떤 장군이 그곳을 점령했고, 17세기 중반의 내란 때는 며칠 동안 찰스 1세의 은신처로 쓰이기도 했으며, 조지 2세가 방문하기도 했다는 설명이 적혀 있습니다. 이런 사실을 알고 나면 그 영주 저택이 아주 흥미롭다는 사실을 인정하시겠죠?"

"그거야 그렇지만 우리 수사와는 아무런 관계도 없지 않습니까?"

"관계가 없다? 관계가 없다고요? 맥 경위, 시야를 넓게 하고 사물을 보는 것은 우리 같은 직업을 가진 사람에게 매우 중요한 일입니다. 서로 다른 의견을 나눠 보고 관계없을 법한 지식을 활용하면 생각지도 못했던 흥미가 솟아오르는 법이죠. 나는 그저 범죄 전문가에 지나지 않지만, 경위보다 더 오래 살았고 그만큼 인생 경험도 풍부하게 쌓았으니 이런 말을 하더라도 기분 나쁘게 생각하지는 마시오."

맥도널드가 진심으로 말했다.

"그건 저도 흔쾌히 인정합니다. 물론 선생님 나름대로 요점을 지적하고 계시지만, 너무 에둘러서 말씀하십니다."

"알았습니다. 그렇다면 과거의 역사 이야기는 빼기로 하고 오늘날의 상황을 살펴보죠. 앞서 말했듯이 나는 어젯밤, 그 저택에 갔습니다. 바커 씨나 더글러스 부인을 번거롭게 할 필요가 없었으니 만나지도 않았습니다. 부인은 그다지 여위지 않았고 저녁도 맛있게 드셨다는 말을 듣고 한 시름 놓을 수 있었습니다. 나는 그 성실한 에임스를 만나러 갔지요. 우리는 서로 마음을 터놓고 이야기를 나누었습니다. 그리고 집사에게서 아무도 모르게 나 혼자서 그 서재에 있어도 좋다는 허락을 받아 냈죠."

내가 놀라서 외쳤다.

"뭐라고? 시체와 함께 있었단 말인가?"

"아니, 이미 말끔하게 정리를 했더군. 맥 경위가 시체를 치워도 된다고 허락했다면서요. 서재는 사건 이전처럼 정리되어 있었고, 나는 그곳에 15분 정도 머물며 의미 있는 시간을 보냈습니다."

"거기서 뭘 하셨습니까?"

"간단한 일을 의문에 싸인 수수께끼로 만들 수는 없지요. 사라진 아령을 찾아봤습니다. 이번 사건을 생각할 때마다 늘 그 사실이 마음에 걸렸거든요. 그런데 드디어 찾아냈습니다."

"어디에 있었습니까?"

"아! 그것에 관해서는 아직 확실하게 이야기할 수 없습니다. 조금만 더, 아주 조금만 더 시간을 주시오. 그러면 내가 알아낸 사실들을 전부 이야기하겠습니다. 약속하죠."

맥도널드가 말했다.

"알겠습니다. 선생님의 말씀대로 하는 수밖에 없겠죠. 하지만 사건에서 손을 떼라니요? 대체 왜 우리가 사건에서 손을 떼야 한다는 겁니까?"

"이유는 아주 간단합니다, 맥 경위. 여러분은 수사의 목적이 무엇인지 아직 모르고 있기 때문입니다."

"우리는 벌스턴 저택의 존 더글러스를 살해한 범인을 찾고 있습니다."

"바로 그렇지요. 그렇다면 자전거에 타고 있던 의문의 사내를 뒤쫓는 일은 그만두세요. 내가 보장합니다. 그건 아무 소용 없는 일입니다."

"그럼 우리가 어떻게 해야 한단 말입니까?"

"내 말대로 하겠다고 한다면 어떻게 해야 할지 확실히 알려 주겠소."

"좋습니다. 선생님의 이상한 방법 뒤에는 가장 합당한 이유가 있다는 사실을 매번 봤으니까요. 선생님의 말씀대로 하겠습니다."

"좋습니다. 화이트 메이슨 씨는요?"

시골 형사는 미덥지 않다는 듯 우리의 얼굴을 둘러보았다. 메이슨에게 홈즈와 그가 일하는 방식은 한 번도 보지 못한 낯선 것이었다.

"글쎄요, 경위님이 좋다면 저도 따르겠습니다."

드디어 메이슨도 이렇게 말했다.

"좋았어! 그럼 지금부터 두 분에게 기분 좋은 시골길을 즐겁게 산책하라고 권하겠습니다. 벌스턴 구릉에서 윌드 삼림지대를 내려다보는 풍경이야말로 절경 중 하나라고 하더군요. 점심은 어디 적당한 여관에서 먹으면 됩니다. 나도 이 지방은 잘 모르기 때문에 특별히 권할 만한 곳은 없습니다. 저녁에는 기분 좋은 피로감에 잠겨서……."

맥도널드가 화난 듯 의자에서 일어나며 외쳤다.

"농담이 지나치십니다!"

홈즈가 경위의 어깨를 기분 좋게 두드리며 위로했다.

"그럼, 여러분 좋을 대로 오늘 하루를 보내시오. 마음에 드는 곳에 가서 하고 싶은 일을 하세요. 단, 어두워지기 전에는 무슨 일이 있어도 이곳으로 돌아와야 합니다, 맥 경위."

"그건 그래도 현실적인 말씀이군요."

"경위를 생각해서 멋진 제안을 한 겁니다. 어쨌든 여기로 돌아와 주기만 하면 됩니다. 아, 그런데 출발하기 전에 여기서 바커 씨 앞으로 편지 한 장을 써 줬으면 하는데요."

"예?"

"괜찮다면 내가 말하는 내용을 적어 주세요. '바커 씨, 해자의 물을 빼야 합니다. 사건 해결에 도움이 될 만한 단서를 찾을 수……'"

맥도널드 경위가 말을 끊었다.

"그런 건 없습니다. 제가 확실하게 조사했습니다."

"아, 알았으니 제발 내가 말하는 대로 써 주세요."

"그럼, 계속 말씀하세요."

"'……있을지도 모르겠습니다. 이미 모든 준비는 끝났으며 내일 이른 아침부터 인부들이 공사를 시작해서 해자로 흘러드는 냇물의 길을 막아 흐름을 바꿀……'"

"불가능합니다!"

"'……것입니다. 미리 허락을 받아 두고자 연락을 드립니다.' 이렇게 쓰고 서명을 한 뒤 4시쯤 사람을 시켜서 그 편지를 전해 주세요. 그때쯤에 이 방에서 다시 만나기로 하고 그때까지는 각자 자유롭게 행동하지요. 그때까지 수사는 일시 중지니까 말입니다."

우리가 다시 모였을 때는 이미 땅거미가 지기 시작할 무렵이었다. 홈즈는 매우 진중했으며, 나는 호기심에 넘쳐 있었다. 하지만 두 형사는 불만이 가득해 보였고 표정도 왠지 씁쓸했다. 내 친구가 엄숙한 어조로 말했다.

"그럼, 여러분. 지금부터는 내가 하려는 실험에 모든 것을 맡겨 두시기 바랍니다. 그리고 지금까지 내가 관찰해서 내린 결론이 옳은지 그른지 각자 나름대로 판단해 주십시오. 오늘밤에는 날이 추워질 듯하고 이 탐험이 언제까지 계속될지 모르니 되도록 두꺼운 옷을 입고 오세요. 어두워지기 전에 목적지에 도착하는 것이 무엇보다도 중요하니 여러분만 괜찮다면 지금 바로 출발하겠습니다."

우리는 저택 영지의 외벽을 따라가다가 울타리가 부서진 곳을 통해서 안으로 들어갔다. 홈즈의 뒤를 따라서 저택 정면에 있는 도개교의 맞은편에 있는 수풀로 갔다. 어둠이 더욱 짙어졌다. 다리는 아직 내려져 있었다. 홈즈가 월계수 뒤로 몸을 웅크리자 우리 셋도 그를 따라 몸을 웅크렸다. 맥도널드가 퉁명스럽게 물었다.

"지금부터 무엇을 하면 됩니까?"

홈즈가 대답했다.

"최대한 소리를 내지 말고 가만히 기다려야 합니다."

"대체 무엇 때문에 이런 곳에 있어야 하는 겁니까? 우린 선생님이 좀 더 솔직하게 말씀해 주실 줄 알았습니다."

홈즈가 웃으며 말했다.

"왓슨은 나를 일상의 연출가라고 부릅니다. 내 안에 있는 예술혼이 꿈틀꿈틀 몸부림치며 언제나 멋진 연출을 하라고 재촉하거든요. 맥 경위, 가끔씩 마지막 장면을 멋지게 장식할 연극이라도 꾸미지 않으면 우리 일은 따분하고 평범하기 그지없습니다. 갑자기 범인의 이름을 부르면서 어깨를 거칠게 내리치기만 하는 멋대가리 없는 연극의 클라이맥스는 너무 따분하지 않습니까? 그것보다는 날카로운 추리, 교묘한 덫, 다음에 일어날 일을 미리 날카롭게 꿰뚫어 보고 그 예상이 맞아떨어지는 것 등이 있어야 우리의 평생 직업이 더욱 긍지 높고 정당해지지 않겠습니까?

지금도 여러분은 다음에 무슨 일이 일어날지 흥분하고 있으며, 마치 사냥꾼처럼 기대감에 부풀어 있지 않습니까? 그런데 시간표처럼 앞으로 일어날 사건을 확실하게 알아 버린다면 그것만큼 따분한 일도 없을 겁니다. 맥 경위, 조금만 더 기다리면 됩니다. 그러면 모든 것을 확실하게 알 수 있어요."

"우리가 몽땅 얼어 죽기 전에 빨리 그 직업의 긍지와 정당함이 나타났으면 좋겠군요."

맥도널드가 체념 섞인 장난스러운 말투로 대답했다.

살을 에는 듯한 추위를 견디며 감시하고 있자니 우리도 맥도널드와 같은 마음이 되었다. 밤의 어둠이 길고 을씨년스러운 낡은 저택의 정면을 감싸고 있었다. 해자에서 피어오르는 습하고 차가운 공기 때문에 온몸이 꽁꽁 얼어붙어 이가 저절로 딱딱 부딪쳤다. 문이 있는 곳에 램프 하나가 밝혀져 있었고, 사건이 일어난 서재에도 밝게 불이 켜져 있었다. 다른 곳은 새카만 어둠 속에 잠겨서 쥐 죽은 듯이 고요했다. 갑자기 맥도널드가 물었다.

"대체 얼마나 더 기다려야 합니까? 그리고 우리는 뭘 감시하는 거죠?"

홈즈가 무뚝뚝하게 대답했다.

"얼마나 더 있어야 할지는 나도 모릅니다. 범인들이 열차처럼 정해진 시간에 행동해 준다면 내게도 큰 도움이 되겠지만요. 그리고 감시하는 대상은……, 앗, 바로 저겁니다! 우리가 감시하고 있는 건!"

홈즈가 그렇게 말한 순간, 노랗게 빛나던 서재의 불빛에 갑자기 그림자가 어렸다. 그러더니 그 앞에서 누군가가 왔다 갔다 하는 모습이 보였다. 우리가 숨어 있던 월계수 숲은 창문 바로 맞은편에 있었는데, 창문에서 300미터도 떨어져 있지 않았다. 문의 손잡이가 덜컥이더니 창이 활짝

열리며 어둠을 내다보는 사내의 머리와 어깨의 시커먼 모습이 희미하게 떠올랐다. 그는 몇 분 동안 지켜보는 사람이 없는지 확인하는 것처럼 주위를 둘러보았다. 그러다가 갑자기 창 밖으로 몸을 쑥 내미는가 싶더니 고요한 어둠 속에서 철썩철썩 물 튀는 소리가 희미하게 들려왔다. 해자에 고인 물을 휘젓고 있는 듯했다. 그러고는 어부가 물고기를 끌어올리는 것처럼 무엇인가를 건져 올렸다. 크고 둥근 것이었는데, 그것을 창으로 끌어올린 순간에 서재의 불이 꺼졌다. 홈즈가 외쳤다.

"지금이야! 지금!"

우리는 일제히 일어나 얼어붙은 손발을 끌고 홈즈의 뒤를 따라갔다. 홈즈는 때때로 모든 에너지를 한꺼번에 태워 다른 사람과는 비교할 수 없을 정도로 강하고 활동적으로 변했다. 이번에도 홈즈는 재빨리 다리를 건너 현관의 벨을 요란스럽게 울려 댔다. 안에서 빗장을 벗기는 소리가 들리더니 놀란 에임스가 나타났다. 홈즈는 아무 말도 없이 에임스를 밀쳐 냈고, 우리도 홈즈의 뒤를 따라서 조금 전에 목격한 사내가 있는 방으로 뛰어들었다. 밖에서 본 불빛은 탁자 위에 있던 석유램프에서 나오는 것이었다. 세실 바커는 그 램프를 손에 쥐고 있다가 우리가 들어가

자 그것으로 우리를 비췄다. 램프의 빛을 받으며 수염을 깨끗하게 깎은 얼굴이 도전적인 눈빛으로 우리를 노려봤다. 바커가 외쳤다.

"이게 대체 어떻게 된 일입니까? 무슨 볼일이 있어서 이러는 거요?"

홈즈가 재빨리 주위를 둘러보더니, 서재 탁자 밑에 밀어 놓은 물에 흠뻑 젖은 꾸러미를 끄집어냈다.

"이걸 찾고 있었습니다, 바커 씨. 당신이 조금 전에 해자 바닥에서 끌어올린 아령이 매달린 꾸러미를요."

바커가 넋 나간 표정으로 홈즈의 얼굴을 바라보았다. 그가 물었다.

"대체 그걸 어떻게 알아낸 겁니까?"

"놀랄 필요는 없습니다. 내가 저 물속에 넣어 두었거든요."

"넣었다고요? 홈즈 선생님이?"

"아, 도로 넣어두었다고 해야 더 정확하겠군요. 맥도널드 경위도 기억하고 있겠지만 나는 아령 하나가 없어졌다는 사실이 무척이나 마음에 걸렸습니다. 경위의 생각을 그쪽으로 돌리려고 노력했지만, 경위는 다른 것들에 마음을 빼앗겨서 그것에는 관심도 없더군요. 그 점을 생각했다면 떠오르는 게 있었을 텐데. 가까이에 물이 있고 무거운 물건이 없어졌다면 어떤 물건을 물속에 가라앉혔다고 가정하는 것이 크게 이상하지는 않을 겁니다. 적어도 이 생각은 한 번쯤 실행에 옮길 만한 가치가 있었죠. 그래서 에임스에게 부탁해서 이 방에 들어온 다음, 왓슨 박사의 우산 손잡이를 이용해서 해자를 뒤졌더니 이 꾸러미가 걸리지 뭡니까. 꾸러미를 건져서 안에 있는 물건들을 조사해 봤죠.

하지만 이것을 누가 물속에 넣었는지 밝혀내는 것이 가장 중요했습니다. 그래서 일부러 내일 해자의 물을 빼겠다고 알렸지요. 그렇게 해 두면, 날이 어두워져 보는 눈이 없어졌을 때 그 사람이 나타나서 이 꾸러미를 끌어올릴 것이 분명했으니까요. 그리고 보시다시피 그 기회를 이용한 사람의 정체를 적어도 네 명이 확실하게 목격했습니다. 바커 씨, 이번에는 당신이 말할 차례입니다."

셜록 홈즈는 물이 뚝뚝 떨어지는 꾸러미를 탁자 위에 있는 램프 옆에 놓고 끈을 풀었다. 그 안에서 아령을 꺼내더니 방 안에 있던 하나밖에 없던 아령을 향해 굴렸다. 그 다음에는 구두 한 켤레가 나왔다.

"보시다시피 미국에서 만든 구두입니다."

이렇게 말하며 홈즈는 구두 밑창을 가리켰다. 그러고 나서 홈즈는 칼집에 든 길고 섬뜩한 칼을 탁자 위에 올려 두었다. 마지막으로 그는 옷 뭉치를 꺼내 보였다. 속옷, 양말, 회색 트위드로 만든 양복, 길이가 짧은 노란 외투 등이었다.

"어디서나 흔히 볼 수 있는 옷들이지만 외투는 조금 특이합니다. 의미심장한 여러 가지 사실을 말해 줄 것 같군요."

홈즈는 외투를 불빛 쪽으로 가져가더니 가느다란 손가락으로 이리저리 살펴보며 말했다.

"여길 좀 보시죠. 짧게 자른 엽총을 넣을 수 있도록 속주머니를 길고 넓게 고쳤군요. 목 뒤쪽에는 '미국 버미사의 닐 양복점'이라는 양복점 이름이 새겨져 있고요. 나는 오후에 목사 사택에 있는 도서관에서 아주 유익한 시간을 보내며 한 가지 정보를 얻었습니다. 미국에 있는 버미사라는 곳은 작지만 번영하는 소도시라고 합니다. 미국에서 석탄과 철광이 나오기로 유명한 계곡의 입구에 있다더군요. 그 순간 어떤 사실이 떠올랐습니다. 바커 씨, 당신은 틀림없이 더글러스 씨의 전처가 탄광지대와 관계있는 것 같다는 이야기를 했지요? 그렇다면 시체 옆에 있던 종이쪽지의 'V. V.'는 '버미사 계곡Vermissa Valley'을 가리키고, 그 계곡이야말로 암살자를 이 멀리까지 보낸 '공포의 계곡'이 아닐까 추리하게 되었습니다. 그렇게 억지스럽지는 않지요? 여기까지는 아주 분명한 것 같습니다. 이런, 바커 씨. 아무래도 내가 당신의 설명을 방해한 것 같군요. 그럼 이어서 말씀해 주시지요."

명탐정이 이 설명을 듣고 있던 세실 바커의 얼굴은 참으로 볼만했다. 분노와 놀람, 당황스러움과 망설임이 번갈아 가며 나타났다가 사라졌다. 결국 그는 비꼬는 듯 가시 돋친 말로 그 상황에 대처했다.

"뭐든지 다 아는 모양이니 계속 말해 보시죠."

"얼마든지 이야기해 드릴 수 있습니다. 하지만 직접 말씀해 주시면 사건이 더 원만하게 해결될 것 같은데요."

"호, 그래요? 하지만 어떤 비밀이 숨겨져 있다 해도 그건 나와 관계없는 일이니 내가 할 말은 아무것도 없소."

맥도널드가 조용히 말했다.

"알겠습니다. 바커 씨, 계속 모르는 척한다면 우리는 체포 영장을 준비해서 당신을 감옥으로 보낼 때까지 감시할 수밖에 없습니다."

바커가 도전적인 어투로 말했다.

"당신들 마음대로 하쇼."

바커를 상대해서는 더 이상 진전될 것 같지 않았다. 그의 완고한 얼굴을 보고 있자니, 설령 고문을 하더라도 그의 마음을 바꿀 수는 없겠다는 생각이 들었다. 그런데 그때 여자의 목소리가 이 교착 상태를 풀어 주었다. 반쯤 열려 있던 문 앞에 서서 방 안의 대화를 엿듣고 있던 더글러스 부인이 안으로 들어온 것이다.

"세실, 그만큼 해 주셨으니 이제 됐어요. 앞으로 일이 어떻게 되든 당신은 최선을 다해 주셨어요."

더글러스 부인이 말했고 셜록 홈즈도 정중하게 입을 열었다.

"그렇고말고요. 바커 씨는 충분히 최선을 다하셨습니다. 나는 부인을 진심으로 이해할 수 있습니다. 하지만 이제는 우리 사법권을 믿고 스스로 모든 사실을 경찰에 밝히시기를 강력하게 권합니다. 내 친구인 왓슨 박사를 통해서 넌지시 의미를 알려 주셨지만, 그것에 응하지 않은 것은 내 실수였을지도 모릅니다. 그때만 해도 부인이 이 사건에 직접 관여하고 있다는 점을 믿을 만한 충분한 이유가 있었으니까요. 지금은 그렇지 않다는 사실을 확신하고 있지요. 그렇지만 아직도 설명을 듣고 싶은 부분이 많이 남아 있습니다. 그러니 부인이 더글러스 씨에게 직접 나와서 이야기해 달라고 부탁해 주셨으면 합니다."

홈즈의 말을 들은 더글러스 부인은 깜짝 놀라 소리를 질렀다. 그 다음 순간, 형사들과 나도 메아리가 울리듯 소리를 질렀다. 마치 벽 속에서 나타난 듯이, 어떤 남자가 어두운 구석에서 모습을 드러내고 우리 쪽으로 걸어왔기 때문이다. 더글러스 부인은 남자를 향해 몸을 돌리고 바로 그에게 몸을 기댔다. 바커는 그 남자가 내민 손을 잡았다.

"이게 가장 좋은 방법이에요, 잭. 틀림없이 이게 가장 좋은 방법일 거예요."

부인은 몇 번이나 같은 말을 되풀이했고 셜록 홈즈도 말했다.

"그렇습니다, 더글러스

씨. 당신도 이게 가장 좋은 방법이라고 생각하시죠?"

남자는 어두운 곳에 있다가 갑자기 밝은 곳으로 나와서 눈이 부신지 멍한 표정으로 눈을 깜빡이며 우리를 둘러봤다. 대담해 보이는 회색 눈, 짧게 깎은 희끗희끗한 턱수염, 앞으로 튀어나온 각진 턱, 유머를 느끼게 하는 입매에서는 그만의 특징이 느껴졌다. 그는 우리를 천천히 둘러보고 나서 놀랍게도 나에게 다가와서는 원고 한 묶음을 건네주며 말했다.

"박사님의 이야기는 예전부터 익히 들어서 알고 있습니다."

그의 말투는 영국식도, 미국식도 아니었지만 부드럽고 친근함이 느껴져 듣기 좋았다.

"이 중에서 사건을 기록하는 분은 박사님뿐이시지요. 하지만 왓슨 박사님, 이번 일처럼 재미있는 사건은 아직 써 보지 못했을 겁니다. 못 믿으시겠다면 마지막 남은 1달러를 걸어도 좋습니다. 어떻게 기록하시든 상관없습니다. 하지만 거기에 적힌 것들은 전부 사실이니 그걸 글로 쓰시기만 하면 틀림없이 큰 인기를 얻을 겁니다. 지난 이틀 동안 나는 비좁은 공간에 갇혀 있었습니다. 빛이 들어올 때는 오로지 그것을 쓰는 데만 열중했죠. 박사님과 당신의 독자들에게 기꺼이 바치겠습니다. '공포의 계곡'에 관한 이야기입니다."

셜록 홈즈가 조용히 말했다.

"저건 과거에 관한 이야기겠죠? 더글러스 씨, 우리가 지금 알고 싶은 것은 현재의 이야기입니다."

더글러스가 말했다.

"물론 이야기하고말고요. 담배를 피우면서 말해도 괜찮겠지요? 아, 고맙습니다, 홈즈 선생님. 내 기억이 맞는다면 당신도 애연가라고 들었는데요. 주머니 속에 담배가 있는데도 숨어 있다는 사실을 들킬까 봐 이틀 동안이나 피우지 못했습니다. 내가 얼마나 괴로웠는지 선생님도 잘 아시겠죠?"

더글러스는 벽난로 위 선반에 몸을 기댄 채 홈즈가 건네준 담배를 만족스러운 듯이 한껏 피워 올렸다.

"홈즈 선생님의 소문을 예전부터 듣고는 있었지만 설마 직접 만나리라고는 꿈에도 생각지 못했습니다. 하지만 저걸 조금이라도 읽어 보신다면……."

더글러스는 내가 들고 있던 원고를 턱으로 가리킨 뒤 계속해서 말했다.

"내 이야기가 얼마나 새로운 것인지 알게 될 겁니다."

맥도널드 경위는 도대체 뭐가 뭔지 모르겠다는 표정으로 갑자기 나타난 사내를 뚫어져라 쳐다보았다. 마침내 그는 소리를 질렀다.

"이거 참, 완전히 당했구먼! 만약 당신이 벌스턴 저택의 주인인 존 더글러스 씨라면 지난 이틀 동안 우리가 조사한 시체는 대체 누구란 말입니까? 그리고 당신은 지금 대체 어디서 나왔습니까? 마치 벽을 뚫고 나온 것 같군요."

홈즈가 책망하듯 검지를 흔들면서 말했다.

"아, 맥 경위. 경위는 찰스 왕이 이 저택에 몸을 숨긴 적이 있다고 설명해 준 이 마을의 훌륭한 소책자를 읽지 않았지요. 그 당시 사람들은 아주 안전한 장소가 아니면 몸을 숨기지 않았습니다. 그리고 한번 사용된 은신처는 또 다시 사용될 가능성이 아주 높아요. 나는 더글러스 씨가 이 저택 어딘가에 숨어 있을 거라고 확신하고 있었습니다."

경위가 화를 내며 말해다.

"그럼 선생님은 언제부터 우리를 그렇게 속인 겁니까? 우리의 헛수고를 알면서도 지켜보기만 했던 겁니까?"

"경위, 그건 당치도 않소. 나도 어제 저녁에야 나름대로의 결론에 도달했습니다. 그리고 오늘 밤까지는 그것을 증명할 방법이 없었지요. 그래서 오늘 아침에 여러분에게 저녁까지 편안히 쉬라고 권한 겁니다. 그것 말고 더 무엇을 할 수 있었겠습니까? 해자 바닥에 있던 옷을 본 순간, 서재에 있던 시체는 존 더글러스 씨가 아니라 턴브리지 웰스에서 자전거를 타고 온 사람이 틀림없다고 생각했습니다. 그 밖에 달리 생각할 길이 없었으니까. 그래서 나는 더글러스 씨가 어디에 있는지를 알아내야 했지요. 그런데 부인과 친구가 모르는 척하기만 하면 더글러스 씨는 편안한 자기 집 어딘가에 숨어 있을 수 있습니다. 소동이 가라앉을 때까지 기다렸다가 마지막에는 도망치면 되는 거죠."

더글러스는 홈즈의 생각을 인정했다.

"네, 선생님의 말과 거의 같습니다. 나는 영국의 법이 어떤 판결을 내릴지 알 수 없었기 때문에 어떻게 해서든 빠져나가야겠다고 생각했습니다. 그리고 모든 추격의 끈을 끊을 수 있는 좋은 기회라고도 생각했습니다. 단, 미리 말해 두지만 나는 처음부터 끝까지 세상의 비난을 받을 만한 일이나, 스스로 부끄럽게 여기는 일은 절대 하지 않았습니다. 하지만 그건 내 이야기를 듣고 여러분이 판단해야 할 일입니다. 아닙니다, 경위님. 내게 주의를 줄 필요는 없어요. 난 진실만 말할 마음의 준비가 되어 있으니까요. 처음부터 자세하게 설명할 필요는 없을 겁니다. 그건 저기에 전부 적혀 있습니다."

더글러스는 내 손에 있는 원고 뭉치를 가리키며 말했다.

"읽어 보시면 아주 이상한 이야기임을 아실 겁니다. 즉, 어떤 사람들에게는 나를 원망해도 좋을 만한 이유가 있다는 말입니다. 그리고 녀석들은 나를 죽이기 위해서라면 무슨 짓이든 할 수 있습니다. 그러니 녀석들이 살아 있고 내가 살아 있는 한 이 세상에서 내게 안전한 장소란 없습니다. 녀석들은 시카고에서 캘리포니아까지 나를 쫓아왔습니다. 그리고 결국에는 내가 미국에서 도망칠 때까지 뒤를 쫓았지요. 하지만 내가 결혼을 하고 이 한적한 곳에 정착을 했을 때는 이제 평화로운 말년을 보낼 수 있다고 생각했습니다.

아내에게는 이런 사정을 절대 말하고 싶지 않았습니다. 아내까지 이런 사건에 말려들게 할 필요도 없었고, 이야기하면 언제나 걱정을 할 테니까요. 그래도 어느 정도는 위험을 느꼈을 거라고 생각합니다. 내가 알게 모르게 그런 모습을 보였겠지요. 하지만 어제, 당신들을 만났을 때까지도 아내는 사건의 진상을 전혀 모르고 있었습니다. 아내는 자기가 아는 사실을 모조리 당신들에게 말해 주었고, 여기 있는 바커도 마찬가지였죠. 왜냐하면 사건이 일어난 날에는 내가 차분하게 설명할 시간이 전혀 없었으니까요. 지금은 아내도 모든 사실을 알고 있습니다. 좀 더 빨리 모든 사실을 밝히는 것이 현명한 방법이었겠지만 나는 그럴 수가 없었습니다."

더글러스가 부인의 손을 꼭 쥐더니 말을 계속 이어 갔다.

"난 최선을 다했소. 어쨌든 여러분, 사건이 일어나기 하루 전에 나는 턴브리지 웰스에 갔다가 거리에서 우연히 한 남자를 보았습니다. 아주 짧은 순간이었지만 내 눈은 이런 일이라면 아주 날카롭지요. 그가 누군지 금방 알 수 있었습니다. 그는 나를 노리는 녀석들 중에서도 가장 무시무시한 상대로, 지난 몇 년 동안 순록을 쫓는 늑대처럼 계속 내 뒤를 쫓던 놈이었습니다. 나는 귀찮은 일이 벌어질 것을 알고 있었기에 집에 돌아오자마자 대비를 했습니다. 내 힘으로 멋지게 싸워 볼 생각이었죠. 1876년에는 미국에서 운 좋은 사나이로 유명했으니 이번에도 내게 행운이 찾아오리라고 믿어 의심치 않았습니다.

다음 날에는 하루 종일 경계를 바짝 세우며 밖으로 한 발자국도 나가지 않았습니다. 잘한 일이었을 겁니다. 만약 밖으로 나갔다면 내가 손을 쓰기도 전에 그 엽총에 당했겠죠. 하지만 저녁에 다리를 올리고 나면 언제나 마음이 편안해지는 바람에, 그날도 다리를 올리고 나서는 녀석을 완전히 잊어버렸습니다. 그 녀석이 저택 안으로 숨어들어 나를 기다리고 있으리라고는 꿈에도 생각지 못했죠. 그런데 늘 하던 대로 실내복을 입고 저택 안을 둘러보았는데 서재에 들어선 순간 바로 위험을 느낄 수 있었습니다. 수많은 위험을 거친 사람에게는 육감이라는 것이 붉은 깃발을 흔들어 줍니다. 특히 나는 평범한 사람들보다 그런 경우를 많이 당했기 때문에 쉽게 알 수 있지요. 그때도 나는 그런 위험 신호를 확실하게 느꼈지만 그 이유는 알 수 없었습니다. 그런데 다음 순간, 창 커튼 밑으로 구두가 보였고 그제야 이유를 확실하게 알 수 있었습니다.

나는 초 하나를 손에 들고 있을 뿐이었습니다. 하지만 문을 열어 두었기 때문에 거실 불빛이 방으로 흘러들었습니다. 나는 초를 내려놓고 달려가 난로 위 선반에 놓여 있던 망치를 집어 들었고, 동시에 사내가 내게 달려들었습니다. 칼이 번뜩이는 게 보이기에 나는 망치로 내려쳤고 어딘가에 맞았는지 칼이 바닥으로 떨어졌습니다. 사내는 토끼처럼 탁자를 휙 끼고 돌아 도망을 치더니 순식간에 코트 속에서 엽총을 꺼내 들었습니다. 철컥 하고 공이치기를 젖히는 소리를 듣고, 총에 맞으면 안 되겠다는 생각이 들어 나는 엽총을 움켜쥐었습니다. 나는 총신을 잡았고 그렇게 몇 분 동안 총을 가지고 둘이 실랑이를 벌였습니다. 총을 놓치는 자가 죽음을 당하는 것이었죠.

사내도 총을 빼앗기지는 않았지만 너무 오랫동안 개머리판을 밑으로

향하게 한 채 쥐고 있었습니다. 내가 방아쇠를 당겼는지 아니면 실랑이를 벌이다 어딘가에 부딪쳐 방아쇠가 움직인 건지는 모릅니다. 어쨌든 사내는 두 발을 얼굴에 정면으로 맞았고 밑을 내려다보니 테드 볼드윈의 시체가 바닥에 나뒹굴고 있었습니다. 난 턴브리지 웰스 거리에서 그를 봤을 때 그의 정체를 바로 알아보았고, 녀석이 덤벼들 때도 즉시 알 수 있었습니다. 하지만 그가 죽어 버린 모습을 본다면 낳아 준 어머니라 할지라도 알아볼 수 없었을 겁니다. 나는 거친 일에 상당히 익숙하지만 녀석의 시체를 봤을 때는 정말로 속이 메슥거렸습니다.

나는 탁자 옆에 멍하니 서 있었는데 그때 바커가 서둘러 달려왔습니다. 아내가 달려오는 소리도 들려서 문 밖으로 뛰어나가 아내를 말렸습니다. 여자에게 보일 만한 광경이 아니었으니까요. 난 곧바로 아내의 방으로 가겠다고 약속했습니다. 내가 바커에게 한두 마디 했고 그는 단번에 모든 사실을 알아차렸습니다. 그리고 다른 사람이 달려오기를 기다렸지만 아무도 오지 않았습니다. 그래서 총소리를 들은 사람이 아무도 없으며, 우리만 이 사실을 알고 있다는 사실을 알게 되었습니다.

바로 그 순간, 어떤 생각이 떠올랐습니다. 너무나도 기가 막힌 생각이라 나 스스로도 찬탄할 정도였습니다. 시체의 소매가 말려 올라가 있어서 녀석의 팔뚝에 지부의 낙인이 찍혀 있는 게 눈에 들어왔습니다. 이게 그 낙인입니다."

더글러스가 외투와 셔츠의 소매를 걷어 올려 시체에 있었던 것과 똑같은, 둥근 원 속에 갈색 삼각형이 들어 있는 표시를 보여 주었다.

"이 표시를 보고 그 생각을 떠올렸습니다. 그것을 본 순간 번뜩 떠올랐습니다. 죽은 사내는 신장이며 머리색, 체형이 나와 아주 흡사했습니다. 가엾게도 그 상태에서는 누구도 얼굴을 알아볼 수 없었을 겁니다. 나는 위층에 가서 지금 입고 있는 옷을 가지고 내려왔고, 바커와 둘이서 15분 동안 시체에 내 실내복을 입히고 여러분이 본 그 자세로 눕혀 놓았습니다. 그리고 녀석이 몸이 지니고 있던 것을 하나로 모아 끈으로 묶었습니다. 추가 될 만한 아령이 눈에 들어와서 그것을 매달아 창밖으로 던졌습니다. 녀석이 내 시체 위에 얹어놓고 갈 생각으로 가지고 왔던 종이쪽지는 녀석의 시체 옆에 놓아두었습니다. 내 반지도 녀석의 손가락에 끼웠지만, 차마 결혼반지는……."

더글러스가 커다란 손을 내밀어 보이더니 계속 말을 이었다.

"보면 아시겠지만 이것만은 뺄 수 없었습니다. 결혼한 뒤 한 번도 뺀 적이 없었기 때문에 실이라도 사용하지 않으면 안 될 겁니다. 어쨌든 반지를 건드리고 싶은 마음도 없었고 또 그럴 마음이 있었다 하더라도 뺄 수가 없었습니다. 그래서 이것만은 그대로 두었습니다. 그 대신 나는 반창고를 가지고 와서 지금 내가 붙인 곳과 같은 곳에 붙였습니다. 날카로운 눈을 가진 홈즈 선생님도 거기에는 속은 것 같더군요. 만약 반창고를 떼어 보았다면 그 자리에 상처가 없다는 걸 알았을 텐데 말이죠.

이것이 이번 사건의 진상입니다. 나는 한동안 숨어 지내다가 기회를 봐서 도망가고, 어딘가에서 아내와 다시 만난다면 평화로운 여생을 보낼 수 있었을 겁니다. 그 악마 같은 녀석들은 내가 살아 있는 한 언제까지고 나를 노릴 테지만, 신문을 보고 볼드윈이 나를 죽였다는 사실을 알게 되면 내 고난은 거기서 끝이니까요. 시간이 없어서 바커와 아내에게 내 사정을 자세히 들려줄 수는 없었습니다. 하지만 두 사람은 나를 잘 이해해 주고 도왔죠. 나는 은신처를 잘 알고 있었습니다. 에임스도 알고는 있었지만 사건과 연관이 있으리라고는 생각지도 못했을 겁니다. 내가 거기로 숨은 다음부터는 모든 일을 바커가 알아서 처리해 주었습니다.

그 후 바커가 무슨 일을 했는지는 여러분도 잘 알고 계시리라 믿습니다. 우선 창을 열어 창턱에 피 묻은 발자국을 찍어 범인이 그곳으로 도망간 것처럼 보이게 했습니다. 조금 억지스럽기는 했지만 다리가 올라가 있어서 달리 방법이 없었습니다. 그리고 모든 일을 마친 뒤에 바커는 요란스럽게 벨을 울렸습니다. 그 다음에 어떻게 되었는지는 여러분도 잘 아실 겁니다. 그러니 여러분, 이제부터는 여러분들 편할 대로 하십시오. 신이여, 저를 도우소서! 한 가지 묻고 싶은 게 있는데, 영국의 법률에 따르면 나는 어떤 처지에 놓이게 되는 겁니까?"

한동안 정적이 감돌았다. 침묵을 깬 사람은 셜록 홈즈였다.

"영국의 법률은 대체로 공정합니다. 법을 피해 도망치는 것보다 더 중한 벌은 받지 않을 겁니다, 더글러스 씨. 하지만 하나 묻고 싶은 것이 있습니다. 죽은 자가 어떻게 당신의 주소를 알아냈는지, 그리고 어떻게 저택에 들어왔고 숨어서 기다리기에 좋은 장소를 알아냈는지 하는 점입니다."

"그것에 대해서는 나도 전혀 모릅니다."

홈즈의 얼굴이 창백해지더니 침울한 빛을 띠었다. 홈즈가 말했다.

"이것으로 끝이 아닌 것 같군요. 당신의 앞길에 영국의 법률보다도, 미국에서 온 적보다도 더 무서운 위험이 도사리고 있습니다. 내 눈에는 그 재앙이 선명하게 보입니다. 더글러스 씨, 내 충고를 잊지 말고 앞으로도 경계를 늦추지 마십시오."

자, 참을성 강한 독자들이여! 이제 나와 함께 서식스 주 벌스턴 저택에서, 그리고 존 더글러스 씨의 기묘한 이야기로 끝맺은 이번 소란에서 한동안 멀리 떠나 보기를 권한다. 시간상으로는 20여 년 전으로 거슬러 올라가고, 공간상으로는 서쪽으로 수천 킬로미터 떨어진 곳으로 이동한다. 나는 있는 그대로 이야기하겠지만, 도저히 실제로 일어났다고는 상상할 수 없을 만큼 기괴하고 끔찍한 이야기가 펼쳐질 것이다.

하나의 이야기가 채 끝나기도 전에 다른 이야기를 끼워 넣는다고 생각하지 않기를 바란다. 읽다 보면 그렇지 않다는 사실을 깨달을 것이다. 그리고 내가 그 먼 지방에서 일어난 사건을 자세하게 이야기하고, 여러분이 과거의 수수께끼를 푼 다음에는 다시 베이커 가의 방에 모여서 이 이야기의 끝을 지켜보도록 하자. 지금까지 다른 여러 가지 괴상한 사건에서 그렇게 했듯이 말이다.

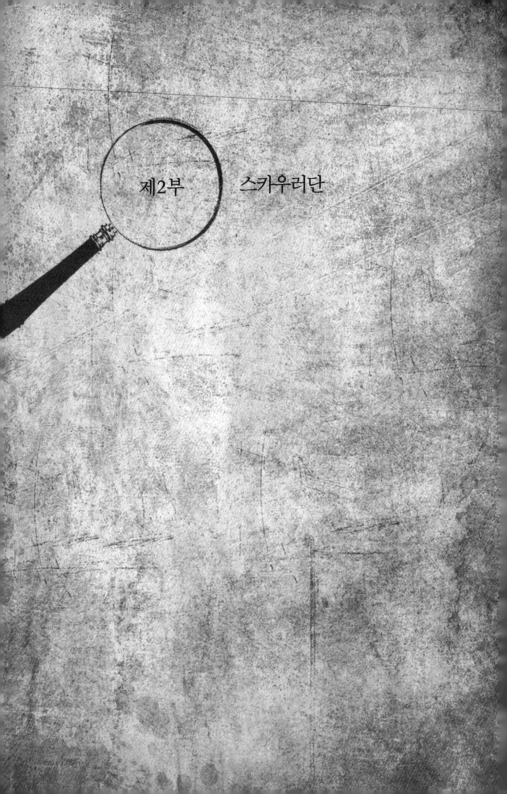

제2부 스카우러단

Sherlock Holmes

1. 어떤 사내

1875년 2월 4일의 일이었다. 그해 겨울은 추위가 기승을 부리고 있었으며 길머턴 산맥의 산들도 두꺼운 눈에 덮여 있었다. 그러나 선로 위의 눈만은 제설 기관차로 깨끗하게 치워 두었기 때문에 그 급경사면을 따라 몇몇 탄광촌과 제철 공장촌을 연결하는 야간열차가 평원의 마을 스태그빌에서 버미사 계곡 깊은 곳에 있는 중심지 버미사를 향해 숨을 헐떡이며 천천히 올라가고 있었다. 조금만 더 가면 선로는 내리막길로 접어들며 바턴 크로싱, 헬름데일을 지나 농업지대인 머턴으로 이어진다. 단선이었지만 여기저기에 대피선이 있었고 모든 대피선에는 석탄과 철광석을 가득 실은 수많은 화물열차가 길게 늘어서 있었다. 이 광경을 보면, 미국에서도 아주 황량하고 외딴 이곳에 거친 사람들이 모여들어 북적이고 있는 것도 다 석탄과 철광석이라는 지하자원 덕분이라는 사실을 한눈에 알 수 있다.

참으로 황량한 곳이었다. 처음 이 땅에 발을 들여놓은 개척자는 이 깎아지른 듯 서 있는 검은 절벽과 울창한 밀림으로 둘러싸인 이 음험한 지역을 보고, 멋진 대평원이나 푸른 목장과는 비교도 되지 않을 만큼 이곳의 가치가 더 크다고는 꿈에도 생각지 못했을 것이다. 양쪽 산을 덮고 있는 어둡고 접근할 수 없을 것 같은 삼림지대 위에는 험준한 바위로 이루어진 눈 덮인 정상이 우뚝 솟아 있었으며 산과 산 사이에는 깊게 구불거리는 계곡이 있었다. 그곳을 작은 열차가 간신히 기어오르고 있는 것이다.

이제 막 첫 번째 객차의 석유램프에 불이 들어왔다. 길고 허술한 차량 안에는 스무 명에서 서른 명 남짓한 승객이 앉아 있었다. 대부분은 계곡에서 고된 일을 마치고 집으로 돌아가는 노동자들이었다. 그중 열두어 명은 얼굴이 검게 더러워졌고 손에 안전등을 들고 있는 것으로 봐서 한눈에 광부임을 알아볼 수 있었다. 그들은 한데 모여서 담배를 피우고 소곤소곤 이야기를 나누면서 때때로 반대편에 있는 두 사람에게 힐끔힐끔 눈길을 던졌다. 그들은 제복에 배지를 단 경관들이었다. 그 외에는 여자 노동자가 몇 명, 시골 작은 점포 주인인 듯한 여행자가 한두 명 있었고, 구석에 젊은 사내 하나가 홀로 떨어져 있었다. 우리는 바로 이 남자를 눈여겨보아야 한다. 그럴 만한 가치가 있으니까.

그는 몸집이며 키는 모두 중간 정도였고 혈색이 아주 좋았다. 나이는 서른을 겨우 넘긴 정도였다. 눈은 크고 날카로웠지만 어딘지 상냥한 구석이 있었다. 때때로 안경 낀 눈으로 주위 사람들을 둘러보고는 신기하다는 듯이 눈을 껌뻑였다. 얼핏 보기에도 누구와도 쉽게 친해질 수 있는, 진솔하고 붙임성 있는 사람이었다. 누구라도 그 사내가 이야기하는 것을 좋아하고 기지가 풍부하며 금방 친해질 수 있는 사람이라고 생각할 것이다. 하지만 좀 더 자세히 들여다본다면, 고집스런 느낌을 풍기는 턱과 야무진 입매, 상큼한 갈색 머리카락을 가진 이 젊은 아일랜드 청년이 녹록지 않은 사람이라는 인상을 받을 것이다. 그리고 이 사내가 어디에 가더라도 자신의 뜻과는 상관없이 이름을 날릴 것이라는 사실을 알아보리라.

이 여행객은 가장 가까이 있는 광부에게 한두 마디 건네 보았지만 무뚝뚝한 대답이 돌아오자 하는 수 없이 조용히 입을 닫고 황혼에 물들고 있는 창밖 풍경을 바라보았다. 칙칙한 풍경이었다. 짙어진 어둠 속으로 산기슭에 있는 용광로의 빨간 불빛이 깜빡깜빡 흔들리고 있었다. 산더미처럼 쌓인 광석 부스러기와 석탄재가 눈에 들어왔고, 그 위로 갱도로 들어가는 입구들이 우뚝 솟아 있었다. 선로를 따라서 판잣집들이 여기저기 어지럽게 널려 있었으며, 그 집들의 창에 하나 둘씩 불이 들어오기 시작했다. 역과 역 사이의 거리는 짧았고, 역마다 얼굴이 검은 주민들로 분주했다.

철광과 석탄의 계곡 버미사는 부자나 교양 있는 사람들을 위한 휴양지가 아니었다. 어디를 둘러봐도 생존을 위한 피 튀기는 싸움과 힘든 노동, 거칠고 억센 노동자들이 빚어내는 공기로 가득했다. 젊은 여행자는 이런 광경이 처음인지 반감과 호기심이 섞인 표정으로 이 음울한 마을을 바라보았다. 때때로 주머니에서 두꺼운 편지를 꺼내 되풀이해서 읽고는 편지 옆에 무엇인가를 메모하기도 했다. 얼마 후, 젊은이가 허리 뒤에서 그처럼 부드러운 사람에게는 전혀 어울리지 않는 물건을 꺼냈다. 해군용 대형 권총이었다. 불빛에 비스듬히 비추자 회전 실린더 속에서 반짝이는 탄피가 보였다. 언제든지 쏠 수 있도록 실탄을 장전해 둔 모양이었다. 그는 얼른 권총을 비밀 주머니에 넣었지만 옆자리에 앉아 있던 노동자가 그것을 보고 말았다. 노동자가 말했다.

"이봐, 친구! 위험한 걸 가지고 다니는군."

젊은이가 어색하게 웃었다.

"아, 때때로 이 녀석의 힘이 필요할 때가 있었거든요. 전에 있었던 곳에서는 말이죠."

"거기가 어딘데?"

"시카고에 있었습니다."

"여기는 처음인가?"

"네, 처음입니다."

노동자가 말했다.

"분명히 여기서도 필요할 거야."

"그게 정말입니까?"

젊은이는 흥미를 느낀 듯했다.

"이 부근에서 무슨 일이 있었는지 듣지 못했나?"

"특별한 일이 있었다는 이야기를 들은 적은 없는데요."

"그래? 온 나라가 다 아는 줄 알았는데 아닌가 보군. 뭐, 곧 알게 되겠지. 근데 대체 뭣하러 이런 곳까지 온 겐가?"

"마음만 먹으면 일자리를 쉽게 구할 수 있다는 말을 듣고 왔습니다."

"노동조합에는 가입했나?"

"네."

"그럼 일자리를 구할 수 있을 거야. 아는 사람이라도 있나?"

"아직은 없지만 만들 방법은 있습니다."

"어떤 방법인데?"

"나는 자유인단 조직원이거든요. 지부는 도시 어디에나 있으니 바로 친구를 사귈 수 있을 겁니다."

그 말을 듣자 노동자의 태도가 완전히 변했다. 노동자는 주위의 승객들을 날카로운 시선으로 바라보았다. 광부들은 여전히 소곤소곤 목소리를 낮춰서 이야기를 나누었고, 두 경관은 꾸벅꾸벅 졸고 있었다. 노동자는 통로를 건너서 젊은 여행자 옆자리에 앉더니 손을 내밀었다.

"악수하세."

두 사람은 손을 굳게 마주 쥐었다.

"의심하는 건 아니지만 확인할 필요는 있겠지."

사내가 오른쪽 눈썹에 오른손을 댔다. 그러자 젊은이는 바로 왼쪽 눈썹에 왼손을 댔다.

"어두운 밤은 좋지 않다."

"그렇다, 여행하는 낯선 사람에게는."

사내가 먼저 말했고 이어 젊은이가 답했다.

"좋았어. 나는 버미사 계곡 341지부의 스캔런일세. 이런 데서 만나다니 정말 반갑군."

"고맙습니다. 나는 잭 맥머도, 시카고의 29지부 소속입니다. 몸주인의 이름은 J. H. 스콧. 이렇게 빨리 형제를 만나게 되다니, 나는 정말 행운아로군요."

"워낙 형제들이 많으니까. 이 버미사 계곡 지부는 미국에서 가장 세력이 큰 조직이라네. 자네 같은 젊은이라면 여러 가지 일을 함께할 수 있을 걸세. 하지만 자네처럼 젊은 조합원이 시카고에서 일자리를 구하지 못했다니 그건 좀 이상한데."

"일자리야 얼마든지 있었죠."

"그럼 왜 시카고를 떠난 거지?"

맥머도가 경관 쪽을 바라보며 고개를 까닥이더니 의미 있는 웃음을 지어 보였다. 젊은이가 말했다.

"저치들도 듣고 싶어 할 테죠."

스캔런이 알 만하다는 듯이 신음 소리를 올렸다. 그리고 조그만 목소리로 물었다.

"무슨 문제라도 일으켰나?"

"대형 사고를 쳤죠."

"교도소에 갈 만한 일인가?"

"그 정도로 끝나지 않아요."

"설마 사람을 죽인 건 아니겠지?"

"이제 막 만난 사람에게 전부 털어놓기는 좀 그렇군요."

맥머도는 쓸데없는 이야기까지 해 버렸다는 사실에 당황한 듯하다가 다시 말을 이었다.

"내 나름대로 이유가 있어서 시카고를 뜬 겁니다. 그거면 충분하지 않습니까? 왜 그런 거까지 듣고 싶어 합니까?"

맥머도의 눈이 안경 너머에서 살의를 띠고 번뜩였다.

"알겠네, 형제. 특별히 악의가 있었던 건 아니야. 자네가 무슨 일을 했든 나쁘게 생각할 사람은 아무도 없어. 그건 그렇고, 어디로 가는 거지?"

"버미사."

"그럼, 세 정거장만 더 가면 되겠구먼. 묵을 곳은 있고?"

맥머도가 봉투를 꺼내 희미한 석유램프에 가까이 가져갔다.

"여기서 묵을 예정입니다. 셰리던 로에 있는 제이콥 샤프터. 하숙집인가 봐요. 시카고에서 알고 지내던 사람이 가르쳐 줬죠."

"모르는 사람인데. 하긴, 버미사는 내 구역이 아니니까. 나는 홉슨 개척지에서 살고 있어. 앗, 벌써 도착했군. 내리기 전에 한 가지 충고하겠네. 잘 듣게. 버미사에서 어려운 일을 당하게 되면 바로 조합으로 달려가서 맥긴티 대장을 만나 봐. 맥긴티 대장은 버미사 지부의 몸주인이지. 이 부근에서는 블랙잭 맥긴티가 모든 일을 좌지우지하고 있어. 그럼, 잘 가게, 형제. 곧 지부에서 만나게 되겠지. 내 말을 명심해 두게나. 어려움이 있을 땐 맥긴티 대장에게 달려가라고."

스캔런이 내리자 맥머도는 다시 혼자가 되어 생각에 잠겼다.

해는 이미 완전히 져 버렸다. 용광로의 굴뚝 위로 뿜어져 나오는 불꽃이 간헐적으로 얼굴을 내밀며 울부짖고 어둠을 사르며 미친 듯이 타올랐다. 그런 섬뜩한 풍경을 배경으로 사람의 검은 그림자가 수도 없이 뚜렷하게 떠올랐다. 그 그림자들은 크고 작은 윈치[3]의 움직임과 언제 멈출지 모를 기계의 굉음에 맞춰서 몸을 굽히기도 하고, 펴기도 하고, 비틀기도 하고, 돌리기도 했다.

"지옥이 바로 저럴지도 모르지."

말소리가 들렸다. 맥머도는 그 목소리가 들려온 쪽으로 돌아보았다. 경관 한 사람이 자리에 앉은 채 창 쪽으로 몸을 기울여 무섭게 타오르고 있는 불꽃을 바라보고 있었다. 다른 경관이 말했다.

"맞아, 지옥이 바로 저런 모습일 거야. 하지만 지옥의 악마들도 이곳에 있는 악당들보다는 나을걸. 그런데 젊은이, 처음 보는 얼굴인데?"

맥머도가 불쾌하다는 듯이 대답했다.

"그게 뭐 어쨌다는 겁니까?"

"아니, 아닐세. 그냥 물어본 것뿐이야. 친구는 가려서 사귀는 게 좋지 않을까 해서. 나 같으면 마이크 스캔런이나 그 패거리와는 말도 섞지 않

---

3) winch. 권양기라고도 하며, 밧줄이나 쇠사슬로 무거운 물건을 들어 올리거나 내리는 기계를 가리킨다.

을 거야."

"내가 누구를 친구로 삼든 당신과는 상관없는 일이오."

맥머도가 소리 지르자 승객들이 일제히 고개를 돌려 그를 바라보았다.

"내가 언제 충고해 달라고 부탁하기라도 했나? 아니면 충고를 받지 않으면 똥오줌도 못 가리는 어린아이로 보는 거요? 누가 말을 걸면 그때 대답이나 잘 하쇼. 내가 말을 걸려면 한참은 기다려야 할 테지만."

맥머도는 개가 으르렁거리듯 경관에게 대들었다. 성실하고 사람 좋아 보이는 경관들은 좋은 뜻으로 던진 말에 상대가 거세게 반발하자 깜짝 놀란 듯했다. 그중 한 사람이 말했다.

"달리 악의가 있어서 한 말은 아니야. 보아하니 여기가 처음인 것 같아서 자네를 위해서 한 말이지."

맥머도가 다시 한 번 차가운 분노를 드러내며 말했다.

"내가 여기 처음 온 건 사실이지만 당신들 같은 사람들은 처음이 아니야. 왜 남 일에 쓸데없이 참견하는 거요? 경찰들이란 어딜 가나 마찬가지란 말이야."

경관 중 한 명이 빙그레 웃으며 말했다.

"얼마 안 있으면 서로 얼굴을 자주 보겠구먼. 한 눈에 봐도 보통내기가 아니야."

다른 한 경관이 말했다.

"나도 그렇게 생각하네. 조만간에 다시 만나게 될 것 같아."

맥머도가 소리 질렀다.

"너희 같은 녀석들은 조금도 무섭지 않아! 협박해도 소용없다고! 내 이름은 잭 맥머도다. 잘 들어 둬. 나한테 볼일이 있으면 버미사 셰리던 로에 있는 제이콥 섀프터의 집으로 와. 난 도망가지도 숨지도 않는다!

밤이든 낮이든 언제든지 당신들을 맞아 주지. 알겠어? 잘 기억해 둬야
할 거야."

　이방인의 대담한 행동을 보고 광부들 사이에서 동조하거나 찬탄 섞인
웅성거림이 일었지만 경관들은 어깨를 들썩이고는 둘이서 낮은 목소리
로 이야기를 나누기 시작했다. 잠시 후, 열차가 어둑어둑한 역으로 들어
서자 승객 대부분이 차에서 내렸다. 버미사는 이 기차의 노선 중에서 가
장 커다란 역이었다. 맥머도가 가죽으로 만든 여행 가방을 손에 들고 어
둠 속으로 걸어가려던 순간 한 광부가 말을 걸어왔다. 그는 진심으로 감
탄한 투로 말했다.

　"이보게, 자네. 경찰을 잘도 몰아세우더군그래. 그걸 듣고 내 속이 다
후련했어. 가방은 내가 들겠네. 길을 안내하지. 샤프터의 집은 마침 우리
집으로 가는 길에 있거든."

역을 빠져나가려던 광부들이 일제히 '잘 가게.'라고 다정하게 인사했다. 마을에 발을 들여놓기도 전에 맥머도는 버미사에서 상당한 악한으로 이름을 떨치게 된 것이다.

계곡의 풍경도 황량했지만 마을은 더욱 음울했다. 긴 계곡을 따라서 타오르는 불과 피어오르는 연기는 약간 우울해 보이기는 해도 나름대로 웅장한 맛이 있었고, 거대한 갱구 옆에 쌓인 흙더미는 인간의 힘과 근면함을 보여 주는 상징이었다. 하지만 마을은 아무리 봐도 더럽고 추할 따름이었다. 오가는 마차 바퀴에 밟힌 눈이 진흙과 범벅이 되어 큰길 위로 어지럽게 자국을 남기고 있었다. 인도는 좁고 울퉁불퉁했다. 길가 쪽에 베란다가 나 있는 목조 집이 길을 따라 죽 늘어서 있었고 수많은 가로등은 그 더러운 마을 풍경을 더욱 선명하게 비춰 주었다.

마을 중심부에 다가가자 램프를 환하게 밝힌 상점이 나란히 줄 지어 있었으며, 술집과 도박장이 모여 있는 덕분에 주위는 매우 밝았다. 바로 여기서 광부들은 땀 흘려 번 돈을 흥청망청 쓰며 날려 버렸다.

"저게 자유인단의 유니언 하우스야. 이곳의 우두머리는 잭 맥긴티지."

길을 안내해 주던 사내가 호텔처럼 당당하게 솟아 있는 술집을 가리키며 말했다.

"그는 어떤 사람이죠?"

맥머도가 물었다.

"뭐라고? 그의 소문을 들어본 적이 없는가?"

"소문을 들었을 리가 없지요. 여기는 처음이니까."

"우두머리의 이름은 전국에서 모르는 자가 없는 줄 알았다네. 신문에도 자주 실렸으니."

"왜죠?"

광부가 목소리를 낮췄다.

"그야 사건 때문이지."

"무슨 사건이요?"

"세상에, 그런 것도 몰랐다니! 자네도 대단하구먼. 여기서 사건이라고 하면 하나밖에 없다네. 스카우러단 사건을 말하는 거지."

"스카우러단이요? 그거라면 시카고에서 읽은 적이 있어요. 살인자 일당 아닌가요?"

"쉿! 무슨 소리를 하는 건가? 조심하게. 마을에서는 입을 조심하지 않으면 목숨을 오래 부지하기 힘들 걸세. 그보다 더 사소한 일로 벌써 몇 명이나 목숨을 잃었으니까."

광부가 기가 막힌다는 듯 걸음을 멈추고는 깜짝 놀라 맥머도를 바라보며 외쳤다.

"나는 아무것도 모릅니다. 기사에는 그렇게만 적혀 있었어요."

"자네가 읽은 기사가 잘못됐다는 말은 아니지만."

광부가 겁먹은 표정으로 주위를 둘러보았다. 뭔가 무시무시한 것이 튀어나올지도 모른다는 듯, 어둠 속을 가만히 들여다보며 말했다.

"사람을 죽이는 게 살인이라면 이곳에서 살인 사건은 넘쳐 나지. 신도 아실 거야. 하지만 그것을 결코 잭 맥긴티와 연관지어서 말하면 안 되네. 아무리 비밀스럽게 한 이야기라도 전부 맥긴티의 귀에 들어가 버리니까. 그렇게 되면 그냥 넘어갈 수 없다네. 아, 자네가 찾고 있는 집은 저기 일세. 길에서 조금 안쪽으로 들어간 곳이야. 곧 알게 되겠지만, 저 집의 주인인 제이콥 샤프터는 이 마을에서 가장 정직한 사람이지."

"고맙습니다."

맥머도는 인사를 하고 이 새로운 친구와 악수를 나눈 뒤 가방을 받아

들었다. 하숙으로 통하는 골목으로 들어가 힘차게 현관을 두드리자 바로 문이 열렸다.

문을 연 것은 전혀 생각지도 못했던 사람이었다. 매우 아름다운 젊은 아가씨였는데 독일 계통인지 밝은 갈색 머리와 아름답고 검은 눈동자가 선명한 대조를 이루었다. 그녀는 처음 보는 낯선 사내를 놀란 눈으로 바라보더니 부끄러운지 하얀 얼굴을 붉게 물들였다. 열린 문으로 새어 나오는 불빛을 등에 지고 서 있는 여자의 모습이 맥머도에게는 한 폭의 그림처럼 비쳤다. 주위가 을씨년스럽고 음울한 만큼 그녀의 아름다움은 더욱 눈에 띄었다. 탄광의 잿더미 속에 핀 아름다운 제비꽃, 아니 그 이상이었다. 맥머도는 넋을 잃고 입을 열지 못했다. 하는 수 없이 여자가 먼저 입을 열었다.

"아버지인 줄 알았어요. 아버지를 만나러 오셨죠? 아버지는 아랫마을에 가셨어요. 하지만 곧 돌아오실 거예요."

독일 억양이 섞인 듣기 좋은 목소리로 그녀가 말했다. 맥머도가 아직도 넋 나간 표정으로 바라보고 있었기에 그녀는 당황해서 결국 고개를 숙이고 말았다. 드디어 맥머도가 입을 열었다.

"아가씨, 그렇게 급하게 아버지를 만나야 할 필요는 없어요. 전 그저 이 집을 하숙집으로 추천받고 왔을 뿐입니다. 좋은 곳일 거라고 생각했는데 이제 보니 틀림이 없군요."

그녀가 빙그레 웃으며 말했다.

"벌써 결정을 내리신 거예요?"

맥머도가 말했다.

"눈이 있는 사람이라면 누구나 그럴 겁니다."

이 찬사에 여자는 미소로 답했다.

"그럼 안으로 들어오세요. 전 에티 샤프터예요. 어머니가 돌아가셔서 제가 집안 살림을 맡아서 돌보고 있어요. 난로 옆에 앉아서 아버지가 돌아오실 때까지 기다리세요. 아, 지금 막 돌아오셨네요. 이제 이야기들 나누세요."

다부진 체격의 중년 사내가 골목길로 걸어 들어오고 있었다. 맥머도는 간단하게 용건을 설명했다. 시카고의 머피라는 사람이 누군가에게 이곳의 주소를 들었고, 머피는 맥머도에게 그 주소를 알려 주었다고 했다. 샤프터 노인은 바로 그를 받아 주었다. 젊은이는 토 달지 않고 주인이 제시한 조건을 받아들였는데 경제적으로 여유가 있는 듯했다. 일주일분인 7달러는 선금으로 내고 식사까지 포함해서 방을 빌리기로 했다.

이렇게 해서 스스로 경찰에게 쫓기는 몸이라고 말했던 맥머도는 샤프터의 집에서 하숙을 시작했다. 그것은 길고 어두운 사건의 시작이었고, 그 사건은 결국 멀고 먼 이국에서 마지막 막을 내리게 되었다.

2. 몸주인

　맥머도는 언제나 타인의 눈길을 끌었다. 어디를 가나 주위 사람들은 바로 그를 알아보았다. 일주일도 채 지나지 않아서 맥머도는 샤프터의 집에서 가장 중요한 인물이 되었다. 그 집에서는 10명 정도가 하숙을 하고 있었는데, 모두 근면한 장인이나 평범한 점원들로 이 젊은 아일랜드 사람과는 아주 다른 부류였다. 저녁에 사람들이 모이면 그는 끊임없이 즐거운 농담을 던졌고, 말솜씨도 뛰어났으며, 노래도 최고의 실력을 자랑했다. 천성적으로 주위 사람들을 즐겁게 해 주는 매력을 타고났으며 사람들에게 호감을 주는 타입이었다.

　반면에 열차에서 보여 주었듯이 그는 갑자기 격렬하게 화를 내는 경우도 종종 있었다. 그래서 만나는 사람들은 때때로 공포를 느끼기도 했다. 그리고 법률이나 그와 관계된 것들에 대해서 온갖 욕설을 퍼부었는데 그것 때문에 하숙집 사람들은 기뻐하기도 하고 화를 내기도 했다.

　맥머도는 하숙집 딸에게 그 아름다움과 우아함에 단번에 마음을 빼앗겨 버렸다며 공공연히 찬사를 보냈다. 에티에게 청혼하는 방법도 아주 대담하기 짝이 없었다. 하숙을 시작한 지 이틀째 되는 날에 벌써 사랑한다고 고백했으며, 이후부터는 에티가 아무리 심한 말을 해도 매일 같은 말을 반복했다. 그는 이렇게 외쳤다.

"다른 남자가 있다고요? 정말 재수 없는 녀석이군! 조심하라고 일러 둬요. 나는 그런 녀석 때문에 평생에 한 번 찾아오는 기회를 놓치고 싶지 않으니까. 그 놈 때문에 물러서는 일은 절대 없을 겁니다. 에티, 당신이 아무리 안 된다고 말한다 해도 난 상관없소! 언젠가는 반드시 승낙하게 될 테니. 나는 아직 젊어요. 언제까지 기다릴 수 있습니다."

아일랜드 출신답게 이 젊은이는 말솜씨가 뛰어났고 구애 방법도 박력이 넘쳤다. 그리고 여자의 관심을 끈 다음에는 결국 사랑의 감정도 품게 만드는 매력이 있었다. 지금까지의 풍부한 경험과 신비로움이 그 매력을 만드는 것 같았다. 맥머도는 자신의 고향인 모나간 지방의 아름다운 계곡, 멀리 떨어져 있는 섬, 완만한 산과 푸름이 가득한 목장에 대해 생생한 이야기를 들려주었다. 더럽고 온통 눈으로 뒤덮인 이 마을에 사는 사람에게 그 이야기는 상상만으로도 더욱 아름답게 느껴졌다.

그것뿐만이 아니었다. 맥머도는 미국 북부의 도시와 디트로이트, 미시간의 벌목지, 버펄로, 마지막으로 제재 공장에서 일했던 시카고도 잘 알고 있었다. 그 다음에는 연애담이 살짝 따라왔다. 그리고 시카고에 대해 말할 때면 거기서 무슨 일이 있었던 느낌을 주었는데, 너무나도 이상하고 개인적인 일이라 말하기 어렵다는 투로 말끝을 흐렸다. 맥머도는 자못 쓸쓸한 표정으로, 자신은 서둘러 시카고를 떠났으며 지난 관계를 전부 끊고 아무도 아는 이 없는 세계로 뛰어들고자 이 황량한 계곡까지 왔다고 했다. 에티는 아주 자연스럽게 애정으로 변해 버리는 동정과 공감을 가지고 검은 눈을 반짝이며 그 이야기에 빠져들었다. 사랑에 빠지는 것은 자연스러운 일이었다.

맥머도는 교육을 받은 덕분에 임시직 부기 일자리를 얻었다. 일이 꽤 바빠서 하루 종일 일해야 했기 때문에 자유인단의 지부장에게는 여태껏 인사를 하지 못했다. 그러던 중에 열차에서 알게 된 같은 조직의 회원인 마이크 스캔런이 그를 찾아와서 그의 소홀함을 일깨워 주었다. 몸집이 작고 깡마른 얼굴에 신경질적으로 보이는 검은 눈을 가진 스캔런은 맥머도를 다시 만나 꽤 반가워하는 듯했다. 위스키를 한두 잔 마신 뒤 그는 찾아온 목적을 말했다.

"맥머도, 어쨌든 자네의 주소를 기억하고 있어서 일부러 찾아왔네만, 자네 아직도 몸주인에게 인사하지 않았다더군! 왜 맥긴티 대장을 찾아가 인사하지 않았나?"

"일자리를 구하느라 바빴거든요."

"무슨 일이 있어도 인사를 하러 가게. 그 말을 듣고 깜짝 놀랐어. 그 다음 날에 당장 유니언 하우스로 가서 등록할 거라고 생각했거든. 몸주인의 기분을 상하게 했다가는 그야말로 끝장이야! 그런 일은 절대로 저지르면 안 되네."

맥머도는 조금 놀란 듯했다.

"스캔런, 나는 자유인단에 가입한 지 벌써 2년이나 됐지만 꼭 그래야 한다고 들은 적은 한 번도 없었어요."

"여기는 시카고가 아니야."

"그래도 같은 단체잖아요?"

"과연 그럴까?"

스캔런이 한동안 그의 얼굴을 가만히 쳐다보았다. 어딘지 기분 나쁘게 느껴지는 눈빛이었다.

"그럼 아닙니까?"

"한 달만 지나면 자네도 알게 될 걸세. 그건 그렇고 내가 기차에서 내린 뒤에 경관들과 입씨름을 했다며?"

"그걸 어떻게 알고 있죠?"

"벌써 소문이 다 났지. 여기서는 좋은 일이든 나쁜 일이든 죄다 바로 퍼진다네."

"네, 이야기 좀 했습니다. 그 개자식들에게 내 생각을 말해 줬죠."

"그렇군. 자네라면 맥긴티 마음에 쏙 들겠어."

"지부장도 경찰을 아주 싫어하나요?"

스캔런은 큰 소리로 웃기 시작했다. 헤어질 때 그가 말했다.

"어쨌든 자유인단에 나가 보게. 빨리 찾아가지 않으면 경찰이 아니라 자네가 미움을 사게 될 거야. 이건 친구의 충고일세. 지금 당장이라도 찾아가 봐!"

그날 밤, 맥머도는 중요한 일이 생기는 바람에 맥긴티를 만나러 가야 했다. 에티에게 너무 노골적으로 결혼을 요구해서였는지, 아니면 사람 좋고 그런 일에는 둔한 독일 노인도 드디어 그 사실을 알게 되었기 때문인지 이유는 확실하게 알 수 없었지만 하숙집 주인이 젊은이를 자신의 방으로 불러서 갑자기 그 문제를 묻기 시작한 것이다.

"내가 보기에 자네도 에티에게 마음을 두고 있는 것 같은데, 아닌가? 내가 잘못 생각한 건가?"

젊은이가 대답했다.

"아닙니다. 말씀하신 대로입니다."

"그런가? 그럼 미리 말해 두겠네만 다 쓸데없는 짓이라네. 에티에게는 이미 정해진 사람이 있어."

"에티도 그런 말을 했습니다."

"그럼 이야기가 간단해지는구먼. 그런데 상대가 누구인지 이름도 알려 주던가?"

"아니요. 물어봤지만 대답해 주지 않았습니다."

"그랬군. 그 왈가닥도 자네를 두려움에 떨게 만들고 싶지는 않았던 게로군."

"두려움에 떨다니요?"

맥머도가 벌컥 화를 냈다.

"상대가 좋지 않다네. 두려움에 떤다 해도 그건 부끄러운 일이 아닐세. 그 사람은 바로 테드 볼드윈이니까."

"대체 어떤 녀석입니까?"

"스카우러단의 간부라네."

"스카우러단! 그 단체는 전에도 들은 적이 있습니다. 여기 가도 스카우러단, 저기 가도 스카우러단. 그것도 전부 벌벌 떨면서 이야기하고 있습니다. 대체 뭐가 그렇게 무섭단 말이죠? 스카우러단이라는 게 대체 뭡니까?"

하숙집 주인은 다른 사람과 마찬가지로 소리를 낮춰 그 무시무시한 조직을 언급했다.

"스카우러단은 바로 자유인단을 가리킨다네."

젊은이는 깜짝 놀랐다.

"네? 뭐라고요? 나도 그 회원입니다."

"뭐라고? 그 사실을 알았다면 하숙을 들이지 않았을 걸세. 일주일에 100달러를 준다 해도 말이지."

"왜 그렇게 자유인단을 싫어하는 거죠? 그 단체는 회원들끼리 서로 돕고 친목을 도모하기 위한 모임입니다. 규약에도 그렇게 명시되어 있습니다."

"다른 곳에서는 그럴지 몰라도 여기서는 다르네!"

"여기는 어떻단 말이죠?"

"살인 집단이라고 할 수 있지."

맥머도가 큰 소리로 웃었다.

"증거라도 있습니까?"

"증거라고? 살인 50회, 그래도 아직 부족하단 말인가? 밀만, 반 쇼스트, 니콜슨 일가, 햄 노인, 어린 빌리 제임스, 그 외에도 얼마든지 이름을 댈 수 있네. 증거를 대 보라고? 남녀노소를 불문하고 이 계곡에서 그 사실을 모르는 사람은 한 명도 없어."

맥머도가 화를 내며 말했다.

"잘 들으세요, 샤프터 씨! 지금 한 말을 취소하든지 좀 더 확실한 증거를 대지 않으면 나는 이 방에서 한 발짝도 움직이지 않을 겁니다. 내 입장에서 한번 생각해 보세요. 여기서 나는 외부인이고 어떤 모임에 가입해 있죠. 그 모임이 나쁜 모임이라고는 눈곱만큼도 생각하지 않고요. 미국 전역에 퍼져 있고 나쁜 일을 하고 있다고는 한 번도 들어본 적이 없는 단체입니다. 그런데 여기서 거기에 다시 들어가려고 했더니 샤프터 씨는 그게 '스카우러단'이라는 살인 집단 같은 거라고 말했습니다. 자, 확실하게 사과를 하든지 아니면 더 명확하게 설명해 주세요."

"나는 세상 모든 사람들이 알고 있는 일밖에는 이야기해 줄 수가 없다네. 한 조직의 우두머리가 또 다른 조직의 우두머리로도 활동하는 거겠지. 한쪽을 화나게 하면 다른 한쪽에게서 보복을 받는 거야. 증거는 진저리 날 만큼 널려 있다네."

맥머도가 말했다.

"헛소문이겠지! 증거를 보여 달라고요!"

"여기서 조금만 더 살다 보면 증거 같은 건 신물 날 정도로 보게 될 걸세. 아참, 자네가 회원이라는 사실을 잊을 뻔했군. 자네도 곧 다른 녀석들과 마찬가지로 나쁜 일에 손을 대겠지? 다른 하숙을 찾아 보게나. 더이상 우리 집에는 둘 수가 없네. 에티에게 치근덕대는 건 그 패거리 녀석 하나면 족하네. 한 녀석을 막기도 벅찬데 또 다른 녀석을 하숙인으로들일 수는 없어. 어쨌든 오늘을 마지막으로 여기서 나가 주게."

이렇게 해서 맥머도는 편안한 둥지와 사랑하는 아가씨 곁을 떠나야만했다. 그날 밤, 에티가 거실에 혼자 있는 것을 본 맥머도는 자신의 답답한 심정을 털어놓았다.

"당신 아버지로부터 당장 나가 달라는 말을 들었소. 방을 비워 주는 건아무 문제도 안 돼요. 하지만 에티, 만난 지 일주일밖에 안 되었어도 이미 당신은 내게 있어서 없어서는 안 될 사람이에요. 나는 당신 없이 살수 없어요."

"안 돼요, 맥머도 씨. 그런 말은 하지 마세요. 말했잖아요. 당신이 너무늦게 왔다고. 이미 다른 사람이 있어요. 그 사람과 당장 결혼하겠다고 약속하지는 않았지만 그래도 다른 사람과는 절대로 약속할 수가 없어요."

"에티, 만약 내가 첫 구혼자였다면 나한테도 기회가 있었을까요?"

에티가 두 손으로 얼굴을 감싼 채 흐느끼기 시작했다.

"당신이 처음이었다면 얼마나 좋았을까."

맥머도가 갑자기 에티 앞에 무릎을 꿇고는 외쳤다.

"제발 부탁이오, 에티. 내가 첫 구혼자라고 생각해 주시오! 그런 약속 때문에 당신은 물론이고 내 인생까지도 망쳐 버리고 싶은 건가요? 자신의 감정을 소중히 여겨요! 자기 마음을 깨닫기도 전에 맺은 약속을 지키기보다는 그러는 게 훨씬 더 큰 도움이 될 거요!"

맥머도가 햇볕에 그을린 듬직한 손으로 에티의 하얀 손을 쥐었다.

"내 아내가 되겠다고 말해 줘요. 그리고 우리 둘이서 온갖 어려움을 이겨 냅시다."

"여기서요?"

"그래요, 여기서."

맥머도가 두 손으로 에티를 안았다.

"아니, 안 돼요, 잭! 여기서는 안 돼요. 나를 데리고 도망가세요."

순간 맥머도는 괴롭다는 듯 어두운 표정을 지었다가 다시 원래대로 얼굴을 굳혔다.

"아니, 여기가 아니면 안 돼요. 에티, 내가 당신을 지켜 주겠소. 바로 여기서."

"왜죠? 왜 여기를 떠나선 안 되는 거죠?"

"에티, 그럴 수는 없어요. 난 여기를 떠날 수 없어."

"대체 왜죠?"

"여기서 또 다시 쫓겨났다는 생각에 평생 고개를 들지 못할 테니까. 두려워할 게 뭐가 있습니까? 우리는 자유로운 나라에서 살고 있는 자유인인데. 당신이 나를 사랑하고 내가 당신을 사랑하니 아무도 뭐라 할 수 없어요."

"잭, 당신은 아무것도 몰라요. 여기에 온 지 얼마 되지 않았으니까요. 볼드윈이라는 사람도 그렇고, 맥긴티라는 사람도 그렇고, 스카우러단도 그렇고. 당신은 아무것도 몰라요."

"맞아요. 그런 녀석들은 알지도 못하고, 두렵지도 않고, 믿지도 않아요. 나도 꽤 거친 사람들 속에서 살아왔지만 그런 녀석들이 무섭다고는 생각해 본 적도 없고 결국에는 녀석들이 나를 무서워하게 됐다오. 에티, 언제나 그랬어요. 그리고 난 이해할 수가 없어! 그 녀석들이 당신 아버지 말대로 이 계곡에서 나쁜 짓만 일삼아 왔다면, 그리고 그 사실을 모든 사람들이 알고 있다면 어째서 그들을 잡아다 재판을 받게 하지 않는 겁니까? 에티, 답해 줘요."

"증인이 없기 때문이에요. 그런 짓을 했다가는 한 달도 살지 못할 거예요. 그것뿐만이 아니에요. 재판에 회부한다 해도 범인들이 범행 장소에 없었다고 증언해 줄 수하들도 얼마든지 있으니까요. 당신도 신문에서 본 적이 있을 거예요, 잭! 미국의 모든 신문이 이곳 이야기를 다루고 있으니까요."

"읽은 적은 있었지만 전부 꾸며 낸 이야기라고 생각했소. 그런 짓을 하는 데는 어떤 이유가 있는 게 아닐까 하는 생각도 들었고. 어쩌면 그 사람들이 먼저 끔찍한 일을 당했고, 자신들을 지키기 위해서 다른 방법이 없었을 수도 있지요."

"잭, 그런 말은 하지 말아요. 나랑 약혼한 그 사람도 똑같이 말했어요."

"볼드윈이 그런 말을 했소?"

"그래요. 난 그 사람이 미워요. 잭, 나도 이젠 사실을 말할 수 있을 것 같아요. 난 그 사람을 진심으로 증오해요. 하지만 무서워요. 나보다도 아버지가 더 걱정이에요. 내가 진심을 털어놓으면 아버지와 나는 틀림없이 끔찍한 일을 당하게 될 테니까요. 그래서 하는 수 없이 승낙도 거절도 못하고 적당히 얼버무리며 위기를 넘기고 있어요. 그렇게 할 수밖에 없었어요. 하지만, 잭. 당신과 함께라면 아버지를 데리고 도망갈 수 있을 거예요. 그리고 그 악당의 힘이 닿지 않는 곳에서 언제까지고 함께 살아 갈 수 있을 거예요."

다시 한 번 맥머도의 얼굴에 괴롭고 어두운 표정이 스쳤지만 곧 다시 굳은 표정으로 돌아갔다.

"에티, 당신을 힘들게 하지는 않을 거요. 물론 당신 아버지도. 악당에 대해서 말하자면, 내가 녀석들 중 가장 못된 놈보다 더 못돼 먹었다는 사실을 녀석들도 곧 알게 될 거요."

"거짓말, 거짓말이죠? 잭, 나는 당신을 믿어요."

맥머도가 쓸쓸하게 웃어 보였다.

"아아, 당신은 나에 대해서 아무것도 몰라요! 내가 지금 무슨 생각을 하고 있는지 당신의 순수한 영혼이 알 리가 없지. 아니, 누가 왔나 보군."

기세 좋게 문이 열리더니 젊은 사내 하나가 이 집의 주인인 양 당당하게 집 안으로 들어섰다. 사내답게 잘생기고 아주 당당해 보이는 젊은이로 나이와 체격이 맥머도와 비슷해 보였다. 검고 챙이 넓은 중절모를 쓰고 있었으며 부리부리한 눈과 매의 부리처럼 휜 코를 가지고 있었는데 난로 곁에 앉아 있던 두 사람을 화난 듯 노려보았다. 에티가 당황해하며 자리에서 벌떡 일어나 인사를 건넸다.

"어서 오세요, 볼드윈 씨. 생각보다 일찍 오셨네요. 이리 와서 편안히 앉으세요."

볼드윈이 허리에 두 손을 얹고 맥머도를 노려보았다.

"이 녀석은 누구요?"

볼드윈이 퉁명스럽게 말했다.

"제 친구예요. 이번에 우리 집의 하숙인이 되었어요. 맥머도 씨, 소개할게요. 이쪽은 볼드윈 씨입니다."

두 사람이 무뚝뚝하게 인사했다. 볼드윈이 말했다.

"우리 둘이 어떤 사이인지 에티 양에게서 들었겠지?"

"글쎄, 그건 잘 모르겠는데?"

"모른다고? 그럼 내가 가르쳐 주지. 이 여자는 내 거다. 산책하기에 아주 좋은 밤인데 이제 너도 그만 나가 보는 건 어때?"

"아주 친절하시군. 하지만 지금은 산책할 기분이 아니야."

사내의 사나운 눈에서 분노의 불꽃이 피어올랐다.

"아, 그래? 그럼 네놈은 나랑 한판 붙어 보고 싶은 것 같군!"

자리에서 벌떡 일어난 맥머도가 소리를 질렀다.

"듣던 중 반가운 말이다. 바로 그 말을 기다리고 있었지."

"부탁이에요, 잭! 제발 그만두세요! 잭! 잭! 그러다 다칠 거예요!"

가엾은 에티가 미친 듯이 외쳤다. 볼드윈이 저주하듯 말했다.

"호오, 잭이라고? 벌써 그렇게 부르는 사이가 됐다는 말이군."

"아니에요, 테드! 오해하는 거예요. 부탁이에요, 테드. 저를 사랑한다면 제발 저를 위해서라도 넓은 마음으로 용서해 주세요."

맥머도가 침착하게 말했다.

"에티, 우리 둘만 있게 해 줘요. 금방 끝날 테니까. 아니면 볼드윈 씨, 차라리 밖으로 나가 보실까? 날씨도 좋고 이 앞에 공터도 있으니."

상대가 말했다.

"너 같은 녀석을 손보는 데 내 손을 더럽힐 필요는 없지. 곧 이 집에 발을 들여놓지 말걸 그랬다고 후회하게 될 거야. 뭐, 내 알 바 아니지만."

"지금 결판을 내자고."

맥머도가 소리쳤다.

"언제 할지는 내가 정하겠다. 그건 나에게 맡겨 둬. 알겠나? 그전에 이걸 좀 보시지."

볼드윈이 갑자기 소매를 걷어 올리더니 팔뚝에 찍힌 기묘한 표시를 내보였다. 원 안에 삼각형이 있는, 처음 보는 표시였다.

"이게 무슨 뜻인지 알겠나?"

"알 게 뭐냐? 같잖아서, 원!"

"마음대로 지껄이도록. 곧 알게 될 거야, 반드시. 이제 얼마 남지 않은 목숨이지만. 에티가 뭔가 말해 주겠지. 그리고 에티, 너는 내 앞에서 무릎을 꿇고 빌어야 할 거야. 알았어? 듣고 있나? 무릎을 꿇고 빌 거라고! 벌이 어떤 건지 맛보게 해 주지. 네가 뿌린 씨앗이니 네가 거두도록."

볼드윈이 분노에 불타오르는 시선으로 두 사람을 노려보았다. 그러다가 등을 휙 돌리더니 다음 순간 문을 걷어차듯 밖으로 나가 버렸다.

맥머도와 에티는 말없이 서 있었다. 잠시 후, 에티가 그의 품에 안기며 말했다.

"잭, 용감했어요! 하지만 이젠 방법이 없어요. 도망가세요! 잭, 오늘 밤 안에, 오늘 밤 안으로요! 그것만이 살길이에요. 그 사람이 당신을 죽일 거예요. 그 무시무시한 눈빛을 보셨죠? 맥긴티와 스카우러단이 그의 뒤에 있어요. 상대가 너무 많아요. 무슨 수로 그들을 당하겠어요."

맥머도가 자신을 감싸 안은 그녀의 팔을 풀고 입을 맞춘 뒤, 가만히 의자에 앉혔다.

"내가 말하지 않았소? 나 때문에 두려워하거나 걱정할 필요 없다고. 나도 자유인단 회원입니다. 당신 아버지에게도 그 사실은 알려 드렸소. 나도 다른 녀석들과 다를 바 없으니 나를 특별한 사람으로 여기지 말아요. 이제 사실을 알고 나니까 내가 싫어졌겠지?"

"당신이 싫어지다니요, 잭! 살아 있는 한 절대로 그런 일은 없을 거예요. 다른 곳의 자유인단은 나쁜 사람들이 모이는 곳이 아니라는 이야기를 들은 적이 있어요. 회원이라고 해서 당신이 싫어질 리는 없어요. 하지만 당신도 회원이라면 맥긴티 대장을 찾아가 보세요. 지금 당장이요! 당신이 먼저 이야기를 하는 거예요. 부하들이 당신을 노리기 전에."

맥머도가 말했다.

"나도 그렇게 생각하고 있었소. 당장 가서 이야기를 하고 와야겠어. 당신 아버지에게 전해 줘요. 오늘 밤까지만 여기서 머물고 내일 아침이 되면 다른 하숙을 찾아보겠다고."

맥긴티의 술집은 평소와 다름없이 사람들로 넘쳐나고 있었다. 마을 건달들이 좋아하는 장소였다. 맥긴티는 천성적으로 타고난 거친 성격과 활달함으로 그런 사람들의 인기를 독차지했지만, 그 성격은 일종의 가면으로 뒤에 숨어 있는 것은 잘 보이지 않았다. 맥긴티는 사람들에게 두려움의 대상이었다. 그것은 마을뿐만 아니라 50킬로미터에 걸친 계곡 전체, 아니 산 속에까지 퍼져 있었기 때문에 그것만으로도 술집에 사람들이 모여 들기에는 충분했다. 이 주위에서 맥긴티를 무시할 수 있는 사람은 아무도 없었다.

그는 비밀스러운 힘을 마음껏 휘두르는 한편, 여러 가지로 편의를 봐주기를 바라는 건달들의 표 덕분에 시의회의원, 도로 위원 등과 같은 높은 직위에 선출되기도 했다. 지방세와 국세는 엄청나게 거둬들였지만 공공사업은 전혀 이루어지지 않았다. 회계 보고는 검사관들이 매수되어 거의 시행되지도 않았다. 선량한 시민들은 협박에 못 이겨 어쩔 수 없이 돈을 냈지만 보복이 두려워서 입을 다물고 있을 수밖에 없었다. 이렇게 해서 맥긴티의 다이아몬드 핀은 해를 거듭할수록 그 크기를 더해 갔으며, 조끼는 화려해졌고, 거기에 달린 금줄은 점점 더 무거워졌으며, 술집은 더욱 번창하여 광장의 한쪽 구석까지 점령할 기세였다.

맥머도는 술집 회전문을 밀고 들어가서 사람들 틈을 비집으면서 담배 연기가 자욱하고 알코올 냄새가 코를 찌르는 안쪽으로 들어갔다. 가게 안에는 휘황찬란하게 불이 켜져 있었는데, 그 빛이 벽에 빙 둘러 붙여 놓은 금빛 거울에 반사되어 더욱 현란한 분위기를 연출했다. 몇몇 손님들은 두꺼운 금속을 붙인 폭이 넓은 카운터 앞에 기대 있었고 안쪽에서는 소매를 걷어붙인 바텐더들이 분주히 칵테일을 흔들어 댔다. 가장 구석진 곳에는 한 사내가 카운터에 몸을 기댄 채 담배를 비스듬히 물고 있었다. 키가 크고 체격이 다부진 그자가 바로 그 유명한 맥긴티일 것이다. 그는 체격이 컸고, 턱수염이 광대뼈까지 올라왔으며, 헝클어진 새까만 머리카락은 옷깃까지 내려와 있었다. 얼굴에는 이탈리아 사람처럼 검은

빛이 감돌았으며, 검고 탁한 눈은 약간 사팔뜨기였는데 그 탓에 더욱 섬
뜩한 느낌이 들었다.

그 외에 당당한 체구, 잘생긴 얼굴, 소탈한 태도는 활달해 보이는 성격
과 잘 어울렸다. 처음 보는 사람들은 그를 보고 말투는 매우 거칠고 험
하지만 사실은 솔직하고 꾸밈없으며 올곧은 마음을 가진 사람으로 느낄
지도 몰랐다. 하지만 섬뜩하고 사나워 보이는 그 검은 눈과 마주친다면
누구나 자신도 모르게 몸을 움츠린다. 그때 비로소 이 사람이 더할 나위
없는 악한이며 그 뒤에는 악랄함과 교활함, 무시무시한 힘을 숨기고 있
다는 사실을 알게 되는 것이다.

상대를 잘 관찰한 뒤에 맥머도는 평소와 다름없는 대담한 태도로 사
람들 사이를 비집고 나갔다. 그러고는 힘 있는 두목을 둘러싸고 재미없
는 농담을 큰 소리로 지껄이며 웃고 있는 무리들 사이로 들어갔다. 날카
롭게 노려보는 맥긴티의 섬뜩한 검은 눈이 낯선 젊은이를 향했다. 그러
나 젊은이의 거침없는 회색 눈은 아무 두려움 없이 안경 너머로 상대를
빤히 바라보았다.

"이봐, 젊은이. 처음 보는 얼굴인데."

"저는 이곳에 온 지 얼마 되지 않았습니다, 맥긴티 씨."

"아무리 신출내기라도 신사를 부를 때는 직함을 붙여서 불러야지."

둘러서 있던 사람 중에 하나가 말했다.

"맥긴티 의원님일세, 젊은이."

"아, 실례했습니다, 의원님. 아직 이곳의 관습을 잘 몰라서요. 의원님을
만나 보라고 해서 찾아왔습니다."

"그래? 그래서 날 찾아온 거로군. 나는 이런 사람일세. 직접 보니 느낌
이 어떤가?"

맥긴티의 물음에 맥머도가 답했다.

"아직은 잘 모르겠습니다. 의원님의 체구처럼 마음이 넓고, 잘생긴 얼굴처럼 영혼도 훌륭한 분이었으면 좋겠습니다."

"허, 아일랜드식 재담인가? 어쨌든 내 외모는 합격이란 말이지?"

이 두려움을 모르는 낯선 손님을 편안하게 대해야 할지, 아니면 위협해야 할지 아직 결정을 내리지 못한 술집 주인이 큰 소리로 말했다. 맥머도가 대답했다.

"그렇습니다."

"나를 만나 두라고 했다고?"

"네."

"누가?"

"버미사 341지부의 형제인 스캔런입니다. 어쨌든 의원님의 건강과 우리의 친밀한 관계를 위해서 건배를 하고 싶습니다."

맥머도가 술이 담긴 잔을 들더니 새끼손가락을 위로 치켜든 채 술잔을 비웠다. 가만히 맥머도를 지켜보고 있던 맥긴티가 검은 눈썹을 치켜떴다.

"알겠네. 아무튼 좀 더 지켜보도록 하지. 자네 이름은?"

"맥머도입니다."

"이리 오게, 맥머도. 여기선 남의 말만 듣고 사람을 무조건 신뢰하지는 않거든. 잠깐 안으로 들어오게."

술집 안쪽에는 벽을 따라서 술통이 빙 둘러 있는 조그만 방이 있었다. 맥긴티는 조심스럽게 문을 닫더니 술통 위에 걸터앉아 생각에 잠긴 듯 담배를 질끈 물고는 기분 나쁜 눈으로 상대를 관찰하기 시작했다. 그는 2, 3분 정도 말없이 앉아 있었다. 맥머도는 한쪽 손을 코트 주머니에 넣은 채 다른 한 손으로 갈색 수염을 비틀며 유쾌한 표정으로 상대를 바라보았다.

갑자기 맥긴티가 허리를 굽히더니 보기에도 무시무시한 권총을 뽑아 들었다.

"이봐 재담가. 쓸데없는 장난질을 하면 재미없어!"

맥머도가 당당하게 말했다.

"참 희한한 인사도 다 있군요. 자유인단의 몸주인께서 다른 지부의 회원을 맞이하는 것 치고는 말이죠."

"글쎄, 회원인지 아닌지는 조사를 해 봐야 알겠지. 그걸 증명하지 못하면 어떻게 되는지 잘 알고 있겠지? 어디 회원이었나?"

"시카고의 29지부입니다."

"언제 가입했지?"

"1872년 6월 24일에요."

"몸주인의 이름은?"

"제임스 H. 스콧."

"지구의 책임자는?"

"바솔로뮤 윌슨."

"잘도 대답하는군. 여기서 뭘 하고 있지?"

"당신과 마찬가지로 일하고 있습니다. 의원님에 비하면 치졸한 일이
긴 하지만요."

"입심이 보통이 아니군."

"네. 원래 말을 잘하는 편입니다."

"행동도 잽싼가?"

"그건 저를 잘 아는 사람들이 다들 인정하고 있습니다."

"좋았어. 조만간에 실력을 한번 봐야겠구먼. 그럼 우리 지부에 대해서
들은 이야기가 있는가?"

"남자다운 남자라면 바로 입회를 허락한다고 들었습니다."

"자네라면 괜찮을 것 같군, 맥머도 군. 왜 시카고를 떠났지?"

"그것만은 말할 수 없습니다."

맥긴티가 눈을 둥그렇게 떴다. 이런 대답은 처음 들어 보는지라 퍽 재
미있었다.

"왜 이야기할 수 없다는 건가?"

"형제에게 거짓말을 할 수는 없으니까요."

"그러니까 사람들에게 말할 수 없는 나쁜 짓을 했단 말이지?"

"그건 마음대로 생각하십시오."

"이봐, 잠깐. 몸주인인 내가 무슨 짓을 저질렀는지도 모르는 녀석의 입회를 허락할 것 같나?"

맥머도가 난처하다는 표정을 지었다. 그러다가 드디어 주머니 속에서 너덜너덜해진 신문 조각을 꺼냈다.

"다른 사람에게 말하지는 않겠지요?"

맥긴티가 버럭 소리를 질렀다.

"나한테 또 그 따위로 말했다가는 뺨따귀를 날려 버리겠어!"

맥머도가 순순히 대답했다.

"맞습니다, 의원님. 사과드리겠습니다. 생각 없이 입을 놀렸습니다. 모든 걸 의원님께 맡겨 두면 아무것도 걱정할 필요가 없겠지요. 이 신문을 읽어 보시기 바랍니다."

맥긴티가 기사를 대충 훑어보았다. 1874년 1월에 시카고의 마켓 가에 있는 레이크살롱에서 조나스 핀토라는 사람이 사살된 사건을 다룬 기사였다.

"자네가 쏜 건가?"

신문을 되돌려 주며 맥긴티가 물었다. 맥머도는 고개를 끄덕였다.

"왜 쏜 거지?"

"저는 달러를 만들어서 국가의 재정에 도움을 주고 있었습니다. 제가 만든 달러는 정부에서 만든 것보다 질은 좀 떨어졌지만 겉모습만은 아주 똑같아서 안심하고 사용할 수 있었습니다. 이 핀토라는 사람은 저를 도와서 그것을 밀어 냈는데……."

"응? 뭐라고?"

"그러니까 그 달러를 유통시켰다는 소리입니다. 녀석은 나중에 서로의 몫을 나누자고 했죠. 뭐, 시간이 좀 더 흘렀다면 녀석이 정말로 저한테 나눠 줬을지도 모릅니다. 하지만 저는 기다릴 수가 없어서 그 녀석을 해치우고 이 탄광지대로 온 겁니다."

"왜 탄광지대로 온 건가?"

"여기서는 무슨 일이든 크게 문제 삼지 않는다고 신문에서 읽었으니까요."

맥긴티가 웃음을 터뜨렸다.

"처음에는 위조화폐를 만들다가 결국에는 살인을 저지르고 이곳으로 왔다는 말이구먼. 그래도 환영받을 거라고 생각했나?"

"뭐, 그렇게 된 셈이지요."

맥머도가 대답했다.

"흠, 자네라면 도움이 될지도 모르겠군. 그래, 위조화폐는 지금도 만들 수 있나?"

맥머도가 주머니에서 돈을 대여섯 개 꺼내 보였다.

"이건 필라델피아 조폐국에서 만든 게 아닙니다."

맥긴티가 고릴라 같이 커다랗고 털이 수북한 손으로 그것을 빛에 비춰 보았다.

"정말인가? 감쪽같군! 자네라면 틀림없이 훌륭한 형제가 될 수 있을 거야. 한두 명 정도 질 나쁜 녀석을 받아들이는 것도 나쁘진 않겠지. 우리끼리 헤쳐 나가야 할 때도 있으니까. 우리를 몰아붙이려는 녀석들에게 반격하지 않으면 우리가 궁지에 몰리게 돼."

"그렇다면 저도 함께 힘을 합쳐서 열심히 하겠습니다."

"자네 정말 배짱 하나는 끝내주더군. 총을 들이대도 꿈쩍도 하지 않고 말이야."

"위험했던 건 제가 아니었습니다."

"그럼 누가 위험했다는 거지?"

"의원님입니다."

맥머도가 코트 주머니 속에서 공이치기를 뒤로 젖힌 권총을 꺼냈다.

"처음부터 계속 겨냥하고 있었습니다. 총을 쐈다면 제가 더 빨랐을 겁니다."

맥긴티의 얼굴이 시뻘겋게 달아오르며 화를 내는가 싶더니 곧 큰 소리로 웃음을 터뜨렸다.

"정말 대단해. 지난 몇 년 동안 이렇게 놀란 적은 없었네. 어쩌면 자네는 곧 우리 지부의 자랑이 될지도 모르겠군. 뭐야? 대체 무슨 일이야? 손님과 둘이서 이야기를 나누고 있는데 5분도 되지 않아서 방해를 하러 온 건가?"

바텐더 하나가 어쩔 줄 몰라 하며 서 있었다.

"죄송합니다, 의원님. 하지만 테드 볼드윈 씨가 지금 당장 뵙고 싶다고 합니다."

그 말을 전하러 굳이 올 필요도 없었다. 볼드윈의 험하게 일그러진 얼굴이 바텐더의 어깨너머로 보였기 때문이다. 볼드윈이 바텐더를 방 밖으로 밀쳐 내더니 문을 닫아 버렸다. 그러고는 성난 표정으로 맥머도를 노려보며 말했다.

"제길! 선수를 치다니! 의원님, 이 녀석에 대해 드릴 말씀이 있습니다."

그 말을 듣고 맥머도가 소리 질렀다.

"지금 여기서, 내 앞에서 말해 봐라!"

"언제 어디서 말하든 그건 내 자유다."

맥긴티가 술통에 기댔던 몸을 일으키며 말했다.

"잠깐! 그만두게, 볼드윈. 새로운 형제를 받아들였다네. 형제를 그런 식으로 대해서 쓰겠나? 자, 악수하고 화해하라고."

"그렇게는 못합니다!"

볼드윈이 미친 듯이 화를 내며 외쳤고 맥머도도 말했다.

"제 행동이 마음에 들지 않는다면 결투로 결판을 내자고 말했을 뿐입니다. 저는 맨손으로 싸워도 상관없습니다. 하지만 그게 싫다면 이 사람이 원하는 방식대로 상대해 줄 수도 있습니다. 의원님, 몸주인으로서 판결을 내려 주십시오."

"대체 무슨 일 때문에 이러는 건가?"

"여자 때문입니다. 누구를 선택하든 그녀의 자유입니다."

"뭐라고?"

맥머도의 말에 볼드윈이 소리치자 맥긴티 대장이 자기 의견을 말했다.

"같은 지부의 두 형제 중에 하나를 골라야 한다면 그건 여자의 자유에 맡겨야 한다고 생각하네."

"뭐라고요? 그게 의원님의 판정입니까?"

맥긴티가 볼드윈을 노려보며 말했다.

"그렇다네, 테드 볼드윈. 불만스러운가?"

"5년씩이나 당신 밑에서 일하던 부하를 버리고 어디서 굴러 들어왔는지도 모르는 녀석의 편을 들겠단 말입니까? 잭 맥긴티, 당신이 죽을 때까지 몸주인으로 있으라는 법은 없소. 다음 선거 때는 내 기필코⋯⋯."

의원이 성난 호랑이처럼 볼드윈을 덮친 후 한 손으로 상대의 목을 감아쥐더니 술통 위로 쓰러뜨렸다. 맥머도가 말리지 않았다면 분을 참지 못하고 목을 졸라 죽였을 것이다.

"진정하세요, 의원님! 제발 부탁이니 진정하세요."

맥머도가 맥긴티를 잡아끌며 말했다. 맥긴티가 손을 떼자 볼드윈이 다 죽어 가는 사람처럼 부들부들 떨리는 몸으로 숨을 헐떡이며 술통 위에 앉았다. 맥긴티가 커다란 가슴을 씩씩거리며 말했다.

"내 언젠가는 이런 날이 올 줄 알았다, 테드 볼드윈. 이제 알겠나? 이번 선거에서 내가 떨어지면 네가 그 자리를 차지할 수 있을 거라고 생각하는 거겠지? 지부를 위해서도 말해 두겠는데 내가 지부장으로 있는 동안 나를 거스르는 자는 그냥 두지 않겠다."

"의원님에게 불만은 없습니다."

볼드윈이 목을 쓰다듬으며 우물우물 말하자 맥긴티가 금세 쾌활한 모습으로 돌아가 말했다.

"좋았어. 자, 이제 모두 사이좋게 지내면 돼. 이번 일은 이것을 끝이야."

맥긴티가 선반에서 샴페인을 꺼내 뚜껑을 열었다. 그리고 세 개의 잔에 샴페인을 따르며 말했다.

"그럼 지부의 규정대로 화해의 건배를 나누세. 알겠나? 건배를 하고 난 뒤에는 전부 잊는 걸세. 자, 내가 먼저 왼손으로 목젖을 만지며 묻겠네. 테드 볼드윈, 자네는 왜 화를 냈나?"

볼드윈이 대답했다.

"구름이 짙게 드리웠다."

"하지만 영원히 맑게 빛나리."

"그리고 우리는 맹세한다."

두 사람이 잔을 비웠다. 그리고 볼드윈과 맥머도도 같은 의식을 치렀다. 맥긴티가 두 손을 맞잡고 말했다.

"좋았어. 이걸로 모든 일을 잊게나. 맹세를 어기면 지부의 규율에 따라 처단을 받을 것이야. 볼드윈 형제는 잘 알고 있으리라 생각하지만 이곳의 벌칙은 아주 엄하다네. 맥머도 형제도 규율을 어긴다면 잘 알게 될 걸세."

맥머도가 말했다.

"무슨 일이 있어도 규율을 지키겠습니다. 저는 화도 잘 내지만 잊기도 잘 합니다. 아일랜드인은 성격이 급하다고들 하지 않습니까? 이미 끝난 일에 대해서는 아무런 원한도 없습니다."

볼드윈은 무시무시한 두목이 눈을 번뜩이고 있었기 때문에 시무룩한 표정을 지으며 내키지 않는 듯한 악수를 했다. 그의 굳은 표정은 상대에게 조금도 화가 풀리지 않았음을 보여 주고 있었다. 맥긴티가 두 사람의 어깨를 두드렸다.

"겨우 여자 문제 때문에 이러는 건가? 여자 하나를 놓고 동료끼리 싸움을 벌이다니, 한심하군. 이건 그 여자의 결정에 따르는 수밖에 없겠어. 몸주인이 관여할 문제가 아니야. 모든 걸 하늘에 맡기게. 그것 말고도 해야 할 일은 얼마든지 있으니까. 맥머도 형제, 341지부에 입회하는 것을 허락하네. 하지만 여기에는 여기만의 관습이 있어. 시카고와는 다르다고. 토요일 밤에 모임이 있네. 이번에 거기에 참석하면 버미사 계곡을 마음대로 걸어 다니게 해 주지."

3. 버미사 341지부

숨 막히는 일들이 연속해서 일어난 다음 날, 맥머도는 제이콥 샤프터의 집에서 나와 마을 끝에 있는 과부 맥나마라 부인의 집으로 거처를 옮겼다. 열차에서 알게 된 스캔런이 버미사로 오게 되었기 때문에 둘이서 같은 하숙집에서 생활하기로 했다. 맥나마라 부인은 아일랜드 출신의 성격 느긋한 할머니였는데 쓸데없는 참견을 하지 않았고, 다른 하숙인도 없어서 비밀을 공유하는 두 사람이 살기에는 아주 적합한 곳이었다.

제이콥 샤프터는 조금 미안한 마음이 들었는지 맥머도에게 생각날 때면 식사라도 하러 오라고 말했기 때문에 에티와 계속 만날 수 있었다. 그래서 시간이 흐를수록 둘의 관계는 더욱 깊어졌다.

맥머도는 새로운 하숙으로 옮긴 뒤, 그곳이라면 가짜 돈을 만드는 주형을 꺼내도 괜찮겠다고 생각했다. 그래서 지부의 몇몇 동지들을 불러서 비밀을 지킬 것을 맹세하게 한 다음 그것을 보여 줬다. 모두 위조화폐를 주머니에 넣어 집으로 돌아갔는데 아주 정교하게 만들어졌기 때문에 아무 의심을 받지 않고 사용할 수 있었다. 동료들은 맥머도가 이렇게 훌륭한 기술을 가지고 있으면서도 부기 일을 하는 이유를 늘 궁금해했다. 맥머도는 그런 질문을 받을 때마다 확실한 직업이 없으면 경찰에게 의심을 받기 때문이라고 대답했다.

실제로 경관 하나가 벌써 그를 살펴보고 있었다. 하지만 운 좋게도 작은 소동이 일어난 덕분에 그것은 맥머도에게 아주 좋은 결과를 가져다주었다. 처음 맥긴티를 알게 된 날부터 맥머도는 거의 매일 술집으로 가서 '젊은이'들과 친분을 쌓기 시작했다. '젊은이'란 술집에 모이는 그 단체 사람들이 서로를 장난스럽게 부르는 호칭이었다. 당당한 행동과 거침없는 말솜씨 덕분에 맥머도는 그곳에서도 곧 인기를 얻었다. 그리고 싸움이 벌어지면 실로 잽싸고 멋진 솜씨로 상대를 제압해 버렸기 때문에 이 거친 자들의 존경을 한 몸에 받았다. 그런데 또 다른 한 사건이 그의 이름을 더욱 빛나게 해 주었다.

어느 날 밤, 술집이 한창 붐빌 시간에 문이 열리더니 푸른색의 수수한 광산 경찰 제복을 입고, 챙이 달린 모자를 쓴 사내가 안으로 들어섰다. 그는 철도 회사와 광산 회사에서 고용한 특수 경비대였다. 마을 경찰이 이 악당들에게 전혀 손을 못 쓰자 그 특수 경비대가 이 지역에 널리 퍼져 있는 폭력단을 단속하고 있던 것이다. 광산 경찰이 들어오자 주위가 조용해지더니 따가운 시선이 한곳으로 모였다. 하지만 미국에서는 경관과 악당이 묘한 관계로 얽혀 있었기 때문에 카운터 뒤에 서 있던 맥긴티는 조금도 놀라는 기색을 보이지 않았다. 경관이 말했다.

"아무것도 타지 않은 위스키 한 잔 주시오. 오늘 밤은 무척 춥구먼. 처음 뵙습니다, 의원님."

맥긴티가 말했다.

"새로 온 경찰 지서장이시오?"

"그렇습니다. 의원님과 마을 유지들이 이 마을의 법과 질서를 지키는 것을 도와주시리라 믿습니다. 저는 지서장 마빈입니다. 광산에서 근무하는 경찰이지요."

맥긴티가 비꼬듯 말했다.

"당신 같은 사람은 없는 게 더 나을 것 같은데, 마빈 지서장. 마을에도 경찰이 있는데 굳이 외부에서 불러올 필요가 없잖소? 당신들은 자본가들에게 고용된 도구가 아니오? 그 사람들에게 돈을 받은 당신들이 하는 일이라고는 가엾은 시민들을 몽둥이와 총으로 괴롭히는 것뿐인데."

경관이 조용하게 말했다.

"그런 논쟁은 그만두기로 하지요. 옳다고 여기는 일이 서로 다르다 할지라도 각자 자기가 옳다고 여기는 일을 하면 그만이니까요."

경관이 술잔을 비우고 밖으로 나가려 했다. 그런데 그 순간 잭 맥머도가 바로 옆에서 성난 얼굴로 앉아 있는 게 눈에 들어왔다. 경관이 상대를 머리끝에서 발끝까지 살펴보더니 말했다.

"설마, 자네! 우린 오래 전부터 알고 지내던 사이 아닌가?"

맥머도가 깜짝 놀라며 뒷걸음질 쳤다.

"댁 같은 경찰이랑 친구였던 적은 한 번도 없소만."

지서장이 빙그레 웃으며 말했다.

"전부터 알고 지내던 사이라고 해서 전부 친구라고 할 수는 없지. 자네, 시카고에서 살던 잭 맥머도지? 틀림없어. 아니라고는 못하겠지?"

맥머도가 어깨를 들썩여 보였다.

"아니라고는 하지 않겠소. 내 이름을 말했다고 해서 내가 부끄러워할 줄 아쇼?"

"하지만 부끄러워해야 할 이유는 있지 않은가?"

"뭐라고?"

맥머도가 주먹을 쥐며 외쳤다.

"그만두게, 잭. 소리친다 해도 놀라지 않으니까. 나는 이 광산으로 들어오기 전에 시카고의 경관이었다고. 시카고의 무법자들은 한눈에 알아볼 수 있지."

맥머도가 하얗게 질린 얼굴로 소리를 질렀다.

"설마 시카고 중앙 경찰서의 마빈은 아니겠지?"

"왜 아니겠나? 내가 바로 그 테디 마빈일세. 조나스 핀토가 죽은 사건은 아직도 시카고에서 명성이 자자하지."

"난 모르는 일이야."

"네가 모르는 일이라고? 그런 소리 잘도 하는군. 어쨌든 그 녀석이 죽어서 네가 살아남게 된 거야. 그 녀석이 죽지 않았다면 너는 위조화폐를 만든 죄로 철창 신세를 지고 있었을 테니까. 그 일은 잊어 주겠네. 내가 이런 말 하기는 좀 뭐하지만, 자네의 유죄를 입증할 만한 증거는 별로 없으니 말야. 그러니까 내일 당장 시카고로 돌아간다 해도 잡힐 일은 없을 거야."

"난 여기가 좋아."

"반가운 소식을 알려 줬는데 고맙다는 말도 없이 뚱한 표정을 짓는군."

"그런가? 친절하게도 알려 줘서 고맙군그래."

맥머도는 별로 고마워하는 것 같지 않은 투로 말했다.

"자네가 성실하게 살고 있는 한 나는 아무런 말도 하지 않을 걸세. 하지만 조금이라도 허튼 짓을 한다면 그때는 상황이 달라질 거야. 잘 있게나. 의원님도 안녕히 계십시오."

마빈이 술집에서 나간 순간부터 맥머도는 영웅 대접을 받았다. 멀고 먼 시카고에서 맥머도가 저지른 일에 대해서는 예전부터 알게 모르게 이야기가 흘러나오고 있었다. 그는 과장스럽게 떠들어 대는 사람들이 귀찮았는지 아무리 질문해도 그저 웃어넘기고는 했었다. 하지만 이제는 사람들도 확실히 알 수 있었다. 술집 단골들이 주위로 모여들어 그에게 악수를 청했다. 이때부터 맥머도는 유명 인사가 되었다. 원래 맥머도는 아무리 마셔도 취한 기색을 드러내지 않았다. 그러나 이날 밤에 친구 스캔런이 그를 부축해서 하숙으로 데려오지 않았다면, 영웅은 밤새도록 술집에서 알코올 공세를 받았을 것이다.

토요일 밤, 맥머도는 지부에 정식으로 소개되었다. 시카고에서 입회했으니 입회식은 따로 없으리라고 생각했다. 하지만 버미사 지부에는 회원들이 자랑거리로 여기는 특별한 의식이 있었다. 입회 희망자는 누구나 그것을 받아야만 했다. 모임은 유니언 하우스 안에 있는 커다란 방에서 열렸는데 그곳은 모임을 위해서 특별히 마련된 장소였다. 60명 정도가 모였는데 이것이 버미사의 모든 회원은 아니었다. 이 계곡에는 그 외에도 수많은 지부가 있었으며, 양쪽 산 너머의 지부에 무슨 일이 있으면 다른 지부에서 회원을 보내 해치웠다. 그 지역에서 얼굴이 알려지지 않은 무리들이 나쁜 짓을 자행해야 뒤처리가 쉬워지기 때문이었다. 이 부근 탄광 지대에 있는 지부의 회원을 전부 합치면 그 숫자는 500명이 넘었다.

넓은 회의실에 회원들이 탁자를 둘러싸고 앉았다. 한쪽 구석에 술병과 술잔이 놓인 또 다른 탁자가 있었으며 회원 중에는 벌써부터 그쪽으로 시선을 주는 사람들도 있었다. 가장 윗자리에 앉은 맥긴티는 헝클어진 검은 머리에 검은 벨벳으로 만든 챙 없는 모자를 쓰고 목깃이 위로 솟아 있는 화려한 자주색 예복을 입고 있었다. 마치 악마의 의식을 거행하는 사제처럼 보였다. 맥긴티의 좌우에는 지부의 간부들이 자리하고 있었는데 거기에는 테드 볼드윈의 잔인한 얼굴도 있었다. 사람들은 각자의 지위를 나타내는 휘장과 배지를 달고 있었다.

간부 대부분은 꽤 나이를 먹은 사람들이었지만 다른 이들은 18세에서 25세 정도로 보이는 젊은이들이었다. 그들은 간부들의 명령 하나면 무엇이든지 해치울 듯한 무리들이었다. 나이 든 간부들의 얼굴은 보기에도 흉악해 보였지만, 그 밑의 젊은 무리들은 성실하고 순진한 얼굴을 한 사람들로 도저히 살인 집단 일원이라고는 믿어지지 않을 정도였다. 하지만 이 무리들은 악행을 자랑스럽게 생각하며, 살인조차 능숙히 해내는 것으로 이름을 날리고 있는 사람을 진심으로 존경하는 젊은이들이었다. 이렇게 일그러진 성격을 가진 사람들은, 만나 본 적도 없고 자신에게 해를 끼친 적도 없는 인간을 깨끗이 해치우는 일만큼 남자답고 용감한 행동도 없다고 여겼다. 일이 끝나면 그들은 누가 마지막 일격을 가했는지를 주제로 삼아 서로 다투듯 이야기했고, 죽어 가는 사람의 비명과 고통스러워하는 모습을 흉내 내며 즐거워했다.

처음에는 아주 신중하고 은밀하게 계획을 세웠지만 최근에는 놀랄 만큼 대담하고 노골적으로 진행되었다. 왜냐하면 경찰이 실수를 거듭하는 사이에 증인으로 나서려는 사람이 없어져 얼마든지 거짓 증언자를 세울 수 있게 되었으며, 넘쳐나는 돈으로 일류 변호사를 선임하면 된다는 사실을 알았기 때문이다. 10년 동안 온갖 악행을 저질렀음에도 불구하고 단 한 명도 유죄 판결을 받지 않았다. 스카우러단에게 유일한 위험 요소가 있다면 그것은 희생자 그 자신뿐이었다. 아무리 많은 인원을 투입하고 상대의 의표를 찌른다 하더라도, 때로는 공격한 사람들이 부상을 입는 경우도 있었기 때문이다.

맥머도는 어떤 혹독한 시험이 있을 것이라는 이야기를 듣기는 했지만 아무도 그것이 무엇인지 가르쳐 주지 않았다. 우선 험상궂은 얼굴을 한 두 명의 동지가 그를 옆방으로 안내했다. 판자로 막아 놓은 벽을 통해서 회의실에서 이야기하는 소리가 희미하게 들려왔다. 한두 번 자신의 이름이 들려왔으므로 맥머도는 자신의 입회에 대한 이야기라는 사실을 알 수 있었다. 잠시 후, 가슴에 파란색과 금색 장식을 단 친위대원이 방으로 들어와 말했다.

"몸주인의 명령에 따라 몸을 묶고 눈을 가린 뒤 데려가겠다."

세 사람이 맥머도의 외투를 벗기더니 오른쪽 소매를 걷어 올리고 밧줄을 이용해 팔꿈치 위를 꽁꽁 동여맸다. 그 다음에 두꺼운 검은색 수건으로 코 윗부분까지 완전히 뒤덮어 아무것도 보이지 않게 하고는 회의실로 데려갔다. 수건 때문에 앞은 캄캄했고 무척이나 답답했다. 주변 사람들의 움직임이 느껴졌으며 말소리가 들려왔다. 드디어 맥긴티의 목소리가 두꺼운 수건을 뚫고 멀리서 희미하게 들려왔다. 그 목소리가 말했다.

"잭 맥머도, 자네는 예전부터 자유인단의 회원이었지?"

맥머도가 고개를 끄덕였다.

"시카고 29지부가 맞나?"

그가 다시 한 번 고개를 끄덕이자 맥긴티의 목소리가 들렸다.

"어두운 밤은 좋지 않다."

"그렇다, 여행하는 낯선 사람에게는."

"구름이 짙게 드리웠다."

"그렇다, 폭풍이 다가온다."

맥머도가 대답하자 몸주인이 단원들에게 물었다.

"동지들이여, 만족하는가?"

찬성의 목소리가 일제히 울려 퍼졌다. 맥긴티가 말했다.

"암호로 자네가 자유인단의 회원이라는 사실을 확인했다. 하지만 이 지역에는 나름대로의 의식이 있다는 사실을 알아야 한다. 새로운 회원이 꼭 거쳐야만 하는 의식이다. 담력 시험 같은 것이지. 지금부터 시험해도 좋겠는가?"

"그렇게 하십시오."

"각오는 돼 있겠지?"

"네."

"그럼 한 발 앞으로 나와서 그 증거를 보여라."

그 말이 떨어지자 딱딱하고 날카로운 것 두 개가 눈을 지그시 눌렀다. 이대로 앞으로 나서면 눈을 찔릴 것 같은 불안을 느꼈다. 하지만 맥머도는 용기를 내서 과감하게 한발 앞으로 나섰다. 그러자 눈을 누르고 있던 힘이 단박에 사라져 버렸다. 희미한 박수 소리가 들렸다. 맥긴티가 말했다.

"대담한 사람이군. 그렇다면 고통도 견딜 수 있는가?"

"남들만큼은 참을 수 있습니다."

맥머도가 대답했다.

"시험하라!"

갑자기 팔뚝에 격렬한 통증이 느껴졌다. 그는 간신히 고통을 참아 냈다. 너무 갑작스러운 일이라 기절할 뻔했지만 입술을 깨물고 주먹을 굳게 쥐어 간신히 참을 수 있었다. 맥머도가 말했다.

"이 정도는 아무것도 아닙니다!"

이번에는 여기저기서 큰 박수 소리가 들려왔다. 지금까지 이렇게 훌륭한 태도를 보인 입회 희망자는 처음이었다. 주위 사람들이 그의 어깨를 두드렸고 곧 수건도 벗겨졌다. 동지들이 건네는 축하의 말이 들렸다. 맥머도는 눈을 깜빡이면서 빙그레 웃어 보였다. 맥긴티가 말했다.

"맥머도 형제, 마지막으로 한마디 하겠다. 자네는 지금 비밀과 충성을 맹세했다. 만약 비밀을 어기는 날에는 그에 대한 벌로 곧 죽음을 맞이하게 될 것이다. 알겠나?"

맥머도가 대답했다.

"알겠습니다."

"그리고 어떤 상황에 놓이고 무슨 일이 닥쳐도 몸주인의 명령을 따라야 한다."

"따르겠습니다."

"좋았어. 그럼 버미사 341지부의 이름으로 입회를 승인하고 특권과 발언권을 주겠다. 스캔런 형제, 탁자 위에 술을 올려 주게. 새로 들어온 훌륭한 형제를 위해서 건배하자."

맥머도는 누군가가 가져다준 상의를 입기 전에 아직도 욱신욱신 쑤시는 오른쪽 팔을 살펴보았다. 마치 낙인이 찍힌 것처럼 원 안에 삼각형이 들어 있는 표시가 뚜렷하고 벌겋게 깊이 새겨져 있었다. 옆에 있던 두어 명이 소매를 걷어 올려 똑같은 지부의 표시가 찍혀 있는 팔뚝을 내보였다. 그중 한 사람이 말했다.

"모두 그 표시가 있다네. 하지만 표시를 받을 때 자네처럼 용감하게 견뎌낸 사람은 없었어."

"쳇, 이 정도는 아무것도 아니라고."

이렇게 말하기는 했지만 팔뚝이 후끈거리며 아팠다.

입회식이 끝난 뒤, 술이 완전히 바닥을 드러내자 지부 회의가 시작됐다. 맥머도는 시카고의 따분한 회의 말고는 몰랐기 때문에 여기서는 어떤 일이 진행되는지 귀를 기울였다. 회의를 듣던 그는 내색은 하지 않았지만 깜짝 놀라지 않을 수 없었다. 우선 맥긴티가 입을 열었다.

"첫 번째 의제는 머턴 249지부의 지역 지도자인 윈들이 보낸 편지에 관한 건이다. 읽어 보겠다."

> 친애하는 형제들
>
> 이번에 레이 앤 스터매시 회사의 주인이자 우리 지역에 살고 있는 앤드류 레이를 청소하고자 합니다. 잘 기억하고 계시리라 믿습니다만 작년 가을, 경관에 관한 건으로 형제 두 명을 파견한 적이 있으니 이번에 그에 대한 보답을 받고 싶습니다. 솜씨가 좋은 형제 두 명을 보내 주신다면 당 지부의 회계 담당인 히긴스가 모든 일을 알아서 처리할 것입니다. 그의 주소는 알고 계시리라 믿습니다. 날짜와 장소는 히긴스가 지시할 것입니다.
>
> 자유인단 지역 지도자 J. W. 윈들

"윈들은 우리의 청을 한 번도 거절한 적이 없었다. 그러니 우리도 거절할 수 없다."

맥긴티가 말을 끊고 잔혹해 보이는 탁한 눈으로 방 안을 둘러봤다.

"이 일을 하고 싶은 자가 있는가?"

몇몇 젊은이들이 손을 들었다. 몸주인이 만족스럽다는 미소를 지으며 그들의 얼굴을 보았다.

"호랑이 코맥, 우선은 너다. 저번처럼만 하면 틀림없이 성공할 거야. 그리고 윌슨, 네가 좋겠다."

"저는 권총이 없습니다."

그 지원자는 아직 스무 살도 되지 않은 소년이었다.

"넌 처음이지? 한번쯤은 손에 피도 묻혀 봐야지. 첫 출발로는 아주 좋은 일이다. 권총은 저쪽에서 준비해 뒀을 게야. 월요일에 출발하면 시간은 충분할 거다. 잘만 처리해 주면 성대한 환영식을 열어 주겠다."

"이번 일에 상금은 있습니까?"

코맥이 물었다. 땅딸막하고 잔학해 보이며 얼굴은 검은빛을 띤 젊은이로 성격도 그 얼굴만큼 난폭했기 때문에 '호랑이'라는 별명이 붙었다.

"상금에는 신경 쓰지 마라. 명예를 위해서 하는 일이다. 잘만 처리하면 2, 3달러 정도는 챙겨 주도록 하지."

월슨이 물었다.

"그 사람이 무슨 짓을 했습니까?"

"잘 들어라. 그런 것까지 네가 신경 쓸 필요는 없다. 저쪽에서 결정한 일이 아닌가? 우리와는 상관없는 일이다. 우리는 그저 부탁받은 일을 하기만 하면 되는 거야. 우리가 정한 일을 저쪽에서 말없이 해 주듯이 말이야. 마찬가지로 다음 주에는 머턴 지부의 형제 둘이 와서 이쪽 일을 해 주기로 되어 있다."

"누가 옵니까?"

누군가가 물었다.

"그런 건 묻지 않는 게 좋다. 아무것도 모르면 증언할 것도 없어지고, 그러면 귀찮은 일도 일어나지 않으니까. 일을 깨끗하게 처리해 줄 사람이 온다."

테드 볼드윈이 한마디 거들었다.

"잘됐습니다! 이 부근의 녀석들이 최근 제멋대로 날뛰고 있습니다. 얼마 전에도 탄광 조직의 우두머리인 브레이커가 우리 회원 세 명을 해고했습니다. 그 녀석에게는 예전부터 진 빚이 있습니다. 감사의 표시를 해야 합니다."

"어떻게 감사의 표시를 한다는 거지?"

맥머도가 옆에 있던 사람에게 가만히 묻자 그 사람이 큰 소리로 웃으며 말했다.

"사슴 사냥용 엽총 끝에서 튀어 나가는 것을 선물해야지. 우리 방식에 대해서 어떻게 생각하나?"

맥머도의 죄 많은 영혼은 이제 막 자신이 발을 들여놓은 타락한 조직의 정신을 충분히 이해한 듯했다.

"재미있겠군. 혈기 넘치는 젊은이들에게 아주 적합한 일이야."

주위에 있던 사람들이 그 소리를 듣고 박수를 쳤다.

"무슨 일인가?"

탁자 끝에서 검은 머리칼의 몸주인이 언성을 높였다.

"새로 들어온 회원은 우리 방식이 마음에 들었나 봅니다."

맥머도가 자리에서 일어났다.

"몸주인님, 저도 한마디 하겠습니다. 사람이 필요하다면 저를 뽑아 주십시오. 기꺼이 지부를 위해서 일하겠습니다."

커다란 박수갈채가 일었다. 새로운 태양이 지평선 너머에서 얼굴을 내민 느낌이었다. 하지만 간부 중에서는 그가 너무 나선다고 생각하는 사람도 있는 듯했다. 대머리 독수리 같은 얼굴을 하고 턱수염을 기른 모습으로 의장 옆에 앉아 있던 해러웨이라는 나이 든 비서가 말했다.

"내가 한 가지 제안하겠소. 맥머도 형제는 지부가 필요로 할 때까지 기다려 주길 바라오."

맥머도가 말했다.

"물론 지금 당장 하겠다는 말은 아닙니다. 모든 것을 지부에 맡기겠습니다."

의장이 말했다.

"자네가 나서야 할 때가 반드시 올 거야. 기꺼이 일하겠다는 자네의 마음은 잘 알았네. 이 지역에서도 훌륭한 일을 해 주리라 믿고 있어. 오늘 밤에 작은 일을 하나 처리해야 하는데 도와줬으면 하네."

"보람이 있는 일이라면 뭐든 하겠습니다."

"좋았어. 우선 오늘 밤 일을 부탁하네. 이 지역에서 우리가 어떻게 일하고 있는지 자네도 알게 될 걸세. 자세한 이야기는 나중에 하겠네. 자, 그건 그렇고……."

맥긴티가 회의 서류로 시선을 옮겼다.

"한두 가지 더 상의할 내용이 있다. 우선 회계 담당, 은행에 예치된 금액을 알고 싶은데. 짐 캐너웨이의 아내에게 돈을 지급해야 한다. 짐은 지부의 일을 하다가 목숨을 바쳤으니 그의 아내가 생활할 수 있도록 보살펴 주는 것이 우리들의 의무다."

옆에 있던 사람에 맥머도에게 알려 주었다.

"짐은 지난달에 말리 호숫가에 살고 있는 체스터 윌콕스를 죽이려다 총에 맞았어."

예금 통장을 앞에 두고 회계 담당이 대답했다.

"현재 자금은 충분합니다. 모든 회사에서 돈을 확실히 납부하고 있습니다. 맥스 린더 회사에서는 자신들에게 관여하지 말아 달라며 500달러를 냈습니다. 워커 브라더스에서는 100달러를 가져왔는데 제 판단에 따라 되돌려 보내고 다시 500달러를 가져오라고 말했습니다. 수요일까지 가져오지 않으면 그쪽의 윈치를 박살내겠습니다. 작년에도 파쇄기를 불태우고 나니 좀 고분고분해졌습니다. 그리고 서부 지구 석탄 회사는 평소와 다름없이 기부하고 있습니다. 따라서 현재로서는 어떤 비용도 지급할 수 있을 만큼 돈은 충분합니다."

한 동지가 물었다.

"아치 스윈던은 어떻게 됐습니까?"

"탄광을 팔고 도망갔네. 커다란 탄광을 소유하고 있어도 언제나 폭력단 때문에 두려움에 떨어야 한다면 차라리 뉴욕에서 청소부라도 하는 편이 낫다는 편지를 남겨 두고 떠났지. 교활하게도 편지가 우리 손에 들어오기 전에 종적을 감췄어! 이제 녀석은 두 번 다시 이 계곡에 발을 들여놓을 수 없을 거야."

이마가 넓고, 수염을 깨끗하게 깎았으며 사람 좋아 보이는 나이 든 사람이 의장의 반대편 끝 쪽에 있는 자리에서 일어났다.

"회계 담당에게 묻고 싶은 게 있습니다. 우리가 이 지역에서 내쫓은 그 사람의 광산은 누가 샀습니까?"

"모리스 형제, 그건 스테이트 앤 머턴 카운티 철도 회사가 샀네."

"그럼 작년에 똑같은 경위로 나와서 다시 팔리고 내놓은 토드맨 앤 리 광산은 누가 샀습니까?"

"같은 회사가 샀네, 모리스 형제."

"그렇다면 최근 계속해서 시장에 나온 맨슨, 슈만, 반 데어, 에트우드 제철소는요?"

"서부 길머턴 광업 회사가 전부 사들였다네."

의장이 말했다.

"모리스 형제. 누가 샀든 그게 무슨 상관인가? 어차피 여기서 가지고 나갈 수 있는 것도 아닌데."

"몸주인님, 외람된 말씀입니다만 그건 우리에게 중대한 문제입니다. 최근 10년 동안 똑같은 일들이 벌어졌습니다. 우리는 차례대로 소자본 업자들을 내쫓았습니다. 그 결과가 어떻습니까? 소자본 업자 대신 철도 회사나 제너럴 제철 같은 대기업이 진출하게 되었습니다. 그런데 대기업의 중역들은 뉴욕이나 필라델피아에 있어서 우리가 협박해도 눈 하나 꿈쩍하지 않습니다. 우리는 그 녀석들이 보낸 이곳 지부장에게 돈을 뜯어낼 수 있을 뿐이며 그것도 형편이 안 좋아지면 새로운 녀석이 교대로 들어옵니다. 그러니 잘못하면 우리가 위험해질 수도 있습니다. 소자본 업자라면 우리가 손해 볼 것은 없습니다. 그들은 돈도 힘도 없으니까요. 그러니 너무 심하게 뜯어내지만 않는다면 우리 지역에서 떠날 리가 없습니다. 하지만 대기업에서는 우리가 회사의 이익에 방해가 된다는 사실을 알면 노력과 비용을 아끼지 않고 우리를 내몰아 법정에 세우려 들 것입니다."

이 섬뜩한 이야기에 일동은 입은 다물고, 무거운 분위기에 짓눌려 어두운 얼굴로 서로를 바라보았다. 지금까지 자신들에게 두려운 적은 한 명도 없었으며, 멋대로 날뛰었기 때문에 보복이 있을지도 모른다는 생각은 전혀 해 보지도 않았다. 하지만 이 말을 들으니 아무리 난폭한 사람이라 할지라도 섬뜩함을 느끼지 않을 수 없었다. 모리스가 계속해서 말했다.

"그래서 드리는 말씀입니다. 소자본 업자를 너무 괴롭히면 안 됩니다. 녀석들을 전부 내몰아 버리면 이 모임도 힘을 잃고 결국엔 파산하게 될 겁니다."

반갑지 않은 진실은 아무에게도 환영받지 못하는 법이다. 모리스가 자리에 앉자 여기저기서 성난 목소리가 들려왔다. 맥긴티가 얼굴을 찡그리며 자리에서 일어났다.

"모리스 형제는 언제나 비관적인 소리만 늘어놓는군. 지부의 여러분들이 일치단결하면 우리에게 손을 대는 사람은 미국 어디에도 없다. 그 사실은 법정에서도 수차례 증명되었고. 대기업도 작은 회사와 마찬가지로 맞서 싸우기보다는 돈을 내는 게 더 빠르다는 사실을 알게 될 것이다. 자, 형제들이여, 오늘 회의는 이것으로 끝이다. 아직 작은 문제가 남아 있지만 그것은 해산 직전에 이야기하기로 하고 지금부터는 우정을 돈독하게 하기 위한 연회를 시작하자."

맥긴티가 검은 벨벳 모자와 예복을 벗으며 말했다.

인간은 참으로 알 수 없는 존재다. 여기에 있는 사람들은 밥 먹듯이 살인을 했고, 어떤 원한이 있는 것도 아니면서 한 가정의 가장을 비롯해 헤아릴 수 없이 많은 사람들을 살해했다. 울부짖는 아내나 가엾은 아이들을 봐도 전혀 동정심을 느끼지 않았고 후회도 하지 않았다. 그렇지만 슬픈 음악이 흘러나오자 그들도 감동했고 심지어는 눈물짓기까지 했다. 맥머도는 멋진 노래 실력을 가지고 있었다. 그에게 호감이 없던 사람조차도 그가 부르는 〈메리, 나는 계단에 앉아 있소〉나 〈앨런 강가에서〉를 듣고는 자신도 모르게 노래에 빠져들어 그에게 마음을 빼앗겼다.

이처럼 신입 회원은 단 하룻밤 만에 동료들 사이에서 인기를 얻었다. 이미 간부가 된 것이나 다를 바가 없었다. 하지만 뛰어난 회원이 되기 위해서는 인기뿐만 아니라 또 다른 재능도 갖출 필요가 있었는데, 그날 밤 맥머도는 자신이 그런 재능도 갖추고 있음을 사람들 앞에서 보여 주었다. 빈 위스키 병들이 여기저기 나뒹굴기 시작하고 얼굴이 벌겋게 달아오른 사내들이 슬슬 팔이 근질거리는 것을 느낄 무렵, 지부장이 다시 한 번 자리에서 일어나 사내들에게 외쳤다.

"형제들이여. 이 마을에 처리해야 할 녀석이 있다. 별일은 아니지만 여러분들의 몫이다. 〈헤럴드〉의 제임스 스탠저다. 녀석이 다시 우리를 욕하고 있다는 사실은 여러분도 잘 알고 있을 것이다."

여기저기서 그렇다는 소리와 욕설이 들려왔다. 맥긴티가 조끼 주머니에서 신문 조각을 꺼냈다.

"제목은 〈법과 질서〉라고 한다. 참 잘도 갖다 붙였군. 들어 봐라."

석탄과 철광의 마을을 뒤덮은 공포

이 지방에 범죄 집단이 있다는 사실을 보여 준 첫 번째 암살 사건이 일어난 지도 벌써 12년이 지났다. 그날 이후로 이와 같은 폭력 사건은 끊임없이 되풀이되었을 뿐만 아니라 더욱 기승을 부리고 있어 도저히 문명사회라고 말할 수 없는 상태가 되었다. 이런 꼴을 보기 위해 이 위대한 나라가 유럽의 공포 정치를 피해 찾아온 이방인들을 맞아들인 것일까? 우리는 그들에게 평화롭게 살 땅을 주었지만, 이제 그들은 폭력으로 우리를 지배하고 무법천지를 건설하려고 한다. 그들을 이대로 두어도 괜찮다는 말인가? 자유의 상징인 성조기가 동양의 작은 군주 국가보다 더욱 억압적인 땅에서 휘날린다고 생각하면 두려움이 차오르지 않는가? 이 일당의 정체는 이미 알려져 있다. 그들이 조직을 구성하고 있다는 사실도 누구나 알고 있다. 우리는 언제까지 참아야 하는가? 우리가 살아 있는 동안······.

"흥, 아주 죽는 소리를 하는구나!"

의장이 큰 소리로 외치더니 신문 조각을 탁자 위에 내던졌다.

"녀석이 이런 글을 썼다. 이 녀석을 어떻게 처리할지 여러분과 회의하고자 한다."

10여 명의 사내들이 외쳤다.

"죽여 버려!"

이마가 잘생겼고 깨끗하게 면도를 한 모리스 형제가 말했다.

"그 의견에는 반대입니다. 형제 여러분, 이 계곡에서 우리가 한 일들은 너무 지나친 것들입니다. 우리가 계속 이런 식으로 나간다면 시민들은 자신들을 지키기 위해서 모두 단결할 겁니다. 제임스 스탠저 노인은 이 마을과 주변 마을에서 존경을 받고 있는 인물이지요. 그의 기사는 이 계곡의 의견을 대표합니다. 만약 그가 살해당한다면 주 전체가 일어나서 우리를 파멸로 몰고 갈지도 모릅니다."

맥긴티가 거칠게 소리쳤다.

"그래? 도대체 어떻게 우리를 파멸시킨다는 거냐, 이 겁쟁이 같은 놈! 경찰의 힘으로? 경찰들의 절반은 우리에게 월급을 받고 있고 나머지 절반은 우리를 두려워한다. 아니면 재판소로 끌어들여 재판관의 힘으로? 그런 일은 이미 오래전부터 수도 없이 경험하지 않았는가? 우리는 한 번도 진 적이 없어!"

"린치 판사가 이 사건을 맡을 수도 있습니다."

모리스 형제가 말했다. 그의 말을 듣자 일제히 성난 목소리로 고함을 쳤고 맥긴티가 말했다.

"내가 이 손가락 하나만 까딱하면 돼! 그러면 200명도 넘는 조직원들이 몰려와서 이 마을을 깨끗하게 쓸어버릴 것이다."

그는 검고 두꺼운 눈썹을 찌푸리더니 갑자기 고함을 질렀다.

"이봐, 모리스 형제! 나는 얼마 전부터 자네를 눈여겨봤다. 자네는 용기가 없을 뿐만 아니라 다른 사람들의 의욕까지도 꺾으려 들고 있어. 모리스 형제, 자네 이름이 회의의 서류에 오르는 날에는 좋지 않은 일이 일어날 거야. 나는 슬슬 자네 이름을 올려야 하는 게 아닌가 싶은데."

모리스의 얼굴이 백짓장처럼 하얗게 변하더니 다리가 떨려 서 있지도 못하는지 그대로 의자에 주저앉고 말았다. 그리고 떨리는 손으로 잔을 들어 한 모금 입을 적신 뒤 대답했다.

"몸주인님, 주제넘은 말을 했다면 모두에게 사과드리겠습니다. 저는 충실한 회원입니다. 그건 잘 알고 계시리라 믿습니다. 하지만 이 지부에 무슨 일이 있어서는 안 된다는 걱정이 지나친 나머지 주제넘은 짓을 했습니다. 하지만 저는 제 판단보다 몸주인님의 판단을 훨씬 더 신뢰합니다. 앞으로 귀에 거슬리는 말은 하지 않도록 주의하겠습니다."

상대의 겸손한 말을 듣자 몸주인은 화난 얼굴을 풀었다.

"잘 알겠네, 모리스 형제. 자네에게 벌을 내리는 건 내게도 기분 좋은 일이 아니야. 하지만 내가 이 의자에 앉아 있는 한 모두가 똑같이 말하고 똑같이 행동해야 해. 자, 여러분!"

맥긴티가 다시 한 번 모두를 둘러보며 말했다.

"스탠저를 죽여서 세상을 떠들썩하게 만들면 오히려 우리가 위험해질 수도 있다. 각 신문사가 협력하고 있으니 주의 모든 신문이 경찰과 군대의 투입을 요구할 것이다. 하지만 녀석을 찍소리도 못하게 만들 수는 있겠지. 볼드윈 형제, 자네가 해 보겠는가?"

"맡겨만 주십시오!"

볼드윈이 확실하게 대답했다.

"몇 명이나 필요하지?"

"대여섯 명이면 됩니다. 그 외에 망을 볼 사람이 두 명 정도 더 필요합니다. 가워, 함께 가자. 그리고 맨슬, 스캔런, 윌라비 형제도."

"새로운 형제에게도 기회를 주기로 약속했다."

의장이 말했다. 볼드윈은 예전에 있었던 일을 잊지도, 용서하지도 않았다는 시선으로 맥머도를 바라보았다. 볼드윈이 발끈하며 말했다.

"자네도 오고 싶으면 오게. 이 정도면 충분합니다. 일은 빨리 해치우는 게 좋지요."

모두가 환성을 올렸고 술김에 노래를 부른 뒤에 해산했다. 술집은 아직도 사람으로 붐비고 있었으며 대부분의 동지들도 거기에 머물러 있었다. 일거리를 받은 사람들은 거리로 나가 두 패로 갈라서 사람들 눈에 띄지 않도록 인도를 걸어갔다. 날씨는 아주 추웠고 밤하늘에 반달이 밝게 빛나고 있었다. 높은 건물 맞은편에 있는 공터에 이르자 일행은 발걸음을 멈추고 모여 들었다. 불이 밝혀진 창과 창 사이로 '버미사 헤럴드'라는 금색 글자가 보였다. 건물 안쪽에서 인쇄기 돌아가는 소리가 들렸다.

볼드윈이 맥머도에게 말했다.

"이봐, 자네. 방해꾼이 오지 않도록 문에서 지키고 있으라고. 아서 윌라비도 여기에 남아라. 나머지는 나를 따라와. 조금도 걱정할 게 없어.

바로 이 시각에 우리가 술집에 있었다고 증언해 줄 사람이 열댓 명도 더 있으니까."

이미 시간은 자정에 가까웠다. 거리에는 집으로 돌아가는 취객 한둘만 보였을 뿐, 그 외에 사람의 모습이라고는 그림자도 보이지 않았다. 도로를 가로지른 일행은 신문사의 문을 열고 볼드윈을 선두로 해서 계단 위로 뛰어 올라갔다. 맥머도와 또 한 사람은 아래에 그대로 남아 있었다. 곧이어 위쪽 방에서 비명과 외침이 들려왔고 쿵쾅거리는 발소리와 의자가 쓰러지는 소리가 들려왔다. 잠시 후, 백발의 한 노인이 층계참으로 뛰어나왔다.

하지만 더 이상 도망치지 못하고 금세 잡혀 버렸다. 안경이 팅 하는 소리를 내며 맥머도 앞으로 굴러 떨어졌다. 쿵 하고 사람이 쓰러지는 소리가 들리더니 신음 소리가 들려왔다. 엎드린 노인 위로 대여섯 개의 몽둥이가 철썩철썩 소리를 내며 쏟아졌다. 몰매를 맞는 노인의 여윈 손발이 경련을 일으키기 시작했다. 그것을 보고 다른 사람들은 몽둥이질을 멈췄지만 볼드윈만은 잔인한 얼굴에 악마 같은 웃음을 지으며 두 손을 들어 제지하려는 노인의 머리를 힘껏 내리쳤다. 하얀 머리가 피범벅이 되었다. 볼드윈은 덮치듯 노인에게 덤벼들었고 빈틈을 발견하고는 온 힘을 실어 몽둥이를 휘둘렀다. 맥머도가 계단 위로 뛰어올라가 볼드윈을 밀쳐 내며 외쳤다.

"죽일 생각이야? 몽둥이를 버려!"

볼드윈이 놀란 듯 맥머도의 얼굴을 바라보며 소리 질렀다.

"뭐라고? 신입 주제에 방해를 해? 저리 꺼져!"

볼드윈이 몽둥이를 치켜들었지만 맥머도는 이미 뒷주머니에서 권총을 꺼내들고 있었다. 맥머도가 외쳤다.

"너야말로 꺼져! 나한테 손가락 하나라도 댔다가는 네 녀석 머리통을 날려 버릴 테다. 몸주인은 이자를 죽이지는 말라고 명령하셨다. 이렇게 때리면 죽어 버리잖아."

"맞는 말이야."

무리 중 한 명이 말하는 순간 밑에서 외치는 소리가 들려왔다.

"위험해! 우물쭈물할 시간 없어. 여기저기 창문에 불이 들어오기 시작했다. 5분도 안 돼서 사람들이 몰려올 거야!"

이미 거리에서 비명 소리가 들려왔으며 계단 밑 홀에는 몇몇 신문사 직원들이 모여 용기를 내서 반격을 가하려 하고 있었다. 정신을 잃은 늙은 편집자를 계단 위에 남겨둔 채, 폭력배들은 계단 밑으로 뛰어 내려가 거리를 따라 전속력으로 도망쳤다. 유니언 하우스에 도착하자 몇 명은 사람으로 가득한 술집으로 들어가 맥긴티에게 일을 잘 끝냈다고 알렸다. 맥머도를 포함한 다른 사람들은 골목을 통해서 길을 멀리 돌아 자신의 집으로 돌아갔다.

4. 공포의 계곡

이튿날 아침, 눈을 뜬 맥머도는 어젯밤에 있었던 입회식을 떠올리지 않을 수 없었다. 과음을 한 탓인지 머리가 지끈지끈 아팠으며 낙인을 찍힌 팔은 퉁퉁 부어올라 화끈거렸다. 그는 돈을 벌 수 있는 비밀스러운 방법이 있었기에 자주 회사를 쉬었다. 그날도 늦은 아침 식사를 마치고 오전 중에는 밖에 나가지 않고 친구에게 긴 편지를 썼다. 편지를 쓰고 나서 맥머도는 〈헤럴드〉를 훑어보았다. 마감 직전에 끼워 넣은 특별 칼럼에서 〈우리 신문사에 괴한 침입, 편집장 중상〉이라는 제목이 눈에 띄었다. 거기에는 기자보다도 맥머도가 더 잘 알고 있는 사건이 간단하게 적혀 있었다. 그 끝에 다음과 같은 성명이 실려 있었다.

이 사건은 현재 경찰이 수사하고 있지만 지금까지 좋은 결과를 기대할 만한 것은 아무것도 밝혀지지 않았다. 하지만 몇몇 범인의 얼굴을 본 목격자가 있으므로 그들이 유죄 판결을 받게 될 가능성은 있다. 이 사건은 오랫동안 이 마을을 휘젓고 다닌 악명 높은 조직과 우리 신문이 완고하게 대립한 것이 원인이 되어 일어났음이 분명하다. 편집장인 스탠저 씨는 무참하게도 몽둥이세례를 받아 머리에 중상을 입었지만 나행히 목숨에는 지장이 없다고 한다. 편집장을 알고 있는 수많은 친구들에게 무엇보다도 반가운 소식이 아닐 수 없다.

그 아래에는 윈체스터 총으로 무장한 광산 경찰대가 신문사 건물을 지키고 있다는 사실이 적혀 있었다. 맥머도가 신문을 내려놓고, 전날 밤의 과음 때문에 떨리는 손으로 파이프에 불을 붙이려 하는 순간에 문을 두드리는 소리가 들려왔다. 하숙집 여주인이 편지를 가지고 들어오며 조금 전에 어떤 사내아이가 가져왔다고 했는데 보내는 사람의 이름은 없었고, 그저 이런 말이 적혀 있을 뿐이었다.

할 말이 있지만 당신의 하숙에서 하기에는 위험하오. 밀러 힐의 깃대 옆에서 기다리고 있겠소. 바로 와 주면 고맙겠소. 당신과 내게 아주 중요한 이야기요.

깜짝 놀란 맥머도는 편지를 두 번이나 읽었다. 무슨 말을 하려는 건지 누가 보낸 건지 전혀 감을 잡을 수 없었기 때문이었다. 편지가 여자의 필적이었다면, 지금까지 수차례 경험했던 사랑의 모험이 다시 시작되는 것이라고 생각했을지도 모른다. 그러나 편지는 상당한 교육을 받은 남자의 글씨였다. 맥머도는 조금 망설였지만 일단 가서 확인해 보기로 했다.

밀러 힐은 마을 중심에 있는 공원으로, 여름에는 사람들로 붐볐지만 겨울에는 거의 사람들이 찾지 않는 적막한 곳이었다. 언덕 정상에 오르면 지저분하고 북적거리는 마을의 전경은 물론이고, 밑으로 구불구불 뻗어나간 계곡을 따라서 광산과 공장이 하얀 눈 속에 검은 점처럼 찍혀 있는 모습과 그것을 둘러싼 눈 덮인 숲이 있는 산줄기까지 한눈에 바라볼 수 있었다.

맥머도는 상록수가 울타리처럼 빽빽하게 자란 오솔길을 따라 천천히 걸어갔다. 여름에는 사람이 몰려드는 유흥지지만 지금은 인기척조차 느낄 수 없는 레스토랑이 있는 곳으로 가자 그 옆에 깃발이 달리지 않은 깃대 하나가 서 있었고 바로 그 아래에 모자를 깊이 눌러쓰고 코트 깃을 세운 사내가 서 있었다. 그는 맥머도를 향해 얼굴을 돌렸다. 바로 어젯밤 몸주인에게 야단을 맞은 모리스 형제였다. 마주선 그들은 암호를 주고받았다.

"자네에게 꼭 해 주고 싶은 말이 있다네, 맥머도. 정말 잘 왔어."

나이 많은 모리스가 마음에 걸리는 일이 있는 듯 머뭇거리며 말했다.

"어째서 편지에 이름을 쓰지 않았습니까?"

"조심해야 한다네. 어떤 일로 보복을 당할지 알 수 없으니 말일세. 믿을 만한 사람과 그렇지 못한 사람을 도무지 가려 낼 수가 없다네."

"지부의 형제라면 모두 믿을 수 있지 않습니까?"

맥머도의 말에 모리스가 내뱉듯 말했다.

"그렇지만도 않다네. 우리가 한 말, 아니 심지어는 생각한 것조차도 그 맥긴티의 귀에 들어가 버리니까."

맥머도가 강한 어조로 말했다.

"잠깐만. 당신도 알다시피 나는 바로 어제 몸주인에게 충성을 맹세했소. 지금 그 맹세를 깨라는 말이오?"

모리스가 슬픈 표정으로 말했다.

"자네가 그렇게 받아들인다면 일부러 여기까지 나오라고 해서 미안하다고 말할 수밖에 없겠군. 하지만 자유로운 시민이 자신의 생각을 말하지도 못하는 이 상황이 이상하지 않은가?"

상대를 가만히 바라보고 있던 맥머도가 조금 부드러운 태도로 말했다.

"내 입장만 생각하고 말한 모양입니다. 나는 신입이라 사정을 잘 모르니까. 할 이야기가 있다고 한 건 내가 아닙니다, 모리스 씨. 할 이야기가 있다면 들어 드리죠."

"이야기를 듣고 몸주인 맥긴티에게 고자질할 생각인가?"

맥머도가 큰 소리로 말했다

"나를 잘못 생각하고 있는 것 같소. 지부에 충성을 다할 생각이기 때문에 그것을 솔직하게 말한 것일 뿐이오. 하지만 당신이 비밀스럽게 한 이야기를 다른 사람에게 전할 정도로 막돼먹은 놈은 아닙니다. 미리 말해 두겠는데, 아무에게도 말하지 않겠지만 그렇다고 해서 꼭 당신을 돕는다거나 당신 편이 될 거라는 보장도 없소."

모리스가 말했다.

"절대로 그런 걸 바라는 건 아니라네. 이 말을 하고 나면 나는 자네에게 목숨을 맡긴 꼴이 되고 말아. 하지만 자네가 아무리 나쁜 사람이라고 할지라도 자네는 이제 막 가입한 사람이니 다른 사람들처럼 양심을 잃지는 않았을 걸세. 다만 어제 본 대로라면 자네도 머지않아서 더할 나위 없이 나쁜 사람이 될 것 같기는 하지만. 어쨌든 그래서 자네하고 이야기를 하고 싶었다네."

"그래, 무슨 이야기를 하고 싶다는 거요?"

"만약 배신하면 천벌을 받을 거야."

"아무한테도 이야기하지 않겠다고 말했잖소."

"그럼 한 가지 물어보겠네. 자네가 시카고의 자유인단에 가입하며 우애와 충성을 맹세할 때, 그 때문에 죄를 짓게 될 수도 있다는 생각을 했는가?"

"그걸 죄라고 부른다면."

모리스는 격렬한 감정에 휩싸여 목소리를 떨었다.

"죄라고 부른다면? 그럼 그게 죄가 되지 않는단 말인가? 자네는 아직 아무것도 모르기 때문에 그런 소리를 하는 걸세. 어젯밤, 자네 아버지와 같은 연배의 노인을 백발에 피가 묻을 정도로 때렸는데 그게 죄가 아니라고? 그게 죄가 아니라면 대체 뭐라고 해야 하는가?"

"투쟁이라고 말하는 사람도 있소. 두 개의 계급이 전력을 기울여서 벌이는 투쟁. 양쪽 모두 필사적으로 싸우고 있는 거요."

"그럼 자네는 시카고에서 가입할 때부터 그렇게 생각하고 있었나?"

"아니, 솔직하게 말하자면 그렇게는 생각지 않았소."

"내가 필라델피아에서 입회했을 때도 그런 생각은 꿈에도 하지 않았어. 그저 서로 돕고 친구 사이에 우정을 쌓는 모임이라고만 생각했지. 그러다가 이곳에 관한 이야기를 들었지. 아, 그때 듣지 않았다면 얼마나 좋았을까? 나를 좀 더 성장시키려고 이곳에 왔어. 어림도 없는 일이지! 아내와 세 아이들도 함께 데리고 왔다네. 시장에 포목점을 냈는데 장사가 잘 됐지. 그런데 얼마 지나지 않아서 내가 자유인단 회원이라는 사실이 알려졌다네. 그래서 어제 당신처럼 억지로 이 지부에 들어가게 되었지. 이 팔뚝에는 그 부끄러운 낙인이 찍혀 있고 마음에는 더욱 지울 수 없는 낙인이 찍혀 있다네. 문득 나를 되돌아보니 나는 나쁜 녀석의 명령에 따라서 죄를 저질러 버렸더군. 이제 어쩌면 좋겠는가? 일을 잘 풀어 보려고 무슨 말을 하면 어젯밤처럼 배신자라는 말을 듣게 되네. 전 재산을 가게에 쏟아 부었기 때문에 도망갈 수도 없어. 이 조직에서 도망치면 틀림없이 난 저들에게 죽임을 면치 못할 길세. 아내와 아이들에게도 무슨 일이 일어날지 알 수 없고. 이 무슨 끔찍한 일이란 말인가?"

모리스가 두 손으로 얼굴을 감싸 쥐고 몸을 떨며 흐느꼈다. 맥머도는 어깨를 한번 들썩이더니 말했다.

"당신은 마음이 너무 여리군요. 이런 일에는 어울리지 않아요."

"나는 양심도 있었고 신앙도 있었다네. 그런데 그 녀석들 때문에 범죄자가 되어 버렸어. 선택받아서 일을 한 적도 있지. 그걸 거부하면 어떻게 될지 아주 잘 알고 있었어. 비겁하게 보일지도 모르지만 아내와 아이들 때문에 어쩔 수가 없었다네. 어쨌든 나는 일에 나섰지. 그 일은 평생 나를 따라다니며 괴롭힐 걸세.

여기서 산을 넘어 30킬로미터 정도 떨어진 곳에 집이 하나 있었다네. 나한테는 어제 자네처럼 밖에서 망을 보라고 하더군. 날 믿지 못해서 그랬던 거야. 다른 사람들은 안으로 들어갔네. 밖으로 나온 그들은 모두 손목까지 뻘겋게 물들어 있었어. 집 안에서 아이들이 울부짖는 소리가 도망가는 우리 뒤를 쫓아왔다네. 다섯 살짜리 아이였지. 그 아이 앞에서 아버지를 죽인 거야. 나는 너무 무서워서 기절할 뻔했다네. 하지만 아무렇지도 않은 것처럼 보이기 위해서 억지로 웃음을 지어야만 했지. 그렇게 하지 않으면 녀석들은 다음에 우리 집에서 손에 피를 묻혀서 나올 테고, 아버지가 죽는 모습을 보고 울부짖는 아이는 우리 프레드가 될 거라는 사실을 잘 알고 있었으니까.

하지만 그 일 때문에 나도 범죄자가 되어 버렸다네. 이 세상에서도, 저 세상에서도 결코 용서받지 못할 살인의 공범자가 됐지. 나는 가톨릭 신자인데, 신부는 내가 스카우러단이라는 사실을 알고 나서부터 나와 말도 하려 들지 않네. 파문이라는 뜻이지. 자네도 지금 같은 길을 가려는 걸세. 대체 어쩔 생각인가? 자네는 피도 눈물도 없는 살인자가 되려는 건가? 그렇게 되지 않는 방법은 없는 걸까?"

맥머도가 느닷없이 물었다.

"당신이라면 어떻게 하겠소? 경찰에 밀고라도 할 거요?"

"어림없는 소리! 그런 건 생각만 해도 죽음이야."

모리스가 외치자 맥머도가 말했다.

"그럼 어쩔 수 없지요. 당신은 마음이 너무 여려요. 그리고 일을 너무 크게 생각하고 있소."

"크게 생각한다고? 여기서 조금만 더 살아 보면 모든 것을 알게 될 걸세. 계곡을 한번 보게나. 수백 개의 굴뚝에서 나오는 연기가 계곡을 덮고 있어. 하지만 사람들 머리 위를 뒤덮고 있는 살인의 검은 구름은 그것보다 훨씬 더 어둡고 뿌옇다네. 여기는 공포의 계곡, 죽음의 계곡일세. 해가 떨어지고 나서 이튿날 아침까지 사람들은 언제나 두려움에 떤다네. 두고 보게나. 곧 모든 걸 알게 될 거야."

맥머도가 쌀쌀맞게 대답했다.

"그럼, 좀 더 살펴본 뒤에 내 생각을 말하겠소. 하지만 당신은 이곳과 어울리지 않는다는 것만은 틀림없는 사실 같소. 1달러에 파는 물건을 10센트에 팔더라도 빨리 가게의 물건을 처분하시오. 목숨과는 바꿀 수 없을 테니. 당신이 한 말은 아무에게도 말하지 않겠소. 하지만 설마 당신이 밀고하는 일은 없겠지?"

모리스가 슬픈 표정으로 외쳤다.

"그런 짓을 할 리가 있겠나?"

"그렇소? 그럼 됐어요. 당신의 말은 잘 기억해 두겠소. 언젠가 되새겨야 할 때가 올지도 모르니까. 나에게 친절을 베풀려는 마음에서 이런 말을 해 주었다고 받아들이겠소. 그럼 슬슬 가 볼까?"

"돌아가기 전에 한 가지만 더 말해 주겠네. 우리 둘이 있는 모습을 누군가 봤을지도 몰라. 그렇다면 우리가 무슨 말을 했는지 알고 싶어 할 걸세."

"맞아. 그럴 수도 있겠군요."

"내가 자네에게 우리 가게 점원으로 일해 달라고 부탁했다고 하겠네."

"그럼 나는 그 부탁을 거절했다고 둘러대면 되겠군. 그럼 잘 가시오, 모리스 형제. 앞으로 일이 더 잘 풀리기를 빌겠소."

그날 오후 맥머도가 하숙집 난로 앞에 앉아서 담배를 피우며 생각에 잠겨 있는데 갑자기 문이 열리더니 맥긴티가 커다란 몸으로 문을 가득 메우며 모습을 드러냈다. 맥긴티는 암호를 주고받더니 젊은이의 앞에 앉아서 가만히 그를 바라보았다. 맥머도도 지지 않고 맥긴티를 바라봤다.

드디어 맥긴티가 입을 열었다.

"내가 다른 사람의 집을 방문하는 것은 아주 드문 일이야, 맥머도 형제. 손님을 맞기에도 너무 바쁘기 때문이지. 하지만 오늘은 일부러 시간을 내서 자네를 만나러 왔네."

"일부러 찾아오시다니 정말 영광입니다, 의원님."

맥머도가 진심으로 말하면서 장식장에 있는 위스키 병을 집어 들었다.

"정말 생각지도 못했던 명예를 얻게 되었습니다."

두목이 말했다.

"팔은 좀 어떤가?"

맥머도가 얼굴을 찡그렸다.

"아직 다 낫지는 않았습니다. 하지만 보람은 느낍니다."

"그래, 보람이 있을 거야. 모임에 충실하고 끝까지 임무를 수행하며 모임을 위해서 일하겠다고 생각하는 자에게는 말이야. 자네, 오늘 아침에 밀러 힐에서 모리스 형제와 무슨 이야기를 했나?"

너무나도 갑작스러운 질문이었지만 미리 답을 마련해 두어서 다행이었다. 맥머도가 크게 웃으며 말했다.

"모리스는 제가 이 방에만 있어도 먹고살 수 있다는 사실을 몰랐나 봅니다. 저와는 비교도 할 수 없을 정도로 정직한 사람이니 알 리가 없겠죠. 어쨌든 그는 정말 사람이 좋더군요. 제가 하는 일 없이 놀고 있다고 생각했는지 친절하게도 자기 가게의 점원으로 일하지 않겠느냐고 물었습니다."

"뭐야, 그런 이야기를 했나?"

"네."

"그래서 거절했나?"

"당연하지요. 이 방에서 네 시간만 일하면 그보다 10배는 더 벌 수 있으니까요."

"그야 그렇지. 어쨌든 모리스와는 너무 친하게 지내지 않는 편이 좋을 거야."

"왜요?"

"내가 그러라면 그러는 거야. 이 지역 사람들은 대부분 그렇게 말하면 알아듣네."

맥머도가 거침없이 말했다.

"대부분의 사람들이 알아듣는다 해도 저는 모르겠습니다, 의원님. 사람 보는 눈이 있으니 그 정도는 아실 테죠?"

피부가 거무스레하고 몸집이 커다란 사내가 맥머도를 노려보며, 마치 머리를 향해 집어 던지기라도 하겠다는 듯이 털이 수북한 손으로 컵을 쥐었다. 그러더니 갑자기 호걸처럼 커다란 소리로 웃으며 말했다.

"자네 정말 대단하군. 이유를 듣고 싶다니 말해 주지. 모리스가 지부에 대해서 나쁘게 말하지 않던가?"

"아뇨."

"내 험담도?"

"네, 그런 말도 하지 않았습니다."

"녀석이 자네를 완전히 믿지는 않는 게로구먼. 사실 그는 충실한 형제가 아닐세. 그런 건 오래 전부터 알고 있었어. 그래서 가만히 지켜보면서 녀석을 혼내 줄 때가 오기를 기다리고 있지. 곧 그때가 올 걸세. 우리 지부에 비겁한 겁쟁이는 필요 없어. 그런 녀석과 어울리면 자네마저 구더기 같은 취급을 받게 될 거야. 알겠나?"

맥머도가 대답했다.

"그런 녀석과 어울리다니 말도 안 됩니다. 저는 그자가 영 마음에 들지 않아요. 게다가 의원님이 저까지 구더기니 뭐니 했는데, 만약 다른 사람이었다면 그냥 넘어가지는 않았을 겁니다."

맥긴티가 잔을 비우며 말했다.

"좋았어. 그럼 됐네. 상황이 나빠지기 전에 한마디 해 주려고 찾아온 걸세. 무슨 말인지 알겠지?"

맥머도가 맥긴티에게 물었다.

"한 가지 묻고 싶은 게 있습니다. 제가 모리스와 이야기했다는 사실을 어떻게 아셨습니까?"

맥긴티가 웃으며 대답했다.

"이 고장에서 무슨 일이 있었는지 파악하는 게 내 일이야. 무슨 일이든 내 귀에 들어온다고 생각하고 있는 편이 좋을 거야. 이제 슬슬 가 봐야 겠네. 그럼……."

생각지도 못한 일이 벌어졌기 때문에 맥긴티는 작별 인사를 끝맺지 못했다. 갑자기 커다란 소리와 함께 문이 열리더니 경관 모자를 쓴 사내 셋이 살벌한 표정으로 두 사람을 노려보았다. 맥머도가 벌떡 일어나 권총을 뽑으려 했지만 원체스터 총 두 정이 자신의 머리를 노리고 있다는 사실을 깨닫고 손을 중간에서 멈췄다. 제복을 입은 사내가 6연발 권총을

들고 방 안으로 들어왔다. 전 시카고 경찰이었다가 지금은 광산 경찰의 지서장을 맡고 있는 마빈이었다. 그는 희미하게 웃는 얼굴로 맥머도를 바라보며 고개를 저었다.

"사고를 칠 줄 알고 있었다, 시카고의 악당 맥머도. 이제 좀 적당히 할 때도 되지 않았나? 자, 모자를 쓰고 따라오게."

그러자 맥긴티가 끼어들었다.

"지금 일에 대해서 책임질 수 있나, 마빈 지서장? 다짜고짜 남의 집에 들어와서 법률을 지키는 선량한 시민을 협박하다니. 대체 뭘 어쩌자는 건지 들려주겠나?"

"맥긴티 의원님은 물러나 계시지요. 우리는 당신이 아니라 맥머도에게 볼일이 있어서 왔으니까요. 당신이 할 일은 우리를 방해하는 것이 아니라 돕는 것일 듯합니다."

"이 사람은 내 친구야. 이 사람이 한 일에 대해서는 내가 전부 책임을 지겠네."

"맥긴티 씨, 당신은 당신이 한 일에 대해서 책임을 져야 합니다. 이 맥머도란 사람은 여기 오기 전부터 범죄를 일삼고 있었는데 아직도 그 버릇을 고치지 못한 듯합니다. 이봐, 권총을 빼앗을 테니 이 녀석을 잘 겨누고 있으라고."

그때 맥머도가 차분하게 입을 열었다.

"내 권총은 여기 있소, 마빈. 단둘이 마주쳤다면 이렇게 쉽게 잡히지는 않았을 거요."

맥머도의 말이 끝나자 맥긴티는 으름장을 놓았다.

"체포 영장은 어디 있지? 제길! 너 같은 녀석이 경관으로 있는 한, 버미사보다는 러시아가 더 살기 좋은 곳일 거야. 이거야 완전히 자본가의 천국이로군. 가만두지 않을 테니 잘 기억해 두라고."

"의원님, 당신은 당신이 옳다고 여기는 일에 최선을 다하기만 하면 그 만입니다. 우리는 우리 일을 하겠습니다."

맥머도가 지서장에게 물었다.

"내가 무슨 일을 했다고 이러는 거지?"

〈헤럴드〉 신문사에서 편집장인 스탠저를 폭행하지 않았나? 살인죄가 아닌 걸 그나마 다행으로 알라고."

맥긴티가 웃으며 말했다.

"뭐야, 그 일로 그러는 거요? 그렇다면 다 헛수고니 지금 당장 그만두 시오. 이 사람은 밤새도록 술집에서 나랑 포커를 쳤으니까. 증인이라면 열댓 명도 데리고 올 수 있소."

"그건 내가 알 바 아닙니다. 내일 법정에서 시비를 가릴 테니까요. 자 맥머도, 이리 오라고. 이 개머리판으로 머리를 맞고 싶지 않으면 조용히 따라와. 맥긴티 씨, 옆으로 조금만 비켜 주십시오. 말해 두지만, 방해하 면 용납하지 않겠습니다."

지서장의 단호한 태도에 맥머도와 두목은 저항할 수 없었다. 맥긴티는 끌려가는 맥머도에게 간신히 한두 마디 속삭일 수 있었다.

"그건 괜찮은가?"

맥긴티는 엄지손가락을 세워 위조화폐 제조기를 암시했다.

"괜찮습니다."

맥머도가 속삭였다. 제조기는 이미 마룻바닥 밑에 안전하게 숨겨 두었 다. 악수하며 두목이 말했다.

"그럼, 힘내게. 레일리 변호사를 만나 잘 처리해 달라고 부탁할 테니. 유죄를 선고받을 리가 없으니 걱정하지 말게."

"의원님, 과연 그럴까요? 이봐, 자네 둘이서 이자를 잘 감시하고 있으라고. 쓸데없는 짓을 하면 쏴 죽여도 상관없네. 가기 전에 우선 이 방을 살펴봐야겠어."

마빈이 방 안을 샅샅이 뒤졌지만 위조화폐 제조기는 찾아내지 못했다. 곧 마빈은 두 부하와 함께 맥머도를 본서까지 연행했다. 이미 해가 저물었고 눈보라가 휘몰아치고 있었으므로 거리에는 사람의 모습이 거의 보이지 않았다. 그래도 구경꾼 두엇이 뒤를 따라오며 어둠에 의지해서 맥머도에게 큰 소리로 욕을 퍼부었다.

"스카우러단 녀석 같은 건 때려 죽여야 해! 때려 죽여라!"

맥머도가 경찰서로 끌려가는 모습을 보며 구경꾼들은 그를 한껏 비웃어 주었다. 맥머도는 담당 경찰로부터 간단하고 형식적인 조사를 받은 뒤 유치장에 들어갔다. 맥머도와 마찬가지로 볼드윈을 비롯해서 어젯밤 행동을 같이한 동지 3명이 잡혀 와 다음 날에 열릴 재판을 기다리고 있었다. 하지만 이 법률의 요새 안에도 자유인단의 손길은 뻗쳐 있었다. 밤늦게 침대용 지푸라기를 실은 수레를 끌고 온 간수가 그 속에 위스키 두 병과 잔 몇 개 그리고 카드까지 숨겨 온 것이다. 그 덕분에 그들은 다음 날의 재판은 깨끗하게 잊고 즐거운 하룻밤을 보낼 수 있었다.

결과를 보면 알 수 있듯이 처음부터 걱정할 필요가 없었다. 치안판사는 사건을 상위 재판소에 보낼 만큼의 증거를 모으지 못했다. 그리고 신문사 직원들도 협박을 받았는지, 전등이 어두웠고 자신들도 경황이 없었기 때문에 이 중에 범인이 있다고는 생각하지만 누구인지 정확히 가릴 자신이 없다고 했다. 그리고 맥긴티가 고용한 최고 변호사의 반대 심문을 받자 그들은 모두 할 말을 잃고 말았다.

이미 증언을 마친 피해자도 너무 갑작스럽게 당했기 때문에 처음에 자신을 가격한 사람이 콧수염을 기르고 있었다는 것밖에는 기억하지 못했다. 단, 틀림없이 스카우러단이 습격했을 거라는 말을 덧붙였다. 그 단체 말고는 원한을 살 곳이 없으며, 신문 사설을 통해 공격을 했다는 이유로 스카우러단에게 평소에도 협박을 받았다고 했다. 시의 유지인 맥긴티 의원을 비롯한 6명의 시민들이 입을 모아 증언하기를, 피고들은 신문사가 습격을 받은 때보다 훨씬 늦은 시각까지 유니언 하우스에서 트럼프를 치고 있었다고 했다.

이렇게 해서 피고들은 재판관으로부터 폐를 끼쳐서 미안하다는 사과까지 듣고 석방되었다. 반대로 마빈 지서장과 그 부하들은 직무에 열중한 나머지 너무 지나치게 처리했다며 에둘러 질책을 받았다. 판결이 끝나자 맥머도의 동료들로 가득 찬 방청석에서 커다란 박수갈채가 쏟아졌다. 지부의 동지들이 크게 기뻐하며 손을 흔들었다. 하지만 입술을 씹으며 약간 고개를 숙인 채 피고석에서 한 줄로 빠져나가는 피고들을 바라보는 사람들이 있었다. 그중 검은 수염을 기른 조그만 체구의 사내가 석방된 피고들이 앞으로 지나가는 것을 바라보며 자신들이 품고 있는 생각을 그대로 내뱉듯 말했다.

"이 살인마들! 어디 두고 보자고!"

5. 암흑의 나날

　체포되었다가 석방되고 나자 조직 안에서 잭 맥머도의 인기는 더욱 높아졌다. 지부에 입회한 날 밤에 치안판사 앞으로 끌려 나갈 만한 짓을 해치운 사람은 지부가 생긴 이래 그가 처음이었다. 이미 그 전부터 맥머도는 유쾌하고 활달하며 재밌는 친구로 인기를 얻고 있었으며 모욕을 당하면 비록 상대가 두목이라 할지라도 거침없이 덤벼드는 대담함으로 좋은 평판을 얻고 있었다. 게다가 이번 일을 겪고 나자, 동료들은 일을 이처럼 교묘하고 대담하게 해치울 수 있는 담력과 실력을 가진 자는 맥머도밖에 없다는 인상을 받았다. 나이 든 무리들은 '깨끗이 쓸어 버리는 데 녀석처럼 적합한 인물도 없다.'고 말하며 맥머도에게 일을 시킬 기회가 오기만을 기다렸다.

　맥긴티도 헤아릴 수도 없이 많은 부하를 거느렸지만 맥머도만큼 확실한 사람은 없을 것이라고 생각했다. 사나운 사냥개를 기르고 있는 느낌이었다. 작은 일들은 조그만 개들에게 맡기고 언젠가는 이 개를 풀어서 커다란 사냥감을 뒤쫓게 해야겠다는 생각을 하게 되었다. 볼드윈을 포함해서 지부의 회원 중 몇 명은 이 굴러들어온 돌이 눈부신 성과를 올리는 것을 그다지 좋게 보지 않았으며 심지어는 원한을 품기도 했다. 그렇지만 맥머도는 싸움을 무척 잘했으므로 그의 곁에 다가가려 하지는 않았다.

  동료들 사이에서는 인기를 얻었지만 맥머도에게 훨씬 더 중요한 다른 곳에서는 완전히 인기가 떨어지고 말았다. 에티의 아버지는 더 이상 맥머도를 만나려 하지 않았으며 집에 들이지도 않았다. 에티는 그를 사랑하고 있었기 때문에 포기하지는 않았기만 범죄자와 결혼을 하면 앞길이 어떻게 될지 모른다는 걱정을 하게 되었다.

  어느 날 아침, 잠 못 드는 밤을 보낸 에티는 맥머도를 만나야겠다고 생각했다. 어쩌면 이게 마지막이 될지도 몰랐지만 그녀는 맥머도가 빠져들고 있는 악의 구덩이에서 그를 꺼내 오기로 결심했다. 에티는 맥머도가 진작부터 몇 번이고 놀러 오라며 알려 준 하숙집을 처음으로 찾아갔다. 거실로 들어서니 맥머도는 문 쪽으로 등을 돌린 채 탁자 앞에 앉아서 편지를 쓰고 있었다. 아직 열아홉 살에 불과한 에티는 불현듯 어린아이처럼 장난을 치고 싶어졌다. 맥머도는 아직도 그녀가 들어왔다는 사실을 눈치채지 못했다. 에티는 발끝으로 살금살금 다가가서 가만히 그의 어깨에 손을 얹었다.

  맥머도를 놀래는 데는 성공했다. 그 대신 에티도 맥머도가 놀란 것만큼 매우 놀라지 않을 수 없었다. 맥머도는 뒤돌아보더니 마치 호랑이가 먹이를 덮치듯 단번에 오른손으로 에티의 목을 잡았고, 동시에 왼손으로 이제 막 쓰기 시작한 편지를 움켜쥐었다. 그리고 순간적으로 분노에 불타오르는 시선으로 자리에서 일어섰다. 그렇게 몸이 오그라드는 난폭한 표정은 태어나서 처음이었다. 에티는 자신도 모르게 뒷걸음질 쳤다. 그러나 맥머도의 얼굴에서 그 표정은 곧 사라지고 놀람과 기쁨이 떠올랐다. 맥머도가 이마의 땀을 훔치며 말했다.

"당신이었군! 사랑스러운 당신이 왔는데 목을 잡고 맞이하다니! 자, 이리 와요. 보상을 해 줄 테니."

맥머도가 두 손을 내밀었다. 하지만 에티는 한순간 맥머도의 얼굴이 죄책감과 공포로 굳어지는 모습을 놓치지 않았다. 여자의 본능으로 그것은 단순히 놀라서 지은 표정이 아니라는 사실을 알 수 있었다. 그것은 죄책감이었다. 분명히 죄책감에서 오는 공포였다. 에티가 큰 소리로 말했다.

"왜 그래요, 잭? 왜 그렇게 나를 두려워한 거죠? 잭, 양심의 가책을 느끼지 않는다면 나를 그런 얼굴로 보지는 않았을 거예요."

"아, 잠깐 다른 생각을 하고 있었소. 그런데 당신이 마치 요정처럼 살며시 나타나서……."

"아니, 아니에요. 그게 아니에요. 맞아요, 쓰고 있던 편지를 보여 줘요."

에티는 갑자기 의심이 들었다.

"에티, 그건 안 돼요."

의심이 확신으로 변했다. 에티가 소리 높여 말했다.

"다른 여자에게 편지를 썼던 거죠? 틀림없어요. 그게 아니라면 왜 나한테 숨기려 들겠어요? 아내에게 쓰고 있었던 건가요? 당신이 결혼하지 않았다는 증거는 하나도 없잖아요. 누가 알겠어요? 당신은 외지에서 왔는데."

"에티, 나는 결혼하지 않았소. 맹세할 수 있어요. 내게 여자는 오직 당신밖에 없소. 그리스도의 십자가에 걸고 맹세하오."

얼굴이 새하얗게 질릴 정도로 진지하게 이야기했기 때문에 에티도 믿지 않을 수가 없었다. 그녀가 외쳤다.

"그럼 왜 편지를 안 보여 주는 거죠?"

맥머도가 말했다.

"그건 누구에게도 보여 주지 않겠다고 맹세했기 때문이오. 당신에게 한 맹세를 어기지 않는 것처럼 다른 사람에게 한 맹세도 어기고 싶지는 않아요. 이건 지부의 일이니까 당신에게도 비밀로 할 수밖에 없다오. 어깨를 두드렸을 때 그렇게 놀란 것도 형사에게 들켰을지도 모른다고 생각해서 그랬던 거요."

에티는 그의 말이 거짓이 아닐 것이라는 생각이 들었다. 맥머도는 에티를 안아 키스로 공포와 의심을 씻어 주었다.

"여기에 앉아요. 여왕님을 맞기에는 초라하지만 그래도 가난한 당신의 애인이 줄 수 있는 최고의 의자라오. 조금만 더 기다리면 훨씬 더 멋진 자리에 앉게 해 줄게요. 이젠 기분이 좀 풀리셨나?"

"잭, 그 정도로 내 기분이 좋아질 거라고 생각했나요? 당신이 소문난 악당이라는 소문을 들었어요. 어제 하숙하고 있는 사람 중 한 명이, 언제 당신이 살인죄로 체포되었다는 이야기를 들을지 모른다고 말했어요. 마치 칼로 가슴을 후벼 내는 느낌이었어요."

"제멋대로 떠들라고 내버려 둬요."

"하지만 사실이 아닌가요?"

"당신이 생각하고 있는 것만큼 그렇게 나쁘지만도 않아요. 우리는 나름대로 가난한 사람들의 권리를 지키려 하는 거요."

에티가 연인의 목을 감아 안았다.

"잭, 이제 그만둬요! 부탁이에요. 나를 위해서라도 그만둬요! 당신에게 그걸 부탁하려고 오늘 여기에 왔어요. 잭, 부탁이니 그만둬요. 무릎 꿇고

빌게요. 내 소원이에요."

맥머도가 에티를 안아 일으켜 머리를 자신의 가슴에 끌어안고 쓰다듬
어 주었다.

"에티, 당신의 부탁이라도 그것만은 들어줄 수 없어요. 그만둔다는 건
맹세를 어기고 동료들을 배반하는 일이라오. 내 입장에서 생각해 보면
그렇게 어려운 부탁은 못 할걸. 그리고 그만두고 싶다 해도 어떻게 그만
두어야 하는 거요? 지부에서 비밀을 알고 있는 사람을 그렇게 간단히 그
만두게 할 리가 없어요."

"그 문제라면 잭, 좋은 계획이 있어요. 아버지가 모아 놓은 돈이 조금

있어요. 아버지도 이런 나쁜 무리들이 판치고 있는 곳에서 더 이상 살기 싫대요. 다른 곳으로 가고 싶어 한다고요. 뉴욕이나 필라델피아로 함께 도망가요. 거기라면 안전할 거예요.”

맥머도가 웃으며 말했다.

“지부의 손길이 닿지 않는 곳은 없어요. 뉴욕이나 필라델피아도 마찬가지요.”

“그럼 서부나 영국, 아니면 아버지의 고향인 독일로 도망가면 되잖아요. 이 공포의 계곡에서 나갈 수만 있다면 어디든 상관없어요.”

맥머도는 나이 든 모리스 형제를 떠올리며 말했다.

“이 계곡을 그렇게 부르는 사람은 당신이 두 번째요. 우리 조직이 어떤 사람들의 머리 위에는 아주 무거운 구름을 드리우고 있나 보군.”

“맞아요. 하루하루가 암흑이에요. 테드 볼드윈이 우리를 정말로 용서했다고 생각해요? 그는 당신을 두려워하고 있을 뿐이에요. 그렇지 않았다면 우린 무슨 일을 당했을지 몰라요. 나를 볼 때의 그 기분 나쁜 눈빛, 음흉한 눈빛을 보면 금방 알 수 있어요.”

“쓰레기 같은 놈! 다음에 또 그러면 그때는 가만두지 않겠어. 에티, 나는 여기를 떠나서는 안 돼요. 그럴 수는 없다오. 그것만은 확실하게 말해두겠소. 하지만 모든 것을 내게 맡겨 준다면 당당하게 나갈 수 있는 방법을 찾아내고 말겠소.”

“이런 일에 당당함 따위는 없어요.”

“글쎄, 그건 아가씨 생각이고. 어쨌든 6개월만 기다려 줘요. 그러면 누구에게도 부끄럽지 않게 여기서 나갈 수 있도록 하겠소.”

에티가 기쁘다는 듯 웃었다.

“6개월이요! 무슨 방법이 있나요?”

"아니, 7개월이나 8개월쯤 걸릴지도 몰라요. 하지만 늦어도 1년 안에 우리는 이 계곡에서 나갈 수 있게 될 거요."

에티도 더 이상은 어떻게 해 볼 도리가 없었다. 하지만 이것만으로도 온 보람이 있었다. 캄캄하던 눈앞에 멀리서 희미한 빛이 비치는 느낌이었다. 에티는 잭 맥머도를 알게 된 이후 처음으로 안도감을 느끼면서 아버지의 집으로 돌아왔다.

맥머도는 처음에 지부의 일원이 되면 조직의 모든 것을 알게 되리라고 생각했다. 그러나 곧 전체 조직은 일개 지부보다도 훨씬 더 크고 복잡하다는 사실을 발견했다. 대장 맥긴티조차도 모르는 일이 헤아릴 수도 없이 많았다. 왜냐하면 기차로 조금 내려간 곳에 위치한 홉슨 패치에 몇 개의 지부를 장악하고 있는 군 위원장이라는 관리가 살고 있었는데 언제 어떤 명령을 내릴지 알 수 없었기 때문이었다. 맥머도도 그 사람을 본 적이 있었다. 회색 머리카락을 가졌고 몸집은 자그마한데 아주 교활해 보이는 사내였다. 그의 이름은 에번스 포트로, 살금살금 걸어 다니며 악의에 가득 찬 눈으로 사람을 흘겨보곤 했다. 풍채 좋은 버미사의 두목조차도 이 사내 앞에서는 어쩔 줄을 몰랐다. 맥긴티는 포트에게 거구의 당통4)이 체구는 작아도 난폭했던 로베스피에르5)에게 느꼈을 반발과 공포라는 감정을 품었다.

어느 날, 같은 하숙집에서 살고 있는 스캔런에게 맥긴티가 보낸 편지가 도착했다. 그 안에는 에번스 포트가 보내는 편지도 함께 들어 있었다. 편지에는 '롤러와 앤드류라는 솜씨 좋은 부하 두 명을 버미사 근처로 보

---

4) Georges Jacques Danton(1759~1794). 프랑스 혁명 때의 정치가. 자코뱅파의 지도자로 혁명 재판소를 설치하고 왕당파를 처형하였으나, 로베스피에르의 독재에 반대하다가 처형되었다.
5) Maximilien de Robespierre(1758~1794). 프랑스 혁명 때의 정치가. 자코뱅파의 지도자로, 1793년 6월에 독재 체제를 수립하여 공포 정치를 행하였다. 그러나 1794년, 테르미도르의 쿠데타로 실각하고 처형되었다.

내겠다. 버미사의 몸주인은 일을 마무리 지을 때까지 그들이 묵을 숙소와 그 외의 것들을 준비해 주기 바란다. 자유인단을 위해 일의 내용은 자세히 언급하지 않겠다.'라는 내용이 쓰여 있었다. 맥긴티는 여기에 더해서 '유니언 하우스에서는 사람들의 눈에 띄기 때문에 머물게 할 수 없으니 맥머도와 스캔런의 하숙집에서 며칠 머물게 해 달라.'고 부탁하는 말도 덧붙여 놓았다.

그날 밤, 각각 가방을 하나씩 든 사내 둘이 하숙으로 찾아왔다. 롤러는 얼굴은 교활해 보였지만 과묵한 중년 사내였다. 백발이 섞인 수염을 덥수룩하게 길렀으며 검정색 낡은 프록코트에 펠트 모자를 쓰고 있었는데 어딘지 순회 목사 같은 느낌을 풍겼다. 반면 앤드류는 아직 어린애라고 불러도 좋을 정도로 젊고 착해 보였는데 호탕한 성격으로 마치 휴가를 얻어 놀러 온 사람처럼 즐거워했다. 두 사람 모두 술은 전혀 마시지 않았으며 그 외의 모든 점에서도 모범적인 시민이라는 느낌을 주었다. 그러나 사실 그들은 살인 집단 중에서도 가장 유능한 살인마였다. 지금까지 롤러는 14회, 앤드류는 3회에 걸쳐서 사람을 죽였다. 맥머도는 그 둘이 그동안의 일을 숨기기는커녕 자랑스럽게 이야기한다는 사실을 깨달았다. 마치 사회를 위해서 자신을 버리고 좋은 일을 한 사람들처럼, 조금은 부끄러워하면서도 자랑스럽게 이야기했다. 그러나 앞으로 어떤 일을 하는지에 대해서는 입을 굳게 다물었다.

롤러가 말했다.

"우리가 선택된 것은 술을 한 방울도 마시지 않기 때문이지. 술에 취해서 자신도 모르게 쓸데없는 말을 하게 될 염려가 없으니까. 기분 나쁘게 생각하지는 말게. 군 위원회의 명령에 따라서 아무 말 하지 않는 걸세."

"기분 나쁘게 생각하다니요? 우린 모두 형제가 아닙니까?"

네 사람이 저녁 식사를 위해서 식탁에 둘러 앉았을 때 스캔런이 말했다.

"맞네. 지난 일이라면 찰리 윌리엄스나 사이먼 버드를 해치운 것을 비롯해서 얼마든지 이야기해 줄 수 있지. 하지만 이번 일은 마무리 지을 때까지 한 마디도 할 수가 없다네."

맥머도가 분노에 찬 목소리로 말했다.

"이 마을에 잠깐 손을 봐 주고 싶은 녀석들이 대여섯 명 있소. 혹시 아이론 힐의 잭 녹스를 노리는 게 아니오? 그 녀석이 응분의 대가를 치르는 거라면 나도 꼭 가서 보고 싶은데."

"아니, 그 녀석은 아직 아니오."

"그럼 헤르만 슈트라우스?"

"아니, 그 녀석도 아니야."

"말할 수 없다면 억지로 물어볼 수는 없지만, 그래도 한 번 들어 보고 싶은걸."

롤러는 웃으며 고래를 옆으로 흔들었다. 결국 그들에게서는 아무 말도 듣지 못했다. 두 손님은 입을 다물었지만, 맥머도와 스캔런은 하다못해 그들이 '재미있는 일'이라고 하는 것을 지켜봤으면 좋겠다고 생각했다. 그러던 어느 날, 맥머도는 아침 일찍 두 손님이 발소리를 죽여서 계단을 내려가는 소리를 들었다. 그는 스캔런을 깨운 뒤 서둘러 옷을 입었다. 옷을 입고 내려가 보니 손님들은 이미 밖으로 나간 뒤였고, 현관문은 활짝 열려 있었다. 아직 동이 트기 전이었지만 가로등 불빛 아래로 두 사람이 저 멀리 길을 따라 걸어가는 모습이 보였다. 맥머도는 깊이 쌓인 눈을 밟을 때 소리가 나지 않도록 조심하면서 가만히 두 사람의 뒤를 밟았다.

하숙은 마을 어귀와 가까운 곳에 위치하고 있었기 때문에 두 손님은 곧 마을 밖에 있는 교차로에 다다랐다. 거기서 남자 셋이 그들을 기다리고 있었고 한동안 그들과 진지하게 이야기를 나누더니 다섯이 하나가 되어 걷기 시작했다. 사람의 손이 많이 필요한 큰일임에 틀림이 없었다. 이 교차로를 기점으로해서, 여기저기 널려 있는 탄광으로 가는 좁다란 길이 여러 갈래로 갈라졌다. 사내들이 선택한 길은 크로우 힐 탄광으로 가는 길이었다. 이 탄광은 조시아 H. 던이라는 뉴잉글랜드 출생의 아주 건장하고 용감한 소장이 운영하는 곳이었다. 그 소장 덕분에 공포가 오랫동안 지배해 온 이 마을에서도 그곳은 평화와 규율을 지키고 있었다.

동이 트기 시작하자 노동자들이 줄을 지어 검은 길을 올라가기 시작했다. 맥머도와 스캔런은 그 노동자들 틈에 껴서 앞서 가는 다섯 사내를 놓치지 않고 뒤따라갔다. 주위는 온통 짙은 안개로 둘러싸여 있었는데 그 안개 속에서 갑자기 기적 소리가 들려왔다. 그날의 일을 시작하기 위해 광부들을 내려 보내는 첫 승강기가 운행되기 10분 전이라는 것을 알리는 신호였다.

갱 입구 옆에 있는 광장에 도착하자 100명 정도 되는 광부들이 추위에 발을 구르기도 하고 손에 입김을 불어넣기도 하면서 기다리고 있었다. 다섯 사내는 기관실 뒤에서 한 무리가 되어 서 있었다. 스캔런과 맥머도는 광석 잿더미 위로 올라갔다. 그러자 주위가 한눈에 들어왔다. 스코틀랜드 출신으로 턱수염을 기른 멘지스라는 거구의 기사가 기관실에서 나와 승강기를 내리라는 신호로 휘파람을 불었다.

그와 동시에 수염을 깨끗하게 깎고 성실한 얼굴을 한, 키 크고 빈약해 보이는 젊은 남자가 서둘러 갱구 쪽으로 갔다. 젊은 남자는 갱구로 가는 도중에 기관실 뒤에 숨어 있던 사내들을 발견했다. 모두 모자를 깊숙이 눌러쓰고 있었으며 옷깃을 올려 얼굴을 가리고 있었다. 그 순간, 이 젊은 소장은 본능적으로 죽음을 예감하고 심장이 얼어붙는 듯했다. 하지만 곧 그런 마음을 떨쳐 버리고 책임감에 불타서 이상한 사내들이 있는 곳으로 다가갔다. 소장이 앞으로 다가서며 물었다.

"당신들 누구요? 여기서 뭐하는 거요?"

대답은 없었다. 젊은 앤드류가 앞으로 나서더니 갑자기 소장의 배를 향해 총을 한 발 쏘았다. 기다리고 있던 수많은 광부들은 완전히 넋을 잃고 어쩔 줄 몰라 하며 마치 몸이 얼어붙기라도 한 듯 멍하니 서 있기만 했다. 소장은 맞은 곳을 두 손으로 누르고 몸을 앞으로 숙인 채 비틀비틀 도망가려 했다. 하지만 살인자들 속에서 다시 한 발이 발사되자 광석 잿더미 옆에 쓰러져 손발을 버둥거렸다. 스코틀랜드 출신의 멘지스는 그 광경을 보고 커다란 고함을 지르며 스패너를 들고 살인자들을 향해서 돌진했다. 하지만 얼굴에 두 발의 총알을 맞고 털썩 쓰러져 더 이상 움직이지 않았다.

광부 중에는 살인자들 주위로 모여들어서 동정인지 분노인지 모를 소리를 외치는 자도 있었다. 하지만 살인자들 중 두 명이 광부들의 머리 위로 6연발 총을 계속해서 쏴 대자 뿔뿔이 흩어져서 걸음아 나 살려라 하며 버미사에 있는 집으로 도망쳐 버렸다. 용기가 있는 두어 명의 광부가 도망가는 사람들을 불러 세워 광구 쪽으로 되돌아왔지만 그때 살인자들은 이미 아침 안개 속으로 사라진 뒤였다. 100명이나 되는 사람들 앞에서 두 사람을 죽인 살인범의 인상을 증언할 수 있는 사람은 아무도 없었다.

스캔런과 맥머도는 왔던 길로 되돌아갔다. 스캔런은 어딘지 기운이 없어 보였다. 그가 처음으로 본 살인 현장은 그동안 생각했던 것만큼 재미가 없었다. 살해된 소장의 부인이 내지르는 끔찍한 비명이 마을로 서둘러 돌아가는 두 사람의 귀에 들러붙어 떨어지지 않았다. 맥머도는 무엇인가를 깊이 생각하며 입을 다문 채 아무 말도 없었고, 마음이 약해진 동료를 위로하려는 모습은 전혀 없었다.

맥머도는 같은 말을 되풀이했다.

"그래, 이건 전쟁과 같은 거야. 녀석들과는 전쟁을 벌일 수밖에 없어. 빈틈을 노렸다가 공격해야 해."

그날 밤, 유니언 하우스의 사무실에서는 성대한 잔치가 열렸다. 크로우 힐 탄광의 소장과 기사를 죽여서 드디어 그 회사도 다른 회사와 마찬가지로 공포에 질려 고분고분 말을 듣도록 했을 뿐만 아니라, 버미사 지부가 멀리 떨어진 지역에 가서 승리를 거두기도 했기 때문이다.

군 위원장은 부하 다섯을 보내 버미사의 일을 처리하게 했고, 버미사에서도 그에 대한 보답으로 길머턴 지구에서 가장 인기 있는 광산 주인인 스테이크 로열의 윌리엄 헤일스를 살해할 솜씨 좋은 세 명을 조용히 보내 달라고 요구했다. 이 헤일스라는 사람은 모든 면에서 모범적인 광산주였기 때문에 이 세상에 그의 적이 될 만한 사람은 아무도 없다는 소리를 들을 정도였다. 하지만 일의 능률을 올리는 것에서만큼은 아주 엄격해서 술고래와 게으름뱅이를 해고했다. 그런데 마침 그 사람이 자유인단회원이었던 것이다. 그 탓에 집의 현관 앞에 관이 그려진 그림이 나붙었는데 그런 협박을 받고서도 헤일스는 자신의 뜻을 굽히지 않았다. 그래서 자유로운 문명국에 살면서도 살해당하게 될 운명에 처한 것이었다.

헤일스의 처형은 예정대로 실행되었다. 몸주인 옆의 명예로운 자리에 떡 버티고 앉은 테드 볼드윈이 그 일의 책임자였다. 얼굴이 시뻘겋고 눈에 핏발이 서 있는 것은 습격 때문에 잠을 자지 못한 데다 술도 많이 마셨기 때문이었다. 볼드윈은 부하 둘을 데리고 갔고, 어제는 숲 속에서 밤을 보냈다. 머리는 헝클어져 있었으며, 옷은 비바람에 완전히 더러워져 있었다. 하지만 이 결사대는 전례 없는 성대한 환영을 받았다.

습격 당시의 이야기는 몇 번이고 반복되었으며 그때마다 환호성과 커다란 갈채가 쏟아졌다. 어두워지고 나서 상대가 마차로 돌아가는 길에 매복한 세 사람은 마차가 어쩔 수 없이 속도를 줄여야 하는 험한 언덕 위에 자리를 잡았다. 희생된 사람은 추위를 막기 위해 모피를 입고 있었기 때문에 권총을 뽑아들지 못했다. 일당은 그 사람을 마차에서 끌어내려 몇 발이나 총을 쏴 댔다. 그는 자비를 구하며 소리 질렀다. 지부 사람들을 재미있게 하기 위해 그 비명소리는 몇 번이고 반복해 울려 퍼졌다.

일당 중 단 한 사람도 그가 어떤 사람인지 알지 못했다. 그럼에도 불구하고 살인은 언제나 극적인 재미가 있었다. 게다가 이렇게 해서 길머턴의 스카우러단에게 버미사의 지부가 도움이 된다는 사실을 보여 준 것이다.

한 가지, 생각지도 못했던 일이 있었다. 이미 숨이 끊어진 시체를 향해서 몇 발의 총을 쏘아 대고 있을 때, 어떤 부부가 마차를 타고 지나갔다.

둘을 모두 죽여 버리자는 사람도 있었다. 그러나 그들은 광산과 관계가 없었고 별 피해를 줄 것 같지도 않았으므로, 다른 사람에게 말하면 험한 꼴을 보게 될 것이라고 잔뜩 겁을 준 뒤 그대로 살려 보냈다. 피투성이가 된 시체는 인정머리 없는 광산주들에게 경고를 보낸다는 의미에서 그 자리에 그대로 내버려 두었다. 그리고 자랑스러운 복수자들은 서둘러 숲 속으로 몸을 숨겼다. 그 산은 용광로와 광석 잿더미가 쌓여 있는 버려진 들판과 연결되어 있었다.

스카우러단에게는 정말 멋진 하루였다. 계곡을 둘러싼 그림자는 더욱 짙어졌다. 하지만 현명한 장군은 승산이 있으면 패배한 적이 전열을 가다듬을 틈을 주지 않고 끝까지 몰아붙여 더욱 커다란 승리를 거두는 법이다. 맥긴티 역시 잔인한 눈으로 이런저런 작전을 생각하며 자신을 거스르는 무리들에게 다시 한 번 일격을 가할 계획을 세웠다. 그날 밤, 모여 있던 무리들이 돌아가기 시작할 때쯤 맥긴티가 맥머도의 팔을 잡아끌고 둘이 처음 만났을 때 들어갔던 안쪽 방으로 데리고 갔다.

맥긴티가 말했다.

"이보게, 잘 들어 보게나. 드디어 자네에게 알맞은 일이 생겼다네. 자네가 하는 거야."

맥머도가 대답했다.

"그것 참 영광입니다."

"맨더스와 레일리를 데리고 가게. 두 사람에게는 우선 일이 있다고만 말해 두었네. 상대는 체스터 윌콕스일세. 그 녀석 문제를 해결하지 못하면 이 계곡은 안전하지 않아. 그 녀석을 해치우면 탄광지대의 모든 지부가 우리에게 고마워할 걸세."

"최선을 다하겠습니다. 그런데 그는 어떤 사람이고 어디에 살고 있습니까?"

맥긴티가 언제나 질경질경 씹고 다니는 담배를 입에서 떼더니 수첩을 찢어 약도를 그리기 시작했다.

"아이언 다이크 회사의 현장 감독이라네. 군대에서는 군기를 호위하는 하사관으로 있었고, 꽤 사나운 영감이지. 온몸에 흉터가 있고 머리에는 백발이 섞여 있네. 지금까지 두 번 시도를 했지만 지독하게 운이 좋은 사내라네. 짐 캐너웨이도 그 녀석에게 당했지. 이게 녀석의 집일세. 아이언 다이크 교차로에 외따로 떨어져 있는 집이야. 지도를 보면 알겠지만 누군가 소리를 들을 염려는 없네. 하지만 낮에 해서는 안 돼. 녀석은 권총을 지니고 다니는 데다가 수상하다고 생각하면 물어보지도 않고 먼저 총을 쏜다네. 아주 빠르고 정확한 솜씨를 가지고 있어. 밤에는 녀석의 아내와 아이 셋, 그리고 하녀 하나가 있네. 그러니 녀석만 죽일 수는 없으니 모두 한꺼번에 해치우라고. 현관에 폭탄을 설치해 놓고 도화선을 끌어다가……."

"그 녀석은 무슨 짓을 했습니까?"

"짐 캐너웨이를 쏴 죽였다고 말하지 않았나?"

"왜 쏴 죽인 거죠?"

"그런 건 알아서 어디에 쓰려고? 캐너웨이가 밤에 녀석의 집에 들어가려던 참에 갑자기 총을 쐈다네. 이만큼 이야기하면 충분하겠지? 그 뒤처리를 자네를 해 줬으면 하네."

"여자 둘에 아이가 셋 있다고요? 전부 해치웁니까?"

"하는 수 없지. 달리 방법이 있는가?"

"그 사람들은 아무 짓도 안 했으니 조금 가엾다는 생각이 들어서요."

"무슨 소리인가? 겁먹은 건가?"

"잠깐, 의원님, 진정하십시오. 몸주인님의 명령에 제가 겁을 먹은 것처럼 행동한 적이 있습니까? 그런 뜻으로 말한 게 아닙니다. 옳든 그르든 결정을 내리는 것은 의원님이니까요."

"그럼 하겠다는 건가?"

"당연히 하고말고요."

"언제 할 건가?"

"글쎄요, 하루나 이틀 밤 정도 시간을 주십시오. 그 집을 둘러보고 확실하게 계획을 짜야 하니까요. 그리고 나서……."

맥긴티가 맥머도의 손을 굳게 쥐며 말했다.

"좋았어. 모든 걸 자네에게 맡기겠네. 좋은 소식을 기다리지. 그때는 성대한 잔치를 열겠네. 이 마지막 일격을 가하면 모두 우리 앞에 무릎을 꿇게 될 걸세."

맥머도는 갑자기 떨어진 이 임무에 대해서 오랫동안 곰곰이 생각해 보았다. 체스터 윌콕스가 사는 외딴집은 8킬로미터 정도 떨어진 근처 계곡에 있었다. 맥머도는 그날 밤에 정찰을 나갔다가 날이 밝아서야 집으로 돌아왔다. 이튿날, 그는 두 부하인 맨더스와 레일리를 만났다. 둘 다 혈기왕성한 젊은이로 마치 사슴 사냥이라도 나가는 사람처럼 기대에 부풀어 있었다. 그로부터 이틀이 지난 밤, 셋은 마을 어귀에서 만났다. 모두 권총을 소지하고 있었으며 한 명은 암석을 폭파할 때 쓰는 다이너마이트가 든 자루를 가지고 있었다. 외딴 집에 도착한 것은 새벽 2시가 조금 넘어서였다. 강한 바람이 부는 밤이었다. 밝은 달 표면 위로 구름 한 조각이 빠른 속도로 지나가고 있었다. 사전에 사냥개를 조심하라는 소리를 들었기 때문에 권총의 공이치기를 뒤로 젖힌 채 조심스럽게 다가 갔다. 바람이 지나가는 소리를 빼면 아무런 소리도 들리지 않았으며, 머리 위에서 흔들리는 나뭇가지 외에 움직이는 것은 아무것도 없었다.

맥머도가 현관에 귀를 갖다 댔다. 집 안은 쥐 죽은 듯 고요했다. 그는 다이너마이트를 문 앞에 설치한 뒤 칼로 구멍을 뚫어서 도화선을 연결했다. 그리고 불을 붙인 뒤 두 부하와 함께 서둘러 그 자리에서 빠져나와 조금 떨어진 곳에 있는 웅덩이에 몸을 숨겼다. 그 순간 귀를 찢는 폭발음이 들리더니 집이 단번에 무너져 내렸다. 대성공이었다. 지부의 피비린내 나는 역사에서도 이것보다 더 인상 깊게 완성된 임무는 없었다.

하지만 안타깝게도 이처럼 대담하고 치밀하게 계획되어, 이렇게 멋지게 성공한 일이 결국에는 아무런 도움도 되지 않는 헛수고가 되어 버리고 말았다! 여기저기서 수많은 희생자가 나오고 있다는 사실에 경계심이 발동한 윌콕스는, 자신의 신변이 위태로움을 알고 사건이 벌어지기 하루 전에 가족과 함께 경찰대가 지키는 안전하고 은밀한 장소로 거처를 옮겼던 것이다. 즉, 폭약으로 날려 버린 것은 빈집이었으며 완고하기 짝이 없는 전직 하사관은 여전히 아이언 다이크에서 광부들을 엄격하게 감시하고 있었다.

맥머도가 말했다.

"녀석은 내게 맡겨 주십시오. 이렇게 된 이상 1년을 기다리더라도 반드시 그를 죽여 버리고 말겠습니다."

지부는 맥머도의 노고를 치하한 뒤에 그를 신뢰한다느 표시로서, 당분간은 이 일을 언급하지 않겠다고 만장일치로 결정했다. 그로부터 몇 주 뒤에 신문에 윌콕스가 매복해 있던 자에게 사살되었다는 보도가 실렸다. 그러자 모든 사람들이 맥머도가 드디어 자신에게 부여된 임무를 수행했다는 사실을 알게 되었다.

자유인단과 스카우러단은 이런 식으로 움직이고 있었다. 이렇게 해서 이 풍요로운 땅을 공포로 지배하며 오랫동안 사람들을 신음하게 하고 두려움에 떨게 했다. 이 이상 녀석들의 죄를 나열해서 이 책의 페이지를 더럽힐 필요가 있을까? 녀석들의 성품과 그들의 수법에 대해서는 지금까지 기록한 것만으로도 충분할 것이다.

그들이 저지른 수많은 행위는 역사에도 적혀 있으며 기록으로도 남아 있으니 더욱 자세히 읽어 볼 수도 있을 것이다. 거기에는 용감하게도 두 회원을 체포한 헌트와 에번스라는 두 경관이 사살된 사건이 기록되어 있다. 그것은 버미사 지부가 계획한 사건으로, 무장하지 않은 두 사람을 계획적으로 냉혹하게 살해한 범죄였다. 그리고 맥긴티의 지령으로 집단 폭행을 당해 초주검이 된 남편을 간병하던 라비 부인이 사살된 사건도 적혀 있다. 젠킨스 형제가 차례로 살해된 사건, 제임스 머독이 토막 나 살해당한 사건, 스텝하우스 일가의 집이 폭파된 사건, 스텐달 일가 몰살 사건 등은 전부 같은 해 겨울에 차례대로 일어난 사건들이었다.

공포의 계곡은 짙고 무거운 어둠에 갇혀 있었다. 봄이 찾아와 계곡의 흐름이 거세지고 나무에는 온갖 꽃들이 피기 시작했다. 오랫동안 눈에 갇혀 있던 자연에는 희망의 빛이 찾아 들었다. 하지만 공포의 멍에를 쓴 채 간신히 버티고 있는 이 지역 사람들에게는 아무런 희망도 없었다. 1875년 초여름만큼 사람들 머리 위에 드리운 암운이 두껍고 절망적인 때는 없었다.

6. 위기

공포의 지배는 정점에 달해 있었다. 맥머도는 이미 몸주인 맥긴티의 보좌 역할을 수행하게 되었으며, 어느 틈엔가 모두가 그를 맥긴티의 후계자라고 여기게 되었다. 이제 맥머도는 회의석상에 없어서는 안 될 인물이었으며 그의 도움과 조언 없이는 아무 일도 처리할 수 없을 지경이었다. 하지만 동료들 사이에서 인기가 올라갈수록, 그가 버미사 거리를 걸을 때면 더 많은 사람들이 원한에 찬 찌푸린 얼굴로 그를 바라보게 되었다. 시민들은 공포에 몸을 떨면서도 용기를 내어 압제자에 맞서려 했다. 〈헤럴드〉 신문사에서 비밀리에 모임이 열렸으며 선량한 시민들에게도 권총이 지급되었다는 소문이 지부원들의 귀에도 들어왔다. 그러나 맥긴티와 부하들은 그런 소문에 콧방귀도 끼지 않았다. 지부원들의 숫자도 많은 데다 그들이 훨씬 더 대담하고, 무기도 충분히 가지고 있기 때문이었다. 적에게는 구심점이 없었고 힘도 없었다. 따라서 예전에도 그랬듯이 소문으로 끝나 버리든가 아니면 기껏해야 두어 명이 체포되는 선에서 일이 마무리 될 것이 분명했다. 맥긴티, 맥머도, 그리고 가장 겁 없는 자들은 모두 그렇게 생각했다.

5월의 어느 토요일 저녁이었다. 토요일에는 지부 모임이 있었으므로 맥머도는 거기에 참석하려고 막 하숙집을 나서던 참이었다. 그때 지부에서 겁쟁이라고 불리는 모리스 형제가 그를 찾아왔다. 마음고생을 심하게 했는지 이마에 주름이 잡혔으며 온화하던 얼굴은 어둡고 수척하게 여위어 있었다.

"맥머도, 오늘은 자네와 흉금을 털어놓고 이야기해 보고 싶네."

"그렇게 하시죠."

"나는 아직도 기억하고 있어. 전에 자네에게 내 진심을 털어놓았을 때, 몸주인이 직접 나서서 자네에게 물었는데도 아무 말도 하지 않았다는 사실을 말이야."

"나를 믿고 속마음을 털어놓았는데 그것을 배신할 수는 없지 않소? 당신의 의견에 동의해서 그랬던 건 아니오."

"그건 나도 잘 알고 있다네. 그래도 마음 놓고 속내를 털어놓을 수 있는 건 자네밖에 없어. 나는 여기에 비밀을 간직하고 있다네."

모리스가 자신의 가슴에 손을 얹고 말을 이었다.

"그것 때문에 속이 타들어 가는 듯해. 내가 아닌 조직의 다른 사람이 들었으면 좋았을 텐데. 이야기를 하면 분명히 또 한 사람은 죽음을 맞이하게 될 거야. 그렇다고 말하지 않으면 우리가 몰살당할 거고. 아, 주여, 어쩌면 좋단 말입니까?"

맥머도는 진지한 얼굴로 모리스를 바라보았다. 그는 온몸을 부들부들 떨고 있었다. 맥머도가 술잔에 위스키를 따라 주었다.

"이럴 땐 이게 최고요. 무슨 이야기인지 한번 들어 보지요."

모리스는 위스키를 마셨다. 창백했던 얼굴이
발그스름하게 변했다.

"한 마디면 되네. 어떤 탐정이 우리를
노리고 있어."

맥머도가 깜짝 놀라 상대의
얼굴을 바라보며 말했다.

"뭐라고? 당신 미친 거 아니
오? 여기는 언제나 경관과 탐정
들이 우글대지 않소? 하지만 아
무 일도 일어나지 않아요."

"아니, 아닐세. 이번에는 이
지역 사람들과는 좀 달라. 이 지역
사람들이야 뻔하지. 그들은 아무것도
못 해. 하지만 자네도 핑커턴 탐정사
무소[6]의 소문은 들어 봤겠지?"

"이름은 어디서 읽어 본 적이 있는 것 같소만."

"거짓말이 아니야. 그들에게 걸리면 달아날 길이 없네. 이곳에서 대충
일을 처리하는 공무원들과는 근본적으로 다르지. 어떤 일이든 필사적으
로 달려들어서 처리한다네. 핑커턴 녀석들이 마음먹고 덤벼든다면 우리
는 전멸하고 말 거야."

"죽여 버리면 그만이오."

"그렇게 나올 줄 알았네. 지부 사람들도 모두 그렇게 말하겠지. 그래서

---

6) 스코틀랜드 출신의 미국 탐정 앨런 핑커턴(1819~1884)이 만든 탐정사무소. 링컨 대통령의 암살을 막는 등 실
제로 여러 가지 활약을 펼쳤다.

또 살인이 벌어질 거라고 말한 걸세."

"살인이 뭐 어쨌다는 거요? 이 부근에서는 아주 흔히 일어나는 일 아니오?"

"그야 그렇지만 나는 살인을 부추기는 짓은 할 수 없네. 평생 후회하며 살게 될 테니까. 하지만 말을 하지 않으면 내 목이 위험하고. 대체 어쩌면 좋단 말인가?"

모리스는 어떻게 해야 좋을지 모르겠다는 듯 괴로움을 견디지 못하고 몸을 앞뒤로 크게 흔들었다. 맥머도 역시 모리스의 말에 마음이 흔들렸다. 두 사람 모두 위험이 닥쳤으며 어떻게든 손을 써야겠다고 생각했다. 맥머도는 모리스의 어깨를 잡고 힘껏 흔들었다. 너무 흥분한 나머지 맥머도는 새된 소리로 말했다.

"이봐요, 잘 들어요! 남편을 잃은 할머니도 아니고 울상만 짓고 있어 봤자 아무런 도움도 안 돼요. 모든 일을 사실대로 확실하게 들려주시오. 어떤 녀석이지? 지금 어디 있소? 그 녀석에 대한 이야기는 어디서 들은 거요? 왜 내게 말하러 왔소?"

"왜냐니? 내가 터놓고 이야기할 수 있는 건 자네밖에 없다고 하지 않았는가? 예전에 이야기한 것 같은데 나는 이곳에 오기 전에 동부에서 가게를 하고 있었네. 거기에는 좋은 친구들이 많았어. 그중에 전신국에서 근무하는 사람이 있는데 어제 그 사람이 보낸 편지를 받았다네. 여기, 이 페이지의 윗부분을 읽어 보게."

거기에는 다음과 같은 내용이 적혀 있었다.

그곳 스카우러단의 움직임은 어떻습니까? 그들에 관한 이야기가 신문에 자주 등장합니다. 이건 비밀인데, 머지않아 당신에게서 재미있는 소식을 들을 수 있을 것 같습니다. 대기업 다섯 곳과 철도 회사 두 곳이 이 문제를 진지하게 생각하기 시작했습니다. 그들이 본격적으로 움직였으니 틀림없이 성공할 것입니다. 상당히 깊게 관여하는 듯합니다. 핑커턴 탐정 사무소가 이 일을 맡았는데 거기에서 가장 실력이 좋다는 버디 에드워즈가 파견되어 움직인다고 합니다. 이번에야말로 그 악당들은 완전히 소탕되고 말 것입니다.

"추신 부분도 읽어 주게나."

물론 이 일은 업무상 알게 된 것으로 더 이상은 나도 잘 모릅니다. 매일 수많은 전보를 취급하고 있지만 암호가 많아서 무슨 내용인지는 잘 모르겠습니다.

맥머도가 한동안 가만히 입을 다문 채 힘없이 두 손으로 편지를 쥐고 있었다. 안개가 걷히고 보니 눈앞에 깊은 늪이 입을 떡 벌리고 있는 느낌이었다. 맥머도가 말했다.

"우리 말고 이 사실을 알고 있는 자가 또 있소?"

"아니, 아무에게도 말하지 않았네."

"하지만 이 편지를 보낸 친구가 다른 친구에게도 편지를 보내지 않았겠소?"

"그렇군. 한두 명 정도 아는 사람이 있을 거야."

"우리 지부에?"

"아마 그럴지도 모르지."

"당신 친구가 버디 에드워즈의 인상착의를 알려 주지 않았을까 해서 물어보는 거요. 어떻게 생겼는지 알면 녀석을 찾아낼 수 있으니까."

"그건 그렇지만, 이 친구도 에드워즈는 모를 거야. 업무상 알게 된 소식을 내게 전해 준 것에 불과하니까. 그 친구가 어떻게 핑커턴 사무소의 탐정을 직접 알고 있겠나?"

맥머도가 느닷없이 힘차게 외쳤다.

"그도 그렇군! 그런 쓸데없는 질문을 하다니, 나도 참 한심해! 하지만 이건 엄청난 행운이야! 녀석들이 덮치기 전에 우리가 먼저 쓸어버리면 되니까. 모든 일을 내게 맡기지 않겠소, 모리스 형제?"

"내 어깨에 지워진 무거운 짐을 벗겨 주기만 한다면 그보다 더 좋은 일도 없겠지."

"그렇게 하지요. 당신은 구경만 하고 있으면 됩니다. 내가 전부 알아서 처리하겠소. 당신의 이름도 밝혀지지 않을 거고. 이 편지도 내가 받은 것으로 할 테니 전부 내게 맡겨요. 그렇게 하면 되겠지?"

"그게 바로 내가 바라던 바일세."

"자, 그럼 그렇게 하기로 하고 당신은 전부 잊어 주시오. 나는 이제 지부로 가겠소. 핑커턴 녀석들이 바로 울상을 짓게 만들어 주지!"

"설마 죽이려는 건 아니겠지?"

"그런 건 묻지 않는 편이 속도 편하고 잠도 더 잘 오지 않겠소? 이제 더 이상 아무것도 묻지 말고 어떻게 흘러가는지 지켜보기나 하시오. 내가 일을 맡았으니."

모리스가 슬픈 표정으로 머리를 흔들더니 돌아가려다 말고 신음처럼 내뱉었다.

"손이 피로 더러워진 느낌일세."

맥머도가 빙그레 웃으며 말했다.

"자기 방어는 살인이 아니오. 상대를 죽이지 못하면 내가 죽어 버리니까. 그런 녀석을 이 계곡에서 함부로 날뛰게 내버려 두면 우리가 한 명도 남김없이 당하고 마오. 모리스 형제, 당신이 지부를 구했으니 다음 번 몸주인은 당신이 되어야겠군요."

말투와는 달리 맥머도의 행동을 보면 그가 이 새로운 적의 침입을 아주 심각하게 생각한다는 사실을 알 수 있었다. 양심의 가책을 느껴서인지, 핑커턴 탐정사무소의 명성을 두려워하기 때문인지, 그도 아니면 재정이 든든한 대기업에서 스카우러단을 쓸어버리려 움직이기 시작했다는 사실을 들어서인지 그 이유는 불분명했다. 그러나 어떤 이유건 간에, 맥머도는 최악의 상황을 대비하기 시작했다. 하숙집을 나서기 전에 증거가 될 만한 것은 전부 불태워 버리고 홀가분한 마음으로 긴 한숨을 내쉬었다. 맥머도는 그래도 뭔가 마음에 걸리는 것이 있는지 지부로 가기 전에 샤프터 노인의 집을 찾았다. 출입은 금지당했지만 상관하지 않고 창을 두드렸더니 에티가 나왔다. 평소에 맥머도가 보이던 아일랜드 사람다운 장난스러운 눈길은 사라져 있었다. 전에 없이 진지한 그의 얼굴을 보고 에티는 연인에게 위험이 닥쳤음을 직감했다. 에티가 외쳤다.

"무슨 일 있는 거죠? 그렇죠, 잭? 위험한 일이 생긴 거죠?"

"그리 대단한 건 아니오. 하지만 상황이 나빠지기 전에 떠나는 편이 나을지도 모르겠어."

"떠나다뇨?"

"약속했잖소. 언젠가는 이 고장에서 떠나겠다고. 떠날 때가 된 것 같아요. 조금 전에 어떤 소식을 들었는데 별로 좋지 않은 소식이었어. 곧 큰일이 벌어질 거요."

"경찰인가요?"

"아니, 핑커턴이오. 말해 봐야 당신은 무슨 소리인지 모르겠지? 내게
는 아주 큰일이지만. 아무래도 너무 깊이 관여한 거 같아요. 한시라도 빨
리 도망가는 편이 낫겠어. 하지만 내가 달아나면 당신도 따라오겠다고
했지?"

"아, 당신을 구할 수 있는 일이라면 뭐든 하겠어요!"

"에티, 내게도 조금은 진실한 마음이 남아 있어요. 무슨 일이 있어도
당신의 이 아름다운 머리카락 하나 다치지 않도록 하겠소. 그리고 내가
늘 지켜보는 당신의 자리, 구름 위 황금 옥좌에 앉은 당신을 조금도 끌
어 내리지 못하게 할 거요. 나를 믿어 줘요."

에티는 아무 말도 하지 않고 맥머도의 손에 자신의 손을 맡겼다.

"그럼 내 말대로 해 줘요. 우리에게 다른 길은 없어요. 앞으로 이 계곡
에서 큰일이 벌어질 거야. 나는 알아요. 수많은 사람들이 위험에 처해 있
고 나도 그중 한 명이지. 내가 도망친다면 언제라도 함께 가 주겠소?"

"잭, 꼭 뒤따라가겠어요."

"아니, 안 돼. 함께 가야 해요. 나는 이 계곡에서 쫓겨나면 두 번 다시
돌아올 수 없으니까. 그런 상황에서 당신을 뒤에 남겨두고 나 홀로 떠날
수 있겠소? 경찰에 쫓기느라 편지도 못 쓸 텐데. 그러니까 우린 함께 떠
나야만 해요. 내가 전에 살던 곳에 친절한 아주머니가 한 분 계시는데,
결혼할 때까지 당신을 그 집에 부탁할 거요. 괜찮겠소?"

"알았어요. 함께 가겠어요, 잭."

"나를 믿어 줘서 고맙소. 당신을 배신한다면 나는 그야말로 지옥에 떨
어질 거야. 에티, 내가 신호를 보내면 모든 것을 버리고 바로 역 대합실
로 가서 내가 갈 때까지 기다려 줘요."

"언제라도 소식을 들으면 바로 역으로 달려가겠어요, 잭."

도망칠 준비를 완전히 끝내 놓은 맥머도는 얼마간 편안한 마음을 가지고 지부 건물로 향했다. 이미 모든 사람들이 모여 있었고, 거추장스러운 복잡한 암호를 주고받은 뒤에 입구의 안팎을 지키고 있는 엄중한 이중 관문을 지나 안으로 들어갈 수 있었다. 회의실로 들어서자 맥머도를 맞이하는 환호성이 울려 퍼졌다. 폭이 좁고 긴 방은 사람들로 가득했으며 모락모락 피어오르는 담배 연기 속으로 몸주인의 덥수룩한 검은 머리와 볼드윈의 적의와 원한에 넘친 얼굴, 비서인 해러웨이의 대머리 독수리 같은 얼굴, 10명 정도 되는 지부 간부들의 얼굴이 보였다. 맥머도는 이렇게 많은 사람들이 모였으니 중대한 일을 꺼내기에 아주 좋은 기회라고 생각했다. 의장이 큰 소리로 말했다.

"이봐, 마침 잘 왔네. 자네의 지혜를 빌려야만 할 일이 생겼어."

맥머도가 자리에 앉자 옆에 있던 사람이 바로 설명을 하기 시작했다.

"랜더와 이건에 관한 일이야. 둘 다 자기가 스타일스 타운에서 크랩 노인을 살해했다고 주장하면서 양보하지를 않는다네. 상금이 걸려 있는 일이었는데 누구의 탄환이 박힌 건지 어떻게 알 수 있겠는가?"

맥머도가 자리에서 벌떡 일어나 손을 들었다. 평소와 다른 그의 표정을 보고 모든 사람들이 일순 숨을 죽였다. 맥머도가 엄숙한 목소리로 말했다.

"몸주인님, 긴급 발언이 있습니다."

맥긴티가 말했다.

"맥머도 형제가 긴급 발언을 신청했네. 지부의 규정에 의해서 우선 긴급 발언을 듣기로 하겠네. 자, 형제여, 말해 보게나."

맥머도가 주머니에서 편지를 꺼내 보였다.

"몸주인님, 그리고 형제 여러분. 오늘은 그다지 반갑지 않은 소식을 가지고 왔습니다. 이대로라면 영문도 모른 채 공격을 받아 전멸해 버릴지도 모릅니다. 그래서 미리 여러분에게 알리고 회의를 해야겠다고 생각했습니다. 제가 손에 넣은 정보에 따르면 우리 주에서 가장 큰 재력을 가지고 있는 몇몇 기업이 협력해서 우리를 일망타진하려는 계획을 세우고 있다고 합니다. 이미 핑커턴 탐정사무소의 버디 에드워즈라는 자가 이곳으로 와서 증거를 모으고 있다고 합니다. 우리의 목에 밧줄을 걸고 이 방에 있는 사람들 전부를 중죄인으로 몰아 철창에 처넣기 위한 증거 말입니다. 이 사실에 어떻게 대처해야 할지 서둘러 토의하기 위해 긴급 발언을 신청한 것입니다."

찬물을 끼얹은 듯 회의실 안이 조용해졌다. 침묵을 깬 것은 의장이었다. 맥긴티가 물었다.

"맥머도 형제, 그 증거를 가지고 있나?"

"증거는 이 편지에 있습니다."

이렇게 대답한 맥머도는 아까의 그 부분을 읽고 다시 말을 이었다.

"이 편지에 대해서는 더 이상 자세하게 이야기를 할 수 없습니다. 편지를 보여 드릴 수도 없고요. 제 명예를 걸고 맹세했기 때문입니다. 하지만 지부의 이해관계에 영향을 미칠 만한 일은 이것이 전부입니다. 저는 제가 받은 정보를 그대로 알려 드린 것뿐입니다."

나이 든 동료 하나가 말했다.

"의장님, 버디 에드워즈라는 이름을 들은 적이 있습니다. 핑커턴 탐정 사무소에서 가장 실력이 좋은 자라는 평입니다."

맥긴티가 물었다.

"얼굴을 알고 있는 사람은 없는가?"

"제가 알고 있습니다."

맥머도가 대답하자 방 안이 놀람으로 술렁이기 시작했다. 맥머도는 자신감에 넘친 미소를 보이며 말했다.

"녀석을 잡는 일은 그리 어렵지 않습니다. 우리가 먼저 머리를 써서 서둘러 움직이면 녀석들의 계획을 깨뜨려 버릴 수 있지요. 저를 믿고 힘을 빌려 주신다면 아무것도 두려워할 필요가 없습니다."

"무엇을 두려워하겠는가? 그런 녀석에게 꼬리를 밟힐 수는 없지."

"모든 사람들이 의원님처럼 확실한 신념을 가지고 있다면 모르겠지만, 녀석은 자본가들의 막대한 자금을 등에 업고 있습니다. 이 지부에서 돈을 받고 우리를 배신할 사람이 단 한 명도 없다고 장담할 수 있습니까? 녀석은 우리들의 비밀을 캐내고 있을 겁니다. 아니, 이미 캐냈을지도 모릅니다. 확실한 대책은 하나밖에 없습니다."

볼드윈이 말했다.

"이 계곡에서 살아 돌아가게 해서는 안 돼."

맥머도가 말했다.

"옳은 말일세, 볼드윈 형제. 자네와는 의견이 다를 때가 많았지만 오늘은 뜻이 잘 맞는 듯하군."

"그런데 그 녀석은 어디에 있지? 어떻게 그자를 알아볼 수 있겠는가?"

맥머도가 진지한 표정으로 말했다.

"몸주인님, 이 문제는 너무나도 중요하기 때문에 공개적으로는 토의할 수가 없습니다. 여기 있는 누군가를 의심하는 건 아니지만 자칫 소문이라도 돌면 녀석을 놓치고 맙니다. 의장님, 저는 지부에 비밀 위원회를 결성할 것을 제안합니다. 우선 의장님과 볼드윈 형제, 그리고 다섯 명 정도 더 위원회에 넣어 주십시오. 그 비밀 위원회의 회의에서라면 제가 아는 모든 것과 앞으로 해야 할 일을 자유롭게 이야기할 수 있을 겁니다."

이 제안은 바로 받아들여져 곧 위원회의 멤버가 결정되었다. 의장인 맥긴티와 볼드윈 외에 대머리 독수리를 닮은 비서 해러웨이, 잔인한 살인마인 호랑이 코맥, 회계 담당인 카터, 그리고 윌라비 형제였다. 모두 자신의 목숨을 아끼지 않는 자들이었다.

집회가 끝나면 늘 파티가 열렸지만 그날은 일찍 끝나 버렸다. 모두 침울한 얼굴이었다. 그들이 오랫동안 안심하며 살아온 이 계곡에 마침내 엄격한 법의 복수가 뻗쳐 왔음을 절실히 느끼는 듯했다. 지금까지 타인을 위협하고 두려움에 빠지게 만들었으면서도 그것을 너무 당연하게 생각하고 그에 대한 복수는 전혀 생각지도 못했으므로 그들의 놀람은 더욱 컸다. 회의는 간부들에게 맡기기로 하고 모두 평소보다 이른 시각에 자리를 떴다.

"자, 맥머도."

위원들만 모인 자리에서 맥긴티가 말했다. 7명의 위원은 자리에 얼어붙은 듯 앉아 있었다.

맥머도가 이야기를 시작했다.

"앞서 말했지만 저는 버디 에드워즈를 알고 있습니다. 물론 여기서는 그 이름을 쓰지 않을 것이 분명합니다. 대담하지만 무모한 녀석은 아니니까요. 여기서는 스티브 윌슨이라는 이름으로 홉슨 패치에 묵고 있습니다."

"그걸 어떻게 알았지?"

"우연한 기회에 이야기를 할 수 있었습니다. 그때는 그가 누구인지 전혀 알지도 못했고 이 편지가 오지 않았다면 눈치채지도 못했을 겁니다. 하지만 이제 와서 생각해 보니 틀림없이 그 녀석입니다. 수요일에 기차 안에서 만났습니다. 정말 아찔한 순간이었습니다. 녀석이 신문기자라고 하기에 저도 그런 줄로만 알았습니다. 〈뉴욕 프레스〉에 기사를 쓰고 있다면서 스카우러단의 이야기나, 그 녀석 말로는 '극악무도한 행위'라면 뭐든지 좋으니 말 좀 해 달라고 했습니다. 어떻게 해서든 이야기를 끌어낼 생각이었는지 귀찮을 정도로 질문을 해 댔습니다. 물론 저는 아무 말도 하지 않았습니다. 녀석이 '편집장이 기뻐할 만한 정보를 제공한다면 보상은 충분히 하겠소.'라고 하더군요. 그래서 녀석이 좋아할 만한 이야기를 지어서 들려주었더니 20달러를 쥐어주었습니다. 그러고는 '내가 알고 싶은 것을 전부 가르쳐 주면 열 배를 더 주겠소.'라고도 하더군요.”

“어떤 이야기를 해 줬나?”

“그냥 적당히 이야기해 줬습니다.”

“신문기자가 아니라는 걸 어떻게 알았지?”

“그건 말이죠, 녀석은 저와 같은 홉슨 패치에서 내렸습니다. 그리고 잠시 후 제가 그곳의 전신국으로 들어갔는데 마침 그자가 전신국에서 나왔습니다. 그가 나가자 직원이 저를 붙들고 '보세요, 이건 요금을 두 배로 받아야 할 것 같지 않아요? 이건 우리가 손해예요.'라고 말했습니다. 저는 '그렇군.'이라고 대답하며 그것을 봤는데 전보용지에는 중국어인지 뭔지 모를 글자들이 가득 했습니다. 직원이 계속해서 '지금 나간 사람은 매일 이런 걸 한 장씩 보내요. 신문의 특종 기사라고 하던데요. 다른 신문사에 정보가 새 나가지 않도록 하려고 이렇게 하는 거겠죠.'라고 하기에 그때는 저도 그런 줄로만 알았습니다. 하지만 지금은 그게 아니었다는 걸 알고 있습니다.”

“그래, 자네 말이 맞는 것 같군. 그 녀석을 어떻게 하면 좋겠나?”

“지금 당장 없애 버리자.”

맥긴티가 묻자 누군가가 제안했다.

“그래, 빠를수록 좋을 텐데.”

그때 맥머도가 말했다.

"어디에 사는지 알기만 한다면 당장이라도 해치웠을 겁니다. 흡슨 패치에 살고 있는 것은 틀림없는데 어느 집인지는 알 수가 없습니다. 제게 계획이 하나 있는데 마음에 드실지 모르겠습니다."

"어떤 계획이지?"

"내일 아침, 제가 흡슨 패치로 가서 전신국에서 녀석의 주소를 알아내겠습니다. 직원은 주소를 알고 있을 겁니다. 그렇게 해서 녀석을 찾아내면 제가 자유인단 회원이라고 밝히고 지부의 비밀을 팔고 싶다고 말하겠습니다. 녀석은 분명히 미끼에 덤벼들 겁니다. 그러면 저는 증거 서류는 집에 있는데 지금 집에 오면 사람들 눈에 띄어서 내 목숨이 위태로워진다고 하겠습니다. 그건 녀석도 인정할 겁니다. 저는 녀석에게 밤 10시에 오면 전부 보여 주겠다고 하겠습니다. 녀석은 틀림없이 올 겁니다."

"그 다음은 어쩔 생각이지?"

"나머지는 여러분에게 맡기겠습니다. 맥나마라 부인의 집은 외딴 곳에 떨어져 있습니다. 그 할머니는 아주 믿을 만하고 귀도 잘 들리지 않습니다. 하숙인은 저와 스캔런밖에 없고요. 녀석이 오겠다고 약속하면 바로 알려드리겠습니다. 7명 전원이 밤 9시까지 우리 하숙으로 와 주십시오. 만약 녀석이 살아서 나간다면, 죽을 때까지 자기가 얼마나 굉장한 행운아인지 떠들고 다녀도 좋을 겁니다."

마침내 맥긴티가 말했다.

"내 반드시 핑커턴 탐정사무소에 빈자리를 하나 만들어 주지. 좋았어, 맥머도의 계획대로 하세. 우리 모두 내일 밤 9시에 자네 집으로 가자고. 녀석을 집 안으로 들이기만 하면 나머지는 우리가 알아서 하겠네."

7. 버디 에드워즈의 덫

맥머도의 말대로 그의 하숙집은 외딴 곳에 있었으므로 계획한 범죄를 저지르기에는 아주 적합했다. 그 집은 마을 중심부에서 멀리 떨어져 있었으며 도로에서도 한참 들어간 곳에 위치해 있었다. 다른 경우였다면 그들은 평소 하던 대로 상대를 밖으로 불러내서 닥치는 대로 권총을 쏴 댔을 것이다. 그러나 이번에는 상대가 스카우러단에 대해 어느 정도 비밀을 알고 있는지, 어떻게 알아냈는지, 사건을 의뢰한 사람에게 어떤 내용을 보고했는지 파악할 필요가 있었다.

어쩌면 이쪽에서 손을 쓰는 게 늦어서 이미 모든 일을 마친 상태일지도 몰랐다. 만약 그렇다 할지라도 적어도 그 사람에게 복수는 할 수 있을 것이다. 하지만 그들은 탐정이 조직의 핵심 비밀에 대해서는 아직 많이 알지 못하리라고 생각했다. 많은 것을 알고 있다면 맥머도가 말한 하찮은 정보를 적어서 보낼 리는 없었기 때문이다. 어쨌든 탐정에게서 직접 들으면 그만이었다. 붙잡기만 한다면 입을 열게 할 방법은 얼마든지 있었다. 이들이 그런 고분고분하지 않은 녀석을 상대하는 게 이번이 처음은 아니었다.

맥머도는 약속한 대로 홉슨 패치에 갔다. 이날 아침에는 경찰이 맥머도를 더욱 주의 깊게 감시하는 듯했다. 시카고에서부터 맥머도를 알고 있었다던 마빈 지서장은 무슨 일인지 역에서 기차를 기다리고 있는 그에게 말을 걸어왔다. 맥머도는 고개를 돌린 채 그를 상대하지 않았다. 일을 마치고 오후에 돌아온 맥머도는 유니언 하우스로 가서 맥긴티를 만났다.

"일이 잘됐습니다."

맥머도가 그렇게 보고하자 맥긴티가 말했다.

"잘했네!"

거구의 사내는 풍성한 조끼의 가슴 부근에 무늬가 새겨진 금줄을 늘어뜨리고 있었고 억센 턱수염 끝에는 다이아몬드 핀이 반짝였다. 대장은 주류 판매와 정치 활동을 겸하면서 권력을 쥐는 동시에 큰 부자가 되었다. 그런 만큼 어젯밤부터 갑자기 눈앞에 어른거리기 시작한 감옥과 교수대의 모습은 그에게 더욱 두려운 모습으로 다가왔다. 맥긴티가 걱정스럽다는 듯이 물었다.

"어떤가? 녀석이 깊이 파헤친 것 같나?"

맥머도가 어두운 표정으로 고개를 가로저었다.

"그자는 꽤 오래 전부터 여기에 와 있었습니다. 적어도 6주는 됐어요. 설마 유망한 광산을 찾으러 온 건 아니겠지요. 그동안 철도 회사에서 받은 돈으로 조직 속에 숨어들어 조사했다면 상당히 깊이 파헤쳐서 보고했을 겁니다."

맥긴티가 버럭 화를 내며 말했다.

"지부에 그렇게 나약한 녀석은 없어. 모두 무쇠 같은 사람들이라고. 아니, 잠깐만. 그 겁쟁이 모리스가 있었군. 그 녀석을 어떻게 생각하나? 우리를 팔아넘길 녀석은 그놈밖에 없어. 저녁에 젊은이 두엇을 보내 잔뜩 겁을 준 뒤 자백을 받아내야겠어."

맥머도가 대답했다.

"그것도 나쁘지는 않을 겁니다. 솔직히 말하면 저는 모리스가 마음에 들기 때문에 그가 그런 일을 당하면 가엾어 보일 겁니다. 지부에 관한 일로 모리스 형제와 두어 번 이야기를 나눈 적이 있었습니다. 의원님이나 저와는 생각이 다르지만, 우리를 배신할 사람으로는 보이지 않았습니다. 뭐, 그렇다고 해서 녀석을 감싸고 돌 필요도 없겠지요."

맥긴티가 이를 갈며 말했다.

"녀석은 내가 처치하겠어. 난 1년 동안 계속해서 녀석을 지켜봤다고."

맥머도가 대답했다.

"그 일은 의원님에게 전부 맡기겠지만 오늘은 참으십시오. 핑커턴 문제를 처리하는 동안에는 조용히 있어야 합니다. 특히 오늘은 경찰을 자극해서는 안 됩니다."

"하긴 그렇군. 어디서 정보를 캐냈는지 버디 에드워즈 본인의 입으로 들어보자고. 무슨 짓을 해서라도. 그런데 이게 함정이라는 사실은 눈치채지 못했겠지?"

맥머도가 웃으며 말했다.

"녀석의 약점을 잘 이용했으니까요. 스카우러단의 비밀을 밝혀낼 수만 있다면 녀석은 세상 끝까지라도 쫓아올 겁니다. 돈도 주더군요. 증거 서류를 보여 주면 더 많은 돈을 받을 수 있습니다."

지폐 다발을 내보이며 맥머도가 빙그레 웃었다.

"무슨 서류?"

"그런 건 없습니다. 그냥 되는 대로 조직도와 규약, 회원 명부 등을 보여 주겠다고 했죠. 그 녀석은 무슨 일이든 전부 밝혀내겠다며 의욕에 넘쳐 있습니다."

맥긴티가 음흉한 시선으로 바라보며 말했다.

"잠깐. 자네가 왜 서류를 들고 오지 않았냐며 의심하진 않던가?"

"마치 제가 서류를 들고 다니기라도 한다는 듯이 말입니까? 저는 경찰의 주목을 받고 있는 사람입니다. 오늘도 역에서 마빈 지서장이 말을 걸더군요!"

맥긴티가 말했다.

"그랬다더군. 이제 자네도 위험에 빠지게 되었구먼. 탐정을 해치우고 나면 그 지서장을 폐광 속에 가둬 버리자고. 어쨌든 우선 오늘은 자네가 홉슨 패치에서 만나고 온 녀석을 처치해야 하네."

맥머도가 어깨를 들썩이며 말했다.

"잘만 하면 쥐도 새도 모르게 해치울 수 있습니다. 어두워진 다음에 하숙으로 올 테니 목격자는 아무도 없을 겁니다. 나갈 때는 당연히 아무도 녀석의 모습을 볼 수 없겠죠. 의원님, 계획을 말씀드릴 테니 다른 사람들에게도 확실하게 들려주십시오. 우선 여러분은 꼭 시간에 맞춰서 오셔야 합니다. 녀석은 10시에 오기로 되어 있습니다. 문을 세 번 두드리면 제가 문을 열어 주기로 했습니다. 녀석이 안으로 들어오면 제가 문을 닫겠습니다. 그러면 녀석은 이미 독 안에 든 쥐와 다를 바 없습니다."

"아주 간단하군."

"네. 하지만 그 다음부터가 조금 복잡합니다. 무시할 수 없는 녀석이고 늘 무기를 소기하고 있으니까요. 잘 구슬려 놓기는 했지만 마음을 놓을 수 없는 녀석입니다. 저 혼자 있을 거라고 생각했는데 방에 7명이나 되는 사람이 있으면 조용히 끝나지는 않을 겁니다. 총격전이 벌어져 부상당하는 사람이 나올지도 모릅니다."

"그렇겠군."

"그것뿐만 아니라 총성을 듣고 마을의 경찰들이 달려올 수도 있고요."

"그렇게 되겠지."

"그래서 생각해 봤는데, 여러분들은 커다란 방에서 기다리십시오. 예전에 의원님과 이야기를 나눴던 그 방 말입니다. 제가 문을 열어 녀석을 현관 옆에 있는 거실로 들인 다음, 서류를 가지러 가겠다며 거기서 기다리게 하겠습니다. 그렇게 하면 여러분에게 상황을 보고할 수 있을 겁니다. 그런 다음 저는 엉터리 서류를 가지고 녀석이 있는 곳으로 가겠습니다. 그것을 읽는 동안 녀석을 덮쳐서 오른쪽 팔을 잡고 모두를 부를 테니 바로 뛰어 나오세요. 되도록 빨리요. 녀석은 저만큼 힘이 좋아 보이니 뜻하지 않았던 일이 벌어질 수도 있으니까요. 하지만 여러분들이 올 때까지는 어떻게 해서든 녀석을 붙들고 있겠습니다."

맥긴티가 말했다.

"좋은 생각이야. 이번 일로 지부는 자네에게 빚을 지게 되는 셈이로군. 내가 몸주인 자리에서 물러날 때 떳떳하게 자네를 후계자로 추천할 수 있겠어."

"아닙니다, 의원님. 아직도 많이 부족합니다."

입으로는 이렇게 말했지만, 이 거물의 칭찬을 받자 맥머도의 얼굴에는 싫지 않은 표정이 떠올랐다.

하숙으로 돌아온 맥머도는 그날 밤의 일에 대비해서 여러 가지 준비를 시작했다. 우선 스미스 앤 웨슨 권총을 닦고 기름칠 한 후에 총알을 장전했다. 그런 다음 탐정을 함정에 빠뜨릴 방을 조사했다. 그 방은 꽤 넓었으며 한가운데 전나무로 만든 폭이 좁고 긴 탁자가 자리 잡고 있었다. 한쪽 벽에는 커다란 난로가 놓여 있었다. 나머지 세 면에는 덧문 없는 창이 달려 있었고 얇은 커튼이 드리워져 있었다. 맥머도는 그것들을 주의 깊게 살펴봤다. 오늘 밤과 같은 비밀스러운 일을 하기에 방은 외부에 너무 노출되어 있었다. 하지만 도로에서 안쪽으로 들어온 곳에 있었기 때문에 크게 문제가 되지 않았다. 마지막으로 맥머도는 스캔런과 이야기를 나누었다. 스캔런은 스카우러단 동지들의 의견에 반대할 만한 용기도 없었고, 어쩌다 하는 수 없이 피비린내 나는 일을 하게 되면 내심 부들부들 떠는 겁쟁이였기 때문에 자유인단에 그다지 도움이 되지 않았다. 맥머도가 간단하게 계획을 설명해 주며 말했다.

"마이크 스캔런, 나 같으면 다른 곳으로 몸을 피하겠네. 틀림없이 피를 보게 될 테니까."

스캔런이 대답했다.

"정말인가? 맥, 나도 함께하고 싶지만 난 마음이 너무 약해. 탄광에서 던 소장이 당하는 것을 봤을 때도 도무지 정신을 차릴 수가 없더군. 나는 자네나 맥긴티와는 달라서 그런 일이 잘 맞지 않나 봐. 만약 지부에서 나쁘게 생각하지만 않는다면 자네 충고대로 오늘 밤 일은 다른 사람들에게 맡기고 싶네."

예정된 시간에 사람들이 모였다. 깔끔하게 차려입어서 착실한 시민처럼 보였지만 일그러진 입매하며 잔인한 눈빛을 보면 버디 에드워즈가 살아날 가망이 없다는 사실을 알 수 있었다. 그들은 모두 열 명 이상의 사람들을 처치해 온 자들이었다.

그중에서 얼굴로 보나 행동으로 보나 가장 잔인한 사람은 몸주인 맥긴티였다. 비서인 해러웨이는 마르고 아주 깐깐해 보이는 사람이었는데, 긴 목은 극도로 여위었으며 가느다란 손발은 언제나 신경질적으로 떨렸다. 지부의 재정에 대해서는 충실하고 믿음직한 사람이었지만 그 외의 일에서는 정의롭지도 성실하지도 않았다. 회계 담당인 카터는 감정이 드러나지 않는 무뚝뚝한 얼굴을 한 사람으로 노란 양피지 같은 피부를 가진 중년이었다. 머리가 좋아서 지금까지의 불법 행위 대부분은 그의 교활한 지혜에서 나온 것이었다. 윌라비 형제는 힘이 좋고 다부져 보였으며 키가 큰 청년들이었다. 그들의 파트너인 호랑이 코맥은 험상궂고 까무잡잡한 사내로 동료들조차도 그의 난폭한 성격을 두려워했다. 여기까지가 그날 밤, 펑커턴 탐정사무소의 탐정을 죽이기 위해 맥머도의 하숙에 모인 사람들의 모습이었다.

주인인 맥머도가 탁자 위에 위스키를 꺼내 놓았고 모두 일에 앞서 마음을 다잡기 위해 경쟁이라도 하듯 술잔을 비웠다. 볼드윈과 코맥은 취기가 상당히 돌았는지 드디어 그 난폭함을 드러내기 시작했다. 코맥은 난롯불에 두 손을 녹이고 있었다. 봄밤은 아직 추웠기 때문에 불을 지펴두었다.

"이거 정말 좋겠군."

코맥이 잔인한 표정으로 말했다. 볼드윈이 그 말의 뜻을 알아듣고 말했다.

"좋고말고. 거기에 얼굴을 짓이기면 모든 걸 깨끗하게 불 거야."

"틀림없이 불 거다. 걱정할 필요 없어."

맥머도가 말했다. 정말 강철 같은 심장을 지닌 자였다. 이 중대한 사건의 모든 책임을 지고 있으면서도 평소와 다름없이 여전히 냉정하고 태연하게 행동하고 있었다. 다른 사람들도 그 사실을 깨닫고 감탄하지 않을 수 없었다. 맥긴티가 믿음직스럽다는 듯이 말했다.

"자네는 틀림없이 해낼 걸세. 자네가 목을 조를 때까지 녀석은 전혀 눈치채지 못할 거야. 그런데 이 집 창문에는 덧문이 없어서 아쉽구먼."

맥머도가 방을 한 바퀴 돌며 커튼을 닫았다.

"이렇게 하면 아무도 엿볼 수 없습니다."

비서가 말했다.

"위험을 느끼고 안 올지도 모르겠군."

맥머도가 대답했다.

"꼭 올 테니 걱정하지 마시오. 우리가 보고 싶어 하는 것만큼 녀석도 여기에 오고 싶을 테니까. 앗, 소리가 들리지 않습니까?"

모두가 밀랍 인형처럼 굳어 버렸다. 입으로 잔을 가져가다가 중간에서 그대로 멈춰 버린 사람도 있었다. 현관을 크게 두드리는 소리가 세 번 들렸다.

"쉿!"

맥머도가 한 손을 들어 주의를 주었다. 사람들은 서로 눈짓을 교환한 뒤 가지고 온 권총을 손에 쥐었다.

"절대 소리를 내면 안 됩니다!"

맥머도가 소리를 낮춰 속삭이고는 방에서 나가 조심스럽게 문을 닫았다.

살인자들은 귀를 기울인 채 때를 기다렸다. 복도를 걸어가는 맥머도의 발자국 소리를 하나하나 헤아렸다. 곧 문 여는 소리와 서로 인사를 나누는 소리가 들렸다. 안으로 들어서는 발소리와 낯선 목소리도 들려왔다. 잠시 후 문을 닫는 소리와 자물쇠를 채우는 소리가 울렸다. 사냥감이 그대로 덫에 걸려 든 것이다. 코맥이 껄껄대며 웃음을 터뜨리자 맥긴티가 커다란 손으로 입을 막으며 소리 낮춰 코맥을 꾸짖었다.

"조용히 해, 이 멍청한 녀석! 일을 망칠 셈이냐?"

옆방에서 소곤소곤 이야기를 나누는 소리가 들려왔다. 시간이 참으로 길게 느껴졌다. 드디어 맥머도가 입술에 손가락을 댄 채 방 안으로 들어왔다.

그는 탁자 한쪽 끝에 서서 일동을 둘러보았다. 그의 모습은 어딘지 낯설었고 미묘하게 달라져 있었다. 그야말로 큰일을 시작하려는 사내의 모습이었다. 얼굴은 암석처럼 굳어 있었으며 안경 너머에서는 두 눈이 불타오르듯 빛났다. 마치 그가 여기 모인 모든 사람들의 지도자인 것처럼 느껴졌다. 모두가 눈을 반짝이며 그를 바라보았지만 맥머도는 아무 말도 하지 않았다. 그는 이상한 눈빛으로 사람들의 얼굴을 하나하나 살펴보았다.

더는 참지 못하고 맥긴티가 입을 열었다.

"어떻게 된 거야? 왔나? 버디 에드워즈가 왔냐고!"

"네."

맥머도가 천천히 말했다.

"버디 에드워즈는 여기 있다. 내가 바로 버디 에드워즈다!"

깊은 침묵이 10초 남짓 흘렀다. 사람들이 방에서 사라진 것이 아닐까 싶을 정도로 조용했다. 난로 위에서 끓는 주전자 소리만 날카롭게 귀에 들려왔다. 하얗게 질린 일곱 개의 얼굴들이 자신들 앞에 위압적으로 서 있는 이 사내를 올려다보았다. 잠시 후 그들의 얼굴은 공포에 휩싸여 딱딱하게 굳은 채 움직임을 멈췄다. 갑자기 유리창이 깨지는 소리가 들리더니 차갑게 빛나는 총구가 창을 가득 메웠고 커튼은 뜯겨져 나갔다.

그것을 본 맥긴티는 상처 입은 곰처럼 울부짖으며 반쯤 열려 있던 문을 향해서 맹렬하게 돌진했다. 하지만 거기에는 권총 한 자루가 그를 기

다리고 있었다. 총의 가늠쇠 뒤에는 광산 경찰 지서장인 마빈의 파란 눈이 빛을 발하고 있었다. 대장은 뒷걸음질 쳐 물러나다가 원래 자기가 앉아 있던 자리에 쓰러지듯 앉았다.

　모든 사람들이 맥머도로 알고 있던 사내가 입을 열었다.

　"맥긴티 의원, 가만히 있는 게 안전할 거요. 볼드윈, 너도 권총에서 손을 떼지 않으면 무사하지 못할 거야. 총을 이리 줘, 아니면……. 그래, 그래. 이제 됐네. 무장한 경찰 40명이 이 집을 둘러싸고 있어. 조금만 생각해 보면 도망칠 수 없다는 걸 알겠지? 마빈, 권총을 거둬들이게!"

　라이플총이 빙 둘러서 겨누고 있었으므로 그들은 저항조차 할 수 없었다. 무기는 전부 압수되었다. 녀석들은 분노에 휩싸였거나 벌벌 떨면서, 혹은 멍하게 탁자 주위에 앉아 있었다.

일당을 덫에 몰아넣은 사내가 말했다.

"헤어지기 전에 한마디 해 두지. 다음에는 내가 법정 증인석에 섰을 때 나 얼굴을 볼 수 있을 테니까 말이야. 그때까지 내가 지금 하는 말들을 잘 생각해 보기 바라네. 내가 누군지는 이미 알았겠지? 이제야 정체를 밝힐 수 있게 됐군. 바로 내가 핑커턴 탐정사무소의 버디 에드워즈다. 난 너희 일당을 일망타진하라는 임무를 받았지. 위험하고 어려운 승부였다. 내가 이런 일을 하고 있다는 사실은 그 누구도 모른다. 부모님도, 가장 사랑하는 사람도 모르지. 그 사실을 아는 건 여기 있는 마빈 지서장과 이 일을 의뢰한 사람뿐이다. 하지만 다행스럽게도 오늘 밤으로 모든 일이 끝났군. 나의 승리다!"

하얗게 질려 돌처럼 굳어 버린 얼굴 일곱 개가 그를 올려다보았다. 그들의 눈에는 억누를 수 없는 분노의 빛이 서려 있었다. 그는 거기서 수그러들지 않는 위협을 읽었다.

"너희들은 아직 승부가 끝나지 않았다고 생각할지 모른다. 그렇다면 나도 언제든지 도전을 받아 주겠다. 하지만 너희들 중 몇몇은 더 이상 이 세상 구경을 못 하게 될 거고, 너희들 외에도 60명 정도가 오늘 밤 안으로 감옥 신세를 지게 될 거다. 솔직히 말해서 내가 처음으로 이 일을 맡았을 때는 이 세상에 그런 조직이 존재한다는 사실을 믿을 수가 없었다. 아무 근거도 없는 헛소문일 것이라고 생각하고 그것을 증명하기로 했다. 들리는 소문에 따르면 자유인단과 관계가 있다고 하기에 시카고로 가서 그 단체의 회원이 되었어. 그런데 그 조직은 나쁜 일은커녕 오히려 여러 가지 좋은 일을 하고 있었기 때문에 역시 만들어 낸 이야기에 불과하다는 생각이 더욱 굳어졌지.

그래도 일은 끝까지 수행해야만 했기에 우선 이 탄광 마을로 들어왔다. 여기에서 내 생각이 잘못되었다는 사실을 알았지. 삼류 소설처럼 적당히 꾸며 낸 이야기가 아니더군. 그래서 여기에 머물면서 조사하기로 했다. 나는 시카고에서 사람을 죽인 적도 없고 위조화폐를 만든 적도 없어. 너희들에게 건네준 건 진짜 돈이야. 돈을 그렇게 가치 있게 써 본 적도 없었지. 너희들의 마음을 사로잡는 방법은 나도 알고 있다고. 경찰에 쫓기는 시늉을 했더니 생각대로 잘 먹히더군.

나는 그렇게 해서 혐오스러운 너희 지부에 들어갔고, 회의가 있을 때마다 얼굴을 내밀었다. 너희들 중에는 나도 너희들과 같은 죄를 저질렀다고 할 사람이 있을지 몰라. 너희들과 행동을 같이 했으니 그런 말을 듣는다 해도 딱히 할 말은 없지. 하지만 진상은 어떨까? 내가 지부에 들어간 날 밤에 너희들은 스탠저 노인을 습격했다. 그때는 시간이 없어서 스탠저 노인에게 사실을 알릴 수 없었지. 하지만 볼드윈, 네가 그 사람을 죽이려 들자 나는 그것을 막았어. 나는 너희들의 신용을 얻기 위해서 여러 가지 악행을 제안했지만 그 일은 전부 불행을 막을 자신이 있는 것들 뿐이었다.

사정을 자세히 알 수 없었기 때문에 던과 멘지스가 살해당한 일은 막지 못했지. 하지만 그 범인은 틀림없이 교수대에 설 거야. 체스터 윌콕스에게는 미리 통보를 해 둔 덕분에 내가 그 집을 폭파했을 때 그는 가족과 함께 다른 곳으로 피신해 있었지. 내가 막지 못한 범죄도 많았지만, 지금 생각해 보면 숨어서 기다리고 있던 사람이 다른 길로 지나가거나, 중심가에 나가 있거나, 집 밖으로 나오리라고 생각했던 사람이 집 안에만 틀어박혀 있었던 경우가 몇 번이고 있었을 거야. 그게 다 내가 한 일이지."

"이 배신자!"

맥긴티가 이를 갈며 말했다.

"그래, 잭 맥긴티. 그렇게 불러서 속이 시원해진다면 얼마든지 그렇게 불러도 좋아. 너희 일당은 신의 뜻을 거슬렀고 이 지역 사람들에게는 적과 같은 존재야. 너희들에게 억압받는 사람들을 구하는 일은 남자의 자부심을 느끼게 했다. 그것을 완수하기 위한 방법은 오직 하나밖에 없었지. 그걸 내가 해낸 거야. 너희들은 나를 배신자라고 부를지 몰라도, 사람들을 구하기 위해 지옥 밑바닥까지 내려온 나를 구원자라고 부를 사람들이 수천 명은 있을 거야. 이 일을 하는 데 3개월이나 걸렸다. 워싱턴 재무성에 있는 돈을 다 준다 해도 다시는 그런 3개월을 보내지 않을 거야. 모든 조직원의 비밀을 남김없이 밝히려면 여기서 머물 수밖에 없었다. 내 정체가 탄로 날지도 모른다는 사실을 알지 못했다면 좀 더 기다릴 생각이었지. 그런데 내 정체가 밝혀질 만한 편지가 이 마을로 날아드는 바람에 더 이상 지체할 수가 없었다. 그래서 바로 행동에 들어간 거지. 너희들에게 더 이상 할 말은 없다. 단, 내가 죽을 때 이 계곡에서 한 일을 생각하면 편안하게 죽을 수 있을 거라는 사실만은 말해 두지. 자, 마빈, 기다리게 해서 미안하네. 부하들을 불러서 얼른 매듭을 짓게나."

더 이상 할 이야기는 거의 없다. 스캔런은 에티 샤프터에게 전해 달라는 부탁과 함께 한 통의 편지를 건네받았다. 스캔런은 윙크를 한 뒤 의미 있는 미소를 지어 보이며 그 편지를 받아 들었다. 다음 날 아침 이른 시각, 아름다운 여자와 얼굴을 완전히 가린 남자가 누구의 방해도 받지 않고 철도 회사가 마련한 특별 열차를 이용해 그 위험한 땅에서 벗어났다. 그날 이후로 에티와 그녀의 연인은 두 번 다시 공포의 계곡을 보지 못했다. 열흘 뒤, 두 사람은 시카고에서 결혼식을 올렸고 제이콥 샤프터 노인이 결혼식의 증인으로 참석했다.

스카우러단에 대한 재판은 그 잔당들이 법을 지키려는 사람들을 협박하지 못하도록 계곡에서 멀리 떨어진 지역에서 열렸다. 잔당들은 몸부림을 쳤지만 전부 쓸데없는 짓이었다. 그 지방 일대에서 사람들을 협박해서 착취한 지부의 자금을 물처럼 쏟아부어 가며 동료들을 구하려 했지만 아무 효과도 없었다. 그들의 생활과 조직, 범죄 등 모든 것을 자세하게 알고 있는 증인은 위협에 굴하지 않으며 냉정하고 명백하게 진술했다. 그것은 스카우러단에서 고용한 변호사도 도저히 뒤집을 수가 없었다. 오랜 세월이 흐르자 결국 일당은 무너졌고 종적을 감추고 말았다. 계곡을 뒤덮었던 두꺼운 구름이 드디어 영원히 걷힌 것이다.

맥긴티는 울부짖으며 교수대의 이슬로 사라졌고 주요 간부 여덟 명도 그와 같은 운명을 맞았다. 50명 이상이나 되는 사람들이 실형을 선고받았다. 버디 에드워즈는 임무를 완수했다.

하지만 에드워즈가 예상한 대로 승부는 그것으로 끝나지 않았다. 한 번, 그리고 또 한 번 승부는 계속해서 이어졌다. 그중 하나는 테드 볼드윈으로 그는 교수형을 면했다. 윌라비 형제와 그 외의 몇몇 흉악한 사람들도 죽음을 면했다. 그들은 10년 동안 세상과 격리되어 있었지만 드디어 감옥에서 풀려나 자유로운 몸이 되었다. 적을 잘 알고 있는 에드워즈는 평화로운 생활이 끝났음을 직감할 수 있었다. 녀석들은 에드워즈를 피의 제단에 올려 형제들의 복수를 할 것을 굳게 맹세했다. 그리고 그 맹세를 실현하고자 전력을 기울였다.

에드워즈는 시카고에서 도망치듯 빠져나왔다. 간신히 위기를 넘기기는 했지만 두 번이나 습격을 받자 세 번째 습격은 더 이상 피할 수 없을 것 같았기 때문이었다. 시카고에서 나온 에드워즈는 이름을 바꾸고 캘리포니아로 거처를 옮겼는데 거기서 에티 에드워즈와 사별하고 말았다. 삶의 빛이 사라지자 한동안은 삶의 기력을 잃어버렸다. 그리고 거기서 다시 죽을 위기를 넘겼고 하는 수 없이 이름을 더글러스로 바꾸고 외진 협곡에서 일하다가 바커라는 영국인을 만나 그와 함께 상당한 재산을 모았다. 하지만 곧 피에 굶주린 사냥개들이 다시 그의 냄새를 맡았다는 소식을 듣고, 그는 사냥개들이 덮치기 하루 전에 영국으로 도망쳤다. 그렇게 해서 영국에 존 더글러스가 등장한 것이었다. 그는 런던에서 만난 멋진 여성과 재혼했고, 서식스의 시골 신사가 되어 평화로운 나날을 보내고 있었다. 하지만 우리들이 이미 알고 있는 그 기괴한 사건이 벌어지자 평온했던 5년간의 생활에 종지부를 찍어야 했다.

8. 에필로그

즉결 심판소의 수속이 끝나자 존 더글러스 사건은 사계 법원[7]에 회부되었다. 거기서 순회 재판을 받았는데 더글러스의 행동은 정당방위로 인정되었고 그는 무죄를 선고받았다. 홈즈가 부인에게 편지를 썼다.

무슨 수를 써서라도 부군을 영국에 머물게 해서는 안 됩니다. 이 나라에는 지금까지 그를 위협한 일당보다 훨씬 더 위험한 세력이 있습니다. 영국에 있는 한 부군은 안전할 수 없습니다.

그로부터 두 달이 지나 우리도 이 사건에 대해서 어느 정도 잊고 있었다. 그러던 어느 날 아침, 우편함에 의문의 편지가 도착했다.

7) quarter sessions. 과거 영국에서 계절별로 연 4회 열린 법정. 주로 가벼운 사건들을 다루었다.

그 기묘한 편지에는 이렇게 적혀 있었다. 받는 사람이나 보내는 사람의 주소도 적혀 있지 않았다. 너무 우스워서 나는 웃음을 터뜨렸지만 홈즈는 전에 없이 심각한 표정을 지었다.

"왓슨, 악마의 짓이야!"

그렇게 말한 홈즈는 눈썹을 찌푸린 채 오랫동안 자리에 앉아 있었다.

그날 밤늦게 하숙집 여주인 허드슨 부인이, 어떤 신사가 아주 중요한 일로 홈즈 씨를 꼭 봐야겠다며 찾아왔다고 알려 주었다. 그녀의 뒤를 따라서 들어온 것은 해자를 두른 저택에서 만난 세실 바커 씨였다. 여윈 얼굴이 딱딱하게 굳어 있었다. 먼저 바커 씨가 말했다.

"좋지 않은 소식이 있습니다. 끔찍한 소식입니다."

"나도 그 점을 걱정하고 있었습니다."

"선생님도 전보를 받으셨습니까?"

"전보를 받은 사람이 그걸 내게 편지로 보내 줬습니다."

"더글러스가 참 안됐습니다. 사람들은 에드워즈라고 부르지만 내게 그는 언제까지나 베니토 캐넌의 잭 더글러스입니다. 예전에 말씀드렸듯이, 3주일 전에 더글러스 부부는 함께 팔미라 호를 타고 남아프리카로 떠났습니다."

"기억하고 있습니다."

"그 배는 어젯밤에 남아프리카의 케이프타운에 도착했습니다. 그런데 오늘 아침에 더글러스 부인이 보낸 전보가 도착했습니다. 내가 읽어 드리겠습니다."

세인트헬레나 해상에서 폭풍을 만나 잭이 갑판에서 떨어져 행방불명.

사고를 목격한 사람은 아무도 없음. ─ 아이비 더글러스

홈즈가 생각에 잠긴 채 말했다.

"아하! 그런 식으로 했군. 그래, 정말 감쪽같은 수법이야."

"그렇다면 단순한 사고가 아니란 말입니까?"

"물론입니다."

"살해당한 겁니까?"

"틀림없습니다."

"실은 나도 그렇게 생각하고 있습니다. 저주 받을 스카우러단 녀석들,

그 끈질긴 악마 녀석들이……."

홈즈가 말했다.

"아니, 그들이 아닙니다. 이건 그 방면의 달인이 손을 쓴 것이 분명합니다. 총신을 자른 엽총이나 어설픈 6연발 권총과는 차원이 달라요. 붓놀림을 보면 대가의 그림이라는 걸 알아볼 수 있듯이 나는 한눈에 모리어티가 한 짓이라는 사실을 알 수 있습니다. 이 범죄는 미국에서 온 사람이 저지른 게 아니라 런던에 있는 녀석이 저지른 겁니다."

"하지만 범죄를 저지른 이유가 대체 뭡니까?"

"이 사건은 실패를 모르는 사람, 무슨 일이든 반드시 성공을 거두어서 전대미문의 지위를 구축한 사람이 한 짓입니다. 이 세상에서 한 사람을 없애기 위해서 뛰어난 두뇌와 거대한 조직이 손을 잡고 전력으로 덤벼든 거죠. 망치로 호두를 깨는 것처럼 간단한 일이었을 겁니다. 어처구니없는 방법이지만 이것으로 호두도 완전히 깨져 버리고 말았군요."

"그자가 더글러스와 무슨 상관이 있다는 겁니까?"

"내가 말할 수 있는 건 그자의 부하가 이 사건을 처음으로 알려 주었다는 사실입니다. 미국에서 온 이 범죄자들은 좋은 자문가를 구했습니다. 영국에서 일을 하게 되자 위대한 범죄 전문가에게 협력을 요청한 거죠. 뭐, 그거야 어느 나라의 범죄자들이건 곧잘 쓰는 수법이지만요. 아무튼 그 순간 녀석들이 노리던 자의 운명은 이미 결정된 거나 마찬가지였습니다. 처음에는 이 범죄 전문가도 자신의 조직을 이용해서 목표물이 된 사내의 거처를 밝혀낸 것에 만족했을 겁니다. 그런 다음에 미국 출신 범죄자들에게 사냥감을 잡아들일 방법을 가르쳐 주었겠죠. 그런데 그 살인마가 실패했다는 소식이 전해지자 참지 못하고 모리어티가 직접 나서서 선명한 붓놀림을 보여 준 겁니다. 내가 벌스턴 저택에서 더글러스 씨에게 과거보다 더 큰 위험이 닥쳤다고 경고한 것을 기억하시겠죠? 결국에는 내가 말한 대로 되어 버렸습니다."

바커가 치밀어 오르는 울분을 참지 못하고 두 주먹으로 자신의 머리를 두드렸다.

"이런 일을 당했는데도 그냥 보고 있을 수밖에 없단 말입니까? 그 악의 제왕과 맞설 자가 아무도 없다는 말씀입니까?"

"아니, 그렇다고는 말하지 않았습니다."

이렇게 말하는 홈즈의 눈빛은 먼 미래를 바라보는 듯했다.

"아무도 그자를 쓰러뜨릴 수 없다고는 말하지 않았습니다. 하지만 그러기 위해서는 내게 좀 더 시간이 필요합니다. 좀 더 시간이 필요해요!"

우리는 아무 말 없이 앉아 있었다. 그러나 운명에 도전하려는 홈즈의 눈은 어두운 장막을 꿰뚫으려는 듯이 날카로운 빛을 발하며 허공을 노려보았다.